AF598944

UN DELIRIO ENCANTADOR

UN DELIRIO ENCANTADOR

SHEA ERNSHAW

Traducción de Daniel Casado

Argentina – Chile – Colombia – España
Estados Unidos – México – Perú – Uruguay

Título original: *The Beautiful Maddening*
Editor original: Simon & Schuster, un sello de Simon & Schuster Children's Publishing Division
Traducción: Daniel Casado

1.ª edición: mayo 2025

Plaza de los Reyes Magos, 8, piso 1.º C y D – 28007 Madrid
www.mundopuck.com

ISBN: 978-84-10239-39-5
E-ISBN: 979-13-87557-01-0
Depósito legal: M-6.036-2025

Fotocomposición: Urano World Spain, S.A.U.

Impreso por: Rodesa, S.A. – Polígono Industrial San Miguel
Parcelas E7-E8 – 31132 Villatuerta (Navarra)

Impreso en España – *Printed in Spain*

Para mis abuelas

PRÓLOGO

Los lugareños afirman que la tierra de Cutwater no es apta para la agricultura. Es demasiado pantanosa, tiene demasiada arcilla, llueve de más en otoño y no lo suficiente en primavera. Aun así, detrás de nuestra casa, los tulipanes, intrépidos como ellos solos, brotan de entre el barro y reclaman su lugar en este terreno horrible.

Florecen por la noche.

Son unos brotes verdes y diminutos que sobresalen en filas silvestres e irregulares bajo un cielo lleno de estrellas. Llenos de promesas.

Sin embargo, tras un tiempo, cuando los botones suaves y sedosos comienzan a desplegarse bajo la penumbra de una luna primaveral, los brotes dejan ver su verdadera naturaleza. Su carácter oscuro.

Esos pétalos blancos están mancillados.

Son imperfectos.

Tienen unos cortes que parecen hechos con la cuchilla de hueso afilada de un villano.

Unas líneas escarlata recorren cada uno de esos pétalos delicados y suaves, tan oscuras y macabras como la sangre que mana de unas venas jóvenes.

La señora Thierry, que vive a poco menos de un kilómetro por una senda polvorienta y con baches, dice que se trata de una maldición. Que la tierra contiene un veneno peculiar. Otros dicen que lo provoca el cementerio cuyas lápidas antaño motearon el prado que tenemos detrás de casa, los cadáveres que se pudren bajo la tierra, la sangre ancestral que acaba abriéndose camino hasta llegar a los tulipanes. Que es un recordatorio de lo que se esconde bajo tierra.

Sea cual sea el motivo, esos tulipanes tan poco comunes han sido la pesadilla de mi familia desde hace varias generaciones. Porque no son solo los tulipanes lo que les parecen raros a los demás..., sino que nosotros también.

Los Goode somos una familia que es mejor evitar. Somos los raros, los poco comunes. Los que aprendemos a hablar con acertijos antes que a caminar incluso, los que preferimos la noche al día, los que bebemos amaneceres y dormimos en un ático con corriente lleno de telarañas. O eso dicen los lugareños, al menos. La mayoría de eso no es cierto.

Ni de lejos.

Aun así, guardan las distancias con nosotros, con la casa inestable en la que habitamos, construida (por insensato que sea) encima del riachuelo Olvidado. El agua de los glaciares discurre por debajo de los tablones del suelo a todas horas, incluso mientras dormimos (los sueños se nos llenan de ese sonido), y la corriente amenaza con arrastrar esa casa vieja y podrida hacia el bosque de olmos, hacia los valles suaves y llenos de hierba que hay en la parte sur del estado. «Menos mal», diría la mayoría si eso ocurriera. Porque la familia Goode no le hace honor a su nombre y no tiene nada de buena.

Cuando era pequeña, creía que era el riachuelo lo que nos separaba, lo que hacía que nuestra familia se volviera feroz, salvaje e insensata. Pero no, son los tulipanes los que nos vuelven locos.

Los tulipanes… que acabarán con nosotros.

UNO

Me atraviesan con la mirada la piel, la nuca, y me observan cuando me levanto del asiento de la parte delantera del autobús, escapo hacia el fresco aire primaveral y lo inspiro.

Me tienen miedo. Y así debería ser.

No me doy la vuelta. No miro de reojo a la cara de ninguno de mis compañeros de clase del instituto Cutwater, todos boquiabiertos al otro lado de las ventanas cuadradas y mugrientas del bus escolar, con el alivio en la mirada por haberse deshecho de mí. «Pobrecita Lark Goode», pensarán, al desviar la mirada más allá de donde estoy y posarla en la casita horrenda y de tejado suelto que hay al final de la entrada. La única vivienda de esta triste carretera alejada de la mano de Dios que está medio apoyada en soportes de madera para que el terreno húmedo y pantanoso no la engulla. Para que el riachuelo no se cuele por los tablones de madera. «Pobrecita Lark, condenada a tener que despertarse en esa mierda de casa cada mañana, a tener que volver a ella después de clase». Sin escapatoria. Sin ninguna otra opción. La vida que le ha deparado el destino, cruel y burlón, con las manos entrelazadas detrás de la espalda.

El autobús suelta humo negro según traquetea por la carretera y se lleva esas miradas penetrantes y horribles.

Sé que la lástima que sienten es fugaz, porque lo que ocupa esas mentes diminutas es el miedo. El recelo para no acercarse demasiado. «Lark Goode te arrancará el corazón y lo enterrará en su jardín trasero». Ojalá fuera verdad. Ojalá pudiera hacer eso.

Me quito los auriculares para dejármelos enganchados en el cuello y paro la música del Walkman antiquísimo que llevo, con lo que *All through the night* de Cyndi Lauper deja de vibrarme en las orejas. El Walkman era de mi madre cuando era joven, así como el montón de cintas de casete que guardo en la mesita de noche. Sin embargo, este aparatejo zarrapastroso que tengo no es una muestra de lo guay y retro que soy, es que no tengo otra opción. Es una de las pocas pertenencias que mamá dejó aquí el día que sacó la maleta por la puerta y arrastró las ruedas rotas por cada peldaño mientras los primeros rayos de sol del día se colaban entre los olmos de la entrada y hacían que su cabello oscuro reluciera como plumas de cuervo.

Y no miró atrás.

Ni una sola vez.

Abro de un tirón la puertecita metálica del buzón (está lleno, como de costumbre) porque veo que se le salen las cartas. Hay marcas de pintalabios entrecruzadas en los sobres, corazones de color pastel dibujados con delineadores y lápices de ojos junto a la dirección, el número 114 de la carretera Swamp Wells, seguida de margaritas y girasoles diminutos que sobresalen de las oes y las eses. Como si todos esos símbolos formaran parte de la dirección y la oficina de correos no pudiera entregar las cartas a menos que el remitente incluyera esos jeroglíficos de amor. «No se ha podido entregar al destinatario, se requieren más corazoncitos».

Recojo las cartas que han caído al suelo, irritada (porque Archer ni siquiera se ha molestado en abrir el buzón), y recorro el largo tramo de la entrada, con un salto por encima del frío riachuelo que cruza nuestro porche torcido. Me peleo con la puerta, porque siempre se queda atascada y cuelga de las bisagras como no debe, y la abro por fin.

—Tienes más cartas —le grito a Archer, lanzando los sobres a la mesa de la cocina, a sabiendas de que mañana habrá más aún. Y más aún pasado mañana, apretujadas en el buzón hasta que no quepan más y el cartero tenga que dejar un montón en el suelo, atadas con un cordel.

Archer está apoyado contra la encimera de la cocina y se mete una cucharada de cereales azucarados en la boca. Me dedica una sonrisa torcida y traviesa.

—Y será peor aún —responde, todavía masticando—. ¿Has visto el jardín?

Dejo la mochila de lona en el suelo de madera (húmedo por el riachuelo que ruge por debajo, por lo que la humedad se pega a todo en esta casa), paso por su lado para acercarme al fregadero, me lleno un vaso de agua fría y me lo bebo de un trago. El trayecto en bus desde el instituto siempre es demasiado cálido, con el ambiente húmedo y espeso por las ventanas imposibles de abrir, de modo que sudamos y respiramos el hedor adolescente de los demás y llegamos a casa como animales que han mandado al mercado.

—No lo he visto —miento, porque la verdad es que veo el dichoso jardín entero desde la ventana de mi habitación. Son las vistas que me dan los buenos días cada mañana, el mar de brotes verdes que se mece bajo el intenso aire matutino. Embriagador y malévolo, se burla de mí.

Archer hace muchísimo ruido al masticar (a propósito, solo para incordiarme) y, cuando termina, deja caer el cuenco vacío en el fregadero, con lo que la cuchara tintinea contra el desagüe. Las alacenas de la cocina tienen unas cuantas cajas de cereales, arroz, judías enlatadas y unos pocos botes de crema de cacahuete. No da para preparar un manjar de los dioses precisamente. Papá nos manda dinero para hacer la compra de vez en cuando y paga los servicios por internet (menos mal), pero nunca parece suficiente. Si no fuera por el ligoteo de Archer, por los tarros de mermelada casera, tartas de fresa, galletas con azúcar espolvoreado y las ollas de comida que las chicas que lo adoran le dejan delante de la puerta, nunca podríamos comer como Dios manda.

—A finales de mayo, como siempre —añade, de camino a la puerta mosquitera que hay en la parte trasera de la casa, donde apoya una mano y el viento le mece la camiseta negra que lleva y su cabello oscuro.

Mi mellizo se siente cómodo con quien es, tranquilo y sereno, con una facilidad alegre en cada uno de sus movimientos: una despreocupación que lo caracteriza desde que nació. Por mi parte, yo siempre me he andado con cuidado conmigo misma, con la sensación de que he nacido en la casa equivocada, en el pueblo equivocado, en un lugar que le pertenece a otra persona.

El presumido de mi hermano nunca se ha tropezado, nunca se ha despertado sin el pelo despeinado lo justo para que le quede bien ni con ropa húmeda ni arrugada. Pasea por el pueblo con esa sonrisa traviesa y embriagadora capaz de encandilar a cualquier incauto que tenga la desgracia de cruzarse con él, con lo que nunca más podrá apartar la mirada. Es un mellizo que arroja una sombra larga y delgada, una de la que me es imposible escapar.

Aunque, a decir verdad, me gusta estar en la oscuridad. En la sombra de la invisibilidad.

Porque yo siento todo lo contrario: la locura que conlleva el estar bajo la luz. La forma en la que los demás se retuercen para acercarse más a un Goode. Hasta que cambia la estación y huyen despavoridos, claro.

En la oscuridad me siento más segura. Así que ahí será donde me quede.

—Has vuelto a faltar a clase —señalo, deshaciéndome la trenza, con lo que mis rizos castaños me caen por los hombros, y paso a quitarme los enredos.

—Como he dicho —hace un ademán hacia el jardín que hay al otro lado de la puerta—, ya casi florecen.

Me quedo al lado de mi hermano, con la vista perdida en la media hectárea de terreno rojizo oscuro. Tiene razón: los brotes verdes y altos (con hojas amplias bien abiertas y botones cerrados con forma de lágrima) no tardarán en dejar paso a esos pétalos extraños y antinaturales. Con la línea de color escarlata, bermellón, como el vino tinto más oscuro. Como la sangre. Como un sacrificio.

Los tulipanes de esta temporada... están a punto de florecer.

—Tú también deberías quedarte en casa —añade, con una mirada penetrante de esos ojos grises que tiene mientras saca la púa de guitarra azul del bolsillo y se la pasa por los dedos. Afirma que es su púa de la suerte, solo que la suerte, en esta familia al menos, no proviene de ninguna púa. Nuestro destino lo determina ese dichoso jardín—. No tiene sentido ir a clase ahora, solo te vas a complicar más la vida.

Se me cierra la garganta. La brisa vespertina pasa por los tulipanes, cuya punta es como la cabeza de un bebé que aún no se sostiene, como si estuvieran borrachos, como si se hubieran metido unas cervezas de más en las tristemente célebres fiestas de la cabaña del lago de Roy Potts, las que organiza a mediados de verano.

—Solo queda una semana —respondo, decidida a aferrarme a la promesa que me hago cada año: «Aguanta, sufre estos últimos días antes de las vacaciones de verano».

Pienso terminar el instituto y graduarme este año, porque si no puedo permitirme ir a la universidad, al menos tendré algo. El diploma del instituto. Al menos no repetiré los mismos errores de mi madre: dejar el instituto a los diecisiete años, embarazada y sola en el mundo.

Archer se encoge de hombros y enarca una de las cejas perfectas que tiene antes de dirigirse a la mesa de la cocina para abrir a lo bruto una de las cartas.

—Ya pronto recibirás tantas cartas como yo.

—Yo no voy animando al personal a que me escriba, como tú.

Me dedica una mirada de superioridad, con la púa entre los labios.

—Es más divertido así. Ya que es lo que nos depara el destino, más nos vale usarlo para algo.

Noto que se me tensa la mandíbula, porque odio la satisfacción con la que se desprende de cualquier problema como si no fuera nada, como si esta vida que tenemos no fuera una broma cruel de la que no podemos escapar. Dentro de unos días, a las tantas de la noche, los tulipanes florecerán y alzarán esos pétalos malditos y poco comunes hacia el firmamento estrellado. Sin embargo, a Archer nunca le ha importado qué significa nada de eso, porque solo le importa lo que provoca, el efecto colateral que se le confiere.

Que se nos confiere a los dos.

El caso es que, cuando los tulipanes florecen del todo, el amor y la locura se entrelazan y tu corazón deja de ser tuyo. Porque será nuestro. De los Goode.

El sol se alza en un cielo gris y cargado de lluvia (los tulipanes todavía no han florecido) y yo me meto en el bus en dirección al instituto Cutwater, mientras que Archer se queda en casa a dormir. Ya no le interesa asistir a la última semana de nuestro último año de bachillerato.

Me siento en los asientos de atrás del bus, con los auriculares puestos, para escuchar el álbum *August and Everything After* de Counting Crows e imaginarme a mi madre escuchando el mismo casete en el mismo trayecto a ese instituto del demonio. Vidas repetidas.

Ineludibles.

Predestinadas.

Noto la mirada de Abby Reece, sentada al otro lado del pasillo, cuando la posa sobre mí una y dos veces hasta que el bus se para a recoger a Bee Churchill y Abby se levanta de un bote para irse tres asientos más allá, nada dispuesta a seguir corriendo el riesgo.

Vivir en Cutwater implica conocer un sinfín de historias sobre la familia Goode, fábulas sobre el desamor, la locura y el deseo.

Sin embargo, para entender la verdad de nuestro pasado, hay que empezar por el medio. Porque el principio es demasiado distante y complicado, lleno de mentiras y acertijos que todavía no he sabido descifrar. Así son las mentiras: pegajosas como la miel, fundidas en la verdad de modo que es imposible distinguir lo dulce de lo amargo.

Nuestro nacimiento, el de Archer y el mío, no fue nada del otro mundo. Trivial, al menos según nuestro padre, quien se dedicó a pasear por las hileras de tulipanes sin que el suceso lo molestara lo más mínimo, mientras nuestra madre se llevaba la cara al pecho por el dolor del parto, aunque sin hacer ningún ruido, según las dos comadronas cuyo nombre nunca nos han contado. Lo que tampoco nos han contado nunca es cuándo nacimos, cuál de los dos salió primero, si Archer o yo. Solo nos han contado que llegamos al mundo en esa casa húmeda y podrida en algún momento entre la medianoche y el amanecer. Y, como ocurre con todos los nacimientos en la familia Goode, ocurrió en primavera, justo cuando los tulipanes empezaban a florecer. Como si el despertar de las flores hubiera afectado el vientre de nuestra madre y nos hubiera llamado. «Salid, naced, que os espera una maldición».

Sin embargo, una maldición solo se considera como tal según la aflicción que provoque. Y, según algunos, eso que nos aqueja podría considerarse un don concedido por la tierra cada primavera. Un cumpleaños siempre marcado igual: con el susurro cálido del viento del este que se cuela entre los olmos y una marea de aromas florales y dulzones que entra por la ventana.

Cuando comienza la temporada de los tulipanes y el jardín se llena de brotes níveos, con una línea roja en cada pétalo, el deseo y la desesperación, el amor y la lujuria, no se hacen esperar.

El bus se detiene delante del instituto y acabo recorriendo el pasillo a grandes zancadas de camino a mi primera clase, con mis compañeros apartándose como si yo fuera un navío muerto en un mar oscuro. Se apretujan contra las taquillas, se esconden en los baños. Saben que la temporada de la locura se acerca. Sin embargo, algunos me miran con una curiosidad renovada, por dudosa que sea. Me miran como si fuera una flor que sale de mi piel de antes.

Una chica a la que, de la noche a la mañana, no pueden dejar de mirar. Por razones que no llegan a comprender.

Para la hora de comer, la lluvia primaveral deja paso a un cielo color azul ópalo y yo me siento por mi cuenta, lejos de los demás, en el césped que hay cerca del aparcamiento, bajo uno de los olmos decaídos, y escucho *Lovefool* de los Cardigans, una canción empalagosa sobre una chica que le suplica a un chico «déjame, déjame, dime que me necesitas». La dejo sonar mientras me como mi sándwich de crema de cacahuete y mermelada de uva aplastado. Tras sacudirme las miguitas de encima, abro el cuaderno y acerco el lápiz afilado a una página en blanco.

Echo un vistazo por el césped, salpicado por mis compañeros de clase que tienen el rostro pegado al móvil mientras mastican sin ganas. La mayoría parecen un tanto tensos por esa emoción nerviosa que se entremezcla con el agotamiento, propia de un año escolar que llega a su fin. Solo faltan cuatro días para las vacaciones de verano y una ya nota las grietas en los bordes, las partes que nos componen y que están a punto de partirse.

Al otro lado del césped recién cortado, Jude (un chaval bajito y delgado con unos rizos rubio pálido y unos ojos de color claro que tiene muy juntos) navega entre el mar de alumnos del Cutwater. En la mano izquierda lleva un comecocos: ese vidente de papel doblado por las esquinas, como de origami. Hace uno nuevo cada mañana, durante la primera clase, y llena las esquinas exteriores de unos patrones florales elaborados con tinta negra. En la parte interior deja números o palabras, como «ocre», «azur» o «bígaro», mientras que debajo de los dobleces de las esquinas está el destino oculto. Pequeños vistazos al futuro que el mismo Jude escribe.

El destino, revelado en un papel pautado y arrancado de un cuaderno.

Lo observo arrodillarse junto a un grupo de chicas con el rostro lleno de pecas que vienen de clase de música, por lo que llevan flautas, armónicas y trombones en sus respectivas fundas negras, apoyadas a su lado. Una de ellas, Clementine, le da algo a Jude y él lo sujeta en la mano antes de metérselo en el bolsillo. Solo lee la fortuna a los demás a cambio de algo, nunca gratis. Un chicle, un fragmento de ágata bonito, que lo lleven a casa en coche después de clase, que le toquen una canción con la guitarra. No sé qué es lo que le ha dado Clementine, pero sé que nunca acepta dinero, sino solo otros bienes. «El sistema de trueques es la economía más justa», proclamó una vez en clase de historia. Estira el comecocos en dirección a la chica para que seleccione un número o una palabra y luego abre y cierra el origami para desvelar lo que le depara el futuro.

Clementine se sonroja y se le ponen los ojos vidriosos y brillantes mientras lo escucha recitar su destino. No oigo ni una sola palabra del intercambio, porque la vocalista de los Cardigans me sigue cantando al oído, «Lloro y te suplico que me quieras, que me quieras, que me digas que me quieres», de modo que vuelvo a bajar la vista al cuaderno y empiezo a trazar con el lápiz la curva de las mejillas de Jude, así como una boca plana y enjuta. No sabía a quién iba a dibujar hoy, pero los rizos se empiezan a formar desde el cuero cabelludo y veo que Jude toma forma al otro lado del lápiz, con unos ojos pequeños en esa cara delicada que tiene. En lo que le pinto las sombras de las manos, con el comecocos en la punta de los dedos, alzo la mirada y veo que se ha apartado del grupito. Pasa la mirada por el césped delantero del instituto, en busca de la siguiente persona que quiera que le lea el futuro, pero, cuando me capta la mirada (solo por un instante), la aparta de sopetón y se dirige hacia la pequeña colina con hierba que hay en el límite oriental del instituto. Nunca me ha leído el futuro. No vale la pena correr el riesgo. Al igual que los demás de este instituto, guarda las distancias conmigo.

Nada de mirarme a la cara, ni de reojo siquiera.

Soy demasiado peligrosa.

Sin embargo, yo también guardo las distancias con ellos. Cuando una se arriesga a sufrir una locura envuelta de amor cada primavera, no puede tener amigos. Las pocas amistades que he tenido no han durado nada: una chica en cuarto de primaria, de cabello negro y gafas de marcos transparentes, que siempre mascaba chicle mientras hablaba. Pasábamos los fines de semana en mi casa y las mañanas charlando en el bus, hasta la primavera de quinto, cuando empezó a mirarme como si fuera el oxígeno que necesitaba para vivir. Como si no fuera capaz de sobrevivir si no correspondía su amor. En tercero de secundaria, compartí una taquilla en el pasillo sur con un chico de mi clase de biología que no parecía sufrir el efecto del aroma a polen que desprendo. Durante un tiempo, llegué a creer que íbamos a seguir siendo amigos hasta la graduación. Y entonces, a tres días de las vacaciones de verano, estábamos en la taquilla y vi que levantaba un dedo y me trazaba una línea de luz del sol (que entraba por la ventana) por la mejilla, hasta la barbilla. Y lo vi en aquellos ojos confusos, en el temblor curioso y suave del labio inferior; lo supe antes que él incluso. Se había enamorado. De la noche a la mañana, con un chasquido de dedos: la temporada de tulipanes.

Un solo parpadeo, y el amor cala hasta los huesos.

«El amor llega a los mellizos Goode» es lo que les oigo susurrar en los pasillos. Y llega incluso si no entienden por qué, si juran y perjuran que no les va a suceder, porque ¿quién va a querer a dos marginados medio huérfanos cuya casa se hunde en un terreno húmedo y pantanoso? A dos mellizos que, sin ninguna razón lógica, huelen como el viento, como un perfume hecho a partir de una magia ancestral.

Así que la mayoría se mantiene al margen…, al menos de mí. Me siento muy atrás en todas las clases, cerca de una ventana, donde el aire fresco puede eclipsar el aroma embriagador de las flores de primavera que llevo en la piel. A la hora de comer, me siento fuera y a solas. Me mantengo alejada de todos. A diferencia de Archer, que se pasea por la ciudad cuando debería estar en clase y se mete en la pequeña tienda de música que hay en la esquina entre la calle Willow y la Goose Neck (la única intersección que tiene un semáforo que parpadea en ámbar) para pasear por la pared de guitarras y tocar algunas notas. Y, debido a una magia ya olvidada, las chicas que pasan por la calle se detienen para pegar las manos al escaparate y entran para verlo tocar. Ni siquiera se le da bien, desde luego no lo aceptarían en ningún grupo, pero poco importa. Lo que les interesa es él.

Solo tiene que ser un Goode. Un chico de una familia a la que el amor llega como si nada.

Y sí que llega, sí. Para todos nosotros.

Lo difícil es alejarnos de él, quitárnoslo de encima cuando alguien ya nos ha clavado las garras.

Cierro el cuaderno, ya lleno de esbozos de casi todos los alumnos del instituto. Ya que no puedo acercarme a ellos, al menos puedo plasmarlos sobre el papel y experimentar cierta cercanía en las líneas grises que les pintan los ojos, la barbilla y la boca seria. Es un cuaderno lleno de los habitantes de este pueblo, una colección de vidas planas en un papel.

La canción de amor embriagador de los Cardigans termina y da paso a la siguiente pista: *The Great Divide*. La gran división.

Capto la ironía, sí. De modo que le doy a adelantar y oigo la cinta del casete chirriarme en las orejas.

A pocos metros de donde estoy, Olive Montagu sopla pompas de una vara de plástico azul que sostiene delante de sus labios rosa brillante para adornar a su círculo de amigas con unas burbujas delicadas y flotantes que estallan contra rostros felices y de una suavidad imposible, como de porcelana. De vez en cuando, Olive mira en mi dirección, con un atisbo de curiosidad en sus ojos azules, antes de soplar otras pompas hacia el móvil de Lulu Yen, que esta apunta en su dirección. Las cinco se hacen un sinfín de fotos a lo largo del día: el objetivo de la cámara es testigo de cada vez que se aplican el lápiz de ojos en el espejo del baño; de cada conjunto planeado y coreografiado para que todas vayan coordinadas según se dirigen a la primera clase, hablándole a la cámara como si tuvieran un público delante, una fachada delicada que capturan para el resto del mundo. Y cada instante lo suben a internet escasos segundos después de que ocurra en la realidad. Como si les aterrara pasar al olvido.

A diferencia de Olive y sus amigas, yo sí que quiero que me olviden. Quiero desaparecer del recuerdo colectivo. Olive sopla otro aluvión de pompas con la varita y quedan flotando en el viento, girando en espiral en el aire cálido en mi dirección. Sin embargo, antes de que lleguen, veo algo con el rabillo del ojo.

Y paro la música del Walkman.

Al otro lado del césped, Tobias Huaman, que estaba sentado en los peldaños de hormigón que hay cerca de la puerta principal, se pone de pie de sopetón y parpadea para desprenderse del brillo del sol de mediodía. Es alto y musculoso, de tez oscura y unos ojos intensos y sombríos, y veo que se me acerca mientras una sonrisa se le va dibujando en los labios arqueados: esa expresión temible que tanto conozco ya.

«Mierda».

Si bien los tulipanes todavía no han florecido, el aire que me rodea ha cambiado con la promesa de lo que está por venir y el más ínfimo atisbo de polen de tulipán ya me recorre la piel.

Sus deportivas blancas lo llevan por el césped, con su chubasquero verde abierto, prenda que lleva porque un día Jude le dijo que tuviera cuidado con los días lluviosos. Y en el instituto Cutwater creemos en el destino, en lo que nos deparan las fortunas y en los malos augurios. Aun así, antes de que a Tobias le dé tiempo a dar cinco pasos siquiera, alguien lo aferra del hombro con una mano, firme y abrupto, y tira de él. Es su mejor amigo, Mac Williams, todo él imponente con sus labios gruesos, hombros propios de jugar al fútbol americano y piel de tono medianoche, quien le impide avanzar más.

Quien le impide acercarse a mí.

Varios chavales más que están por el césped han dejado lo que estaban haciendo para observar a Tobias, con el aliento contenido y un silencio espeso flotando en el aire de primavera.

Mac le da la vuelta a su amigo para que ya no me vea y lo obliga a sentarse otra vez, se agacha a su lado y le dice algo que no llego a oír, como si estuvieran en la media parte de un partido y Mac le estuviera soltando una charla para animarlo. «Contrólate —me imagino que le dice Mac—. No seas idiota, que podría hacer que la siguieras como un cachorrito antes de que acabe el día».

Y sí que podría, si quisiera.

Podría controlarlos a todos. Podría conseguir que me escogieran reina del baile de graduación y princesa de hielo en el baile de invierno, que me llenaran la taquilla de cartas de amor en San Valentín, que me cuidaran y me mimaran y me adoraran como si fuera yo de la casa real o algo. No tendrían ninguna posibilidad de evitarlo.

Podría tener a cualquier chico o chica que quisiera, como Archer.

En su lugar, lo único que quiero es largarme de aquí.

Quiero librarme de esta ciudad y de todos los que viven aquí.

Al otro lado del césped, los demás vuelven a murmurar y me dedican alguna que otra mirada de reojo, aunque todas furtivas: nunca se permiten mirarme demasiado rato. No vaya a ser que los atrape y no los deje ir nunca. Los embrujaré como al pobre Tobias Huaman, que casi ha venido tropezándose hasta aquí, atraído por un sentimiento que no comprende.

Suena el timbre para señalar el fin de la hora de comer y el inicio de la tercera clase, y la horda de alumnos emprende el paseo lento y reticente de vuelta hasta las puertas dobles del Cutwater.

Meto el cuaderno en la mochila y me sacudo los trocitos de hierba de las piernas paliduchas y descubiertas que tengo, así como del vestido de verano azul, con nomeolvides bordados, que fue de mi madre. Una de las pocas posesiones que dejó en el armario.

Debió de haber pensado que no lo iba a necesitar. O que no era lo bastante bueno como para llevárselo.

Lo abandonó porque no le servía y no significaba nada para ella.

Como yo.

Como el apellido que nos dio: Goode. El apellido de su familia, no el de nuestro padre.

Con todo, llevo sus prendas porque la añoro en una parte del pecho profunda y llena de dolor que ya quisiera yo poder arrancarme. Quisiera poder dejar de echarla de menos. Quisiera poder dejar de pensar en ella todos los días.

Quisiera poder olvidarme de ella.

Me pongo de pie y me echo la mochila al hombro, pero me espero antes de dirigirme al interior del edificio. Seré la última en pasar por las puertas, la última en recorrer los pasillos casi vacíos, donde solo quedarán unos pocos rezagados sacando libros de la taquilla o corriendo desde el baño, y me colaré en mi clase de Economía justo antes de que suene el último timbre. Me dirigiré al borde del aula, lo más atrás posible, con la mirada clavada en el suelo, con la precaución de no mirar a nadie. Así es como sobrevivo a mi día a día.

Aun así, cuando el último de los alumnos pasa por las puertas y el ruido de los pasos y los murmullos se desvanece entre las paredes de ese edificio de ladrillo, me percato de algo.

O de alguien, mejor dicho. Alguien que no estaba ahí hace un momento.

En el aparcamiento del instituto.

Me quito los auriculares para colgármelos del cuello y parpadeo para desprenderme del sol de mediodía hasta entornar los ojos en un chico que está a la sombra de un olmo torcido cuyas largas ramas se inclinan ante la brisa, cerca del campo de fútbol con el césped sin cortar. Tiene una mano metida en el bolsillo de los vaqueros y en la otra lleva un libro de tapa blanda. Está con la mirada gacha y tranquila, fija en las páginas del libro, como si no hubiera oído el timbre. Lo observo demasiado rato y acaba alzando la mirada y me la devuelve. Sus ojos son de un tono verde frío y templado. O tal vez azules, porque me cuesta vérselos desde aquí. Sin embargo, reflejan la luz del sol de forma extraña y preciosa, como si fuera una criatura poco común que ha salido de un libro de cuentos, cuyos ojos solo puede ver aquel que lo encuentra, que lo rescata, que lo saca de una catacumba subterránea. Solo que no sé quién es, nunca he compartido una clase con él, no lo he visto por los pasillos ni en las reuniones ni fuera del instituto después de clase.

O es nuevo porque acaba de llegar de alguna ciudad lejana o es un chico que no estudia en el instituto Cutwater.

Parpadeo otra vez, a sabiendas de que tengo que apartar la mirada, porque, si me lo quedo mirando mucho rato, acabará acercándose a mí, atraído por un hilo extraño en el pecho, unas ansias que no había experimentado hasta ahora, como si hubiera caído en las garras de una añoranza inefable. Sin embargo, antes de que pueda apartar la mirada, se da media vuelta, sin afectarse, sin inmutarse, y camina como si nada por el aparcamiento, en dirección a la calle, con el libro metido en el bolsillo trasero de los vaqueros.

Se marcha.

Sin mirar atrás.

Como si no hubiera experimentado esa atracción hacia mí, ese encantamiento tan nauseabundo como innegable que le da vueltas por el estómago, ese hilo de ansias en el centro del pecho. Ha mirado a Lark Goode a los ojos, le ha devuelto la mirada, y se ha ido. Como si no sintiera nada.

¿Cómo es posible?

Trago en seco y noto que pierdo el equilibrio, como si las rodillas se me quisieran doblar y hundir en el suelo.

Solo que el chico ya se ha ido. Es un espectro, una quimera, un ente que se ha escapado de las sombras para volver hacia la luz del sol.

Oigo el sonido propio de los locos de amor en cuanto dejo la mochila en el sofá: los roces con los dedos, las carcajadas que son más de desesperación y ansias que de la comodidad del amor verdadero. A través de la puerta mosquitera que da al jardín de atrás, veo a Archer en el borde del jardín, en la linde del bosque, donde apretuja a una chica contra un abedul. Le ha enredado los dedos en el cabello y le besa el cuello mientras ella no deja de reírse y enseña los dientes al cielo vespertino despejado. La temporada de tulipanes está al caer y las chicas ya se mueren por él, están encandiladas y se contonean para acercarse, con la esperanza de atrapar la luz, de capturar a un Goode en la palma de la mano. Debo decir que siempre me ha parecido que lo querrían aunque no fuera un Goode, aunque fuera un chico con cualquier otro apellido: se le echarían a los brazos como la leche por el desagüe.

Me da vergüenza ajena, con una punzada de amargura en lo más hondo de mi ser, el ver que el amor puede ser tan ingenuo y falso, doblegado por una magia tan antigua como incomprendida. Por un jardín de tulipanes.

Siempre he sabido que el amor no es de fiar.

Archer se aparta de la chica al fin, con las mejillas y los labios sonrojados, y le sigue rozando las manos unos instantes, con los brazos estirados, hasta que se sueltan y Archer recorre el jardín de tulipanes en dirección a casa, con la chica por detrás, pasándose las manos por las mejillas como si pudiera sacudirse de encima las ansias embriagadoras que nota cuando está a su lado.

No sabe que el jardín de flores por el que pasa tiene parte de la culpa por el deseo que experimenta por mi hermano.

Aun así, Archer no la lleva hasta el porche de atrás, porque sabe que no le conviene. Sabe que estoy harta de las chicas cualquiera que trae a casa para no volver a ver jamás. Sabe que nos pondremos a discutir, y discutir con tu mellizo es como pelearte contigo mismo: nadie gana. En su lugar, la acompaña a un lado de la casa, donde llego a ver una bicicleta color amarillo sol apoyada contra el cobertizo. Le da un último beso antes de que ella se vaya pedaleando por la entrada y gire en dirección al pueblo. Ocho kilómetros cuesta arriba. Y solo para pasar un rato al lado de Archer.

Cuando abro la puerta, el ambiente ha adquirido esa sensación veraniega como de ensueño: el zumbido de las abejas, un pájaro carpintero que golpetea el tronco de algún árbol en el bosque, en busca de insectos. La estación está a punto de cambiar.

Archer se apoya contra la valla del porche, con el sol en los ojos, y se pasa una mano por el pelo.

—¿Qué tal te ha ido en clase? ¿Mal? —me pregunta, con un aspecto vago y desenfadado, como James Dean en el póster de una peli antigua.

Hago caso omiso de la pregunta porque tengo la cabeza en otro sitio: en el chico que he visto. En ese al que no he reconocido y que parecía no afectarse por mi presencia, por ver a Lark Goode, capaz de atrapar a cualquiera con una sola mirada.

Aun así, la maldición de los Goode no es el hechizo de una bruja, no obliga a nadie a querer a otra persona; solo es un pequeño encantamiento, un brillo en los ojos, una pizca de seducción en los labios. Mis compañeros de clase todavía controlan lo que piensan y lo que hacen, son ellos quienes deciden qué hacer con el deseo que experimentan. Solo que la mayoría de ellos son débiles y no pueden resistirse al magnetismo que se les despierta cuando están cerca de un Goode.

Sea como sea, el chico del instituto parecía no sentir nada de eso.

Ni un solo atisbo de fascinación al mirarme.

Cierro los ojos para escapar del recuerdo y disfruto de la suave brisa primaveral que me roza las mejillas.

—¿Qué harás cuando nos graduemos? —le pregunto a Archer tras abrir los ojos.

Se queda mirando el riachuelo que pasa por debajo de casa y resigue el camino que traza a través del centro del jardín hasta desaparecer en el bosque, donde se junta con el río Cruce del Conejo y llega hasta el mar.

—Dudo que me gradúe —responde a lo bruto, con los codos apoyados en la valla—. He faltado a demasiadas clases.

—Entonces, ¿qué es lo que te ata a este pueblo?

Mi hermano siempre se ha comportado como si la vida lo aburriera, como si el resultado le fuera indiferente. Como si la vida no se estuviera desplegando a toda velocidad delante de nosotros y, si no la aferramos, si no alteramos su curso, estaremos condenados a sufrir el mismo destino que todos los Goode que han venido antes que nosotros.

—¿Para qué me voy a ir? —Me sonríe con las mejillas todavía sonrojadas por la chica—. En Cutwater puedo hacer lo que me dé la gana.

Nunca ha sentido ese nudo en la garganta por la desesperación de escapar de este pueblo, a diferencia de mí. Lo más seguro es que viva en esta casa vieja y cochambrosa el resto de su vida. Quizá incluso se case con una chica de por aquí y tenga hijos, niños a los que el destino les jugará la misma mala pasada que a nosotros por ser otros Goode. Y se las arreglará para quedarse satisfecho sin llegar a ver lo que nos espera más allá de este pueblucho de mierda.

Noto que me sigue mirando.

—De verdad crees que vas a salir de aquí, ¿no? —me pregunta. Me encojo de hombros y me niego a mirarlo, por lo que suelta un resoplido con una mueca por contener una carcajada—. ¿Y cómo lo vas a hacer? Si no tienes dinero ni para el billete de bus.

Clavo la uña del pulgar en uno de los postes del porche. La madera suave se empieza a pudrir, como todo lo demás, porque el riachuelo se lleva la casa y el terreno poco a poco.

—Tampoco podrás ponerte a trabajar en ningún sitio —añade—. No puedes ir a servir helados al Sorbete de

Rechupete, a colocar libros en la biblioteca ni a hacer de cajera en la ferretería de Al. Los clientes se enamorarán de ti.

Clavo la uña más aún, hasta dejar una forma de media luna en la madera, una señal de que he estado aquí: «Lark Goode vivió en esta casa horrenda». Pero tiene razón. Ningún empleo que pueda conseguir me duraría mucho. Ya he visto lo deprisa que el amor puede convertirse en devoción y en obsesión: he visto a las chicas del insti que se tatúan el nombre de Archer en el antebrazo o en la muñeca, al chico que se le puso a cantar *I Will Always Love You* delante de todos los alumnos durante la reunión de tercero de secundaria. Solo que nadie se rio, nadie se burló de lo enamoradizo e inocente que era el chaval, porque todos sentían lo mismo. Las ansias inexplicables de acercarse a Archer. A mí.

—Si usaras el talento que se nos ha dado, en vez de esconderte de él, tendrías todo lo que quisieras.

—Eso es robar —digo, apartando la mano del poste.

—No es robar si ellos te lo dan por voluntad propia.

—No saben lo que hacen. Deliran. —Arqueo las cejas en su dirección—. ¿No te acuerdas de Maisie Lee?

Archer esboza una sonrisa tan amplia que le brillan los ojos al pensar en ella.

—Esa sí que deliraba un poco, sí —admite—. Pero solo le guiñé un ojo.

—Durante la temporada de tulipanes —señalo.

Maisie Lee trabajaba en la gasolinera del súper de la plaza; y repito: trabajaba. Su padre era el propietario (y lo sigue siendo), pero el verano pasado Archer la convenció de que le vendiera un pack de seis latas de cerveza y, en lugar de hacer que pagara por ello, Maisie le dio todo el dinero que había en la caja registradora. O sea, más de cuatrocientos dólares. Y lo único que tuvo que hacer él fue guiñarle el ojo. Al día siguiente, su padre se nos presentó en casa con sus botas de agua embarradas, los brazos cruzados y el pelo grasiento y peinado hacia atrás, como si acabara de salir de debajo del motor de un coche del taller que hay junto a la gasolinera. Y exigió que le devolviéramos el dinero, claro. Archer le hizo caso y se disculpó, aunque juró que no lo había robado. Por suerte, el padre de Maisie no lo denunció. Aun así, mi hermano se las arregla para volver a casa con dinero en el bolsillo, con un billete de veinte extra que le devuelven en la taquilla del cine de Favorville después de que pagara con uno de diez. O con helado gratis del Sorbete de Rechupete que hay junto al campo de béisbol, o con un refresco y patatas fritas gratis de la hamburguesería de Lonnie. Nunca paga por nada.

Imagino que hasta podría sacarse un billete de bus gratis para irse de aquí si quisiera.

El caso es que no quiere irse. Este pueblo pequeño y alejado de la mano de Dios le da todo lo que quiere. Se queda por los tulipanes, porque, si se fuera, podría perder su encanto y su magnetismo. Necesita los tulipanes.

No obstante, nuestra madre sí que logró irse, sin decir nada, sin ninguna explicación. Se fue a hurtadillas por la puerta y recorrió la entrada a toda prisa, como si ya no se acordara de los dos hijos a los que estaba abandonando. Y, después de tres años, no nos ha mandado ni una triste postal. Se ha ido para siempre. Y hace mucho de eso. Sin mirar atrás ni una sola vez.

—Además, es mejor que te quedes —dice Archer, volviéndose hacia la puerta mosquitera—. Fuera de Cutwater no se nos ha perdido nada. Es mejor que te acostumbres a vivir aquí.

Entra en casa y cierra la puerta con fuerza, con un golpe seco que es como un ladrillo que se me estampa contra la esperanza que crece en mi interior. «Es mejor que te acostumbres a vivir aquí». Solo que yo no tengo ninguna intención de quedarme aquí aguantando.

Dentro de unos días me graduaré, y con eso no moriré aquí, vieja y amargada, al lado de ese dichoso jardín de tulipanes malditos.

Archer no lo sabe aún, no está al tanto de los planes que ya estoy trazando.

Pero pienso largarme de este pueblo.

Para siempre.

DOS

Con los auriculares puestos (y los Smashing Pumpkins gritándome en los oídos), me tumbo bocabajo y esbozo el contorno de su cara, la curva de la mandíbula, esos ojos traslúcidos como césped que acaba de brotar o un estanque azul. Es como asomarme a un cuento de hadas, y me pierdo en la imagen que toma forma en la punta del lápiz mientras la suave brisa vespertina me trae el aroma a tierra y a una lluvia distante a través de la ventana abierta de mi habitación.

Si bien lo que suelo hacer es dibujar rostros, no lo tuve lo bastante cerca como para captar los detalles más pequeños (una peca por aquí, un pelo despeinado en una ceja por allá), de modo que le dibujo los hombros, el pecho, el libro que llevaba en las manos. Está apoyado contra el olmo y el sol de la tarde se cuela por las ramas y le roza las mejillas mientras alza la mirada tan solo un poco… para verme a mí. Y, aun así, se marchó tras pasar la mirada por donde estaba, tras rozarme con la vista y nada más.

Como si no hubiera sentido nada.

Noto unos latidos en la cabeza, como un insecto diminuto que me rasca el cráneo. ¿Cómo pudo haberse ido sin más? Lo dibujo en el cuaderno porque quiero entenderlo, porque quiero rellenar las partes que no comprendo. «Es un chico sin nombre». Es un desconocido. Y, en un pueblo tan pequeño como este, una se entera de que alguien se acaba de mudar. Nos sabemos el nombre de todo el mundo, además de cuánto tiempo hace que viven aquí y por qué no se han marchado nunca.

Solo que este chico... es algo nuevo.

Me quito los auriculares, porque necesito silencio para intentar recordarlo, para plasmar algún detalle que se me haya pasado. Sin embargo, ya ha empezado a desaparecer de mis recuerdos y las partes sombreadas de las mejillas se vuelven menos visibles. El rumor del riachuelo me llena los oídos, con su agua de glaciar fría que serpentea por las montañas Middle Fork en dirección sur, por el valle Winterset, antes de girar hacia las tierras bajas y pasar por debajo de nuestra casa. No es culpa del riachuelo que haya acabado pasando por aquí, claro, que se haya quedado atrapado en las historias populares y las maldiciones antiquísimas que asedian este hogar, sino que fue mi tatarabuelo, Fern Goode, el que construyó una casa encima de él, el que consideró que era un lugar razonable para ponerla, en el terreno más bajo y pantanoso de la ciudad.

Una empresa absurda.

Sin embargo, por encima del borboteo y la corriente del riachuelo, me llega otro sonido...

El viento ha dejado de soplar y el bosque se ha quedado callado, pero el ruido resuena con sutileza a través de la ventana: algo que se abre, como el papel de seda. Como pestañas en la superficie del agua tibia de una bañera. Un ruido tan suave y discreto que casi ni se oye.

Me pongo de pie, pues conozco ese sonido con tanta claridad como si fuera un grito de una garganta aterrada. Lo oigo estación tras estación, desde la primavera que me vio nacer. Dejo el Walkman en la cama, me acerco a la puerta trasera y salgo hacia el abrazo de la noche. Es tarde, casi medianoche ya, pero el ruido es inconfundible: los pesados botones con forma de lágrima de los tulipanes comienzan a desplegarse poco a poco. Los pétalos se abren, ese penacho de capas sedosas que se echa hacia atrás para devolverle la mirada al cielo despejado y sin luna.

Los tulipanes florecen al fin.

Es un esfuerzo que solo sucede de noche, a oscuras, como si no quisieran que nadie los viera. Se desvelan en secreto, seductores, como mujeres que se van quitando la ropa. Muestran su tez pálida a las estrellas.

Con el corazón latiéndome en los oídos, bajo por las escaleras, paso por encima del riachuelo y me acerco al jardín. Sopla el viento y cambia de dirección, empieza a venir desde el este. Es un mal presagio. Un augurio. Contengo la respiración y observo el despertar de una maldición.

Bajo esta luz tenue, las flores suaves con sus pétalos níveos y líneas rojas estridentes parecen bastante inocentes, la verdad. Nada más que un jardín de flores que marca el inicio de una estación. Sin embargo, son de todo menos inocentes: son las responsables de todo lo malo que ha ocurrido en esta familia. Estiro una mano y paso un dedo por uno de los pétalos que acaban de florecer. Los tallos son más altos de la cuenta, antinaturales, de modo que la punta de cada flor me roza los hombros al son del viento. Algunos años, incluso alcanzan la misma altura que los tallos de maíz. Inspiro el aire nocturno, con todas las partículas cargadas de un dulzor embriagador que me marea, y sé lo que está por venir.

La temporada de tulipanes ha llegado.

O la temporada de la locura, según la llama la mayoría.

Porque los lugareños no saben que la culpa es de los tulipanes. No saben que estas flores son el origen del deseo retorcido que se les despierta una primavera tras otra.

Aun así, a partir de este mismo momento y hasta que los tulipanes se marchiten, los habitantes de Cutwater se sentirán atraídos de forma inextricable e irresistible por los Goode, por Archer y por mí. Notarán un impulso que los conduce hacia nosotros, un cosquilleo en la nuca que les es casi imposible de pasar por alto.

Cuando las flores se abren y revelan sus pétalos al mundo, las ansias que los demás sienten por nosotros se convierten en algo fuera de lo común.

En un hambre voraz.

Un salvajismo feral que puede llegar a ser peligroso.

El amor convertido en codicia.

Metida en el jardín, con el aire primaveral lleno del suave perfume de los pétalos de tulipanes, me vuelvo a acordar de mi tatarabuelo, un hombre que surcó el Atlántico desde los Países Bajos con un pequeño morral metido en la cintura del pantalón que contenía doce bulbos de tulipanes. Tulipanes que llevaba escondidos. Afirmaba que se trataba de una variedad muy poco común, una herencia salvada de la tristemente célebre tulipomanía que sacudió el país en la década de 1630. Sin embargo, cuando mamá contó la historia, dijo que lo más seguro era que hubiera robado los tulipanes y hubiera asesinado a un hombre para conseguirlo, a un jardinero de la realeza que guardaba los bulbos en un sótano oscuro y seco. Ya fueran robados o intercambiados por algo, los bulbos contenían una locura que hacía que la gente los ansiara, que provocaba el delirio del amor y de la devoción. Cuando los plantó en este terreno pantanoso, albergaba la esperanza de hacerse rico: pensaba vender las flores y gozar de la adoración y el respeto de todo el mundo, que lo admiraran de un condado a otro. Lo que ocurrió en realidad fue que asustó a los lugareños. Construir una casa encima del riachuelo Olvidado, en estas tierras pantanosas, les parecía absurdo. «Ninguna persona racional construiría su hogar con tanto descuido», susurraban. Y aquella primera primavera, cuando los tulipanes florecieron y mostraron sus pétalos blancos y estridentes, atravesados por una vena escarlata, los habitantes de Cutwater dijeron que era una maldición y se negaron a comprar ni una sola flor.

Con el paso del tiempo, los tulipanes se propagaron y el jardincito se convirtió en un mar de flores. Algunos de los lugareños se veían atraídos por Fern Goode por motivos que no comprendían, se enamoraban de él cada primavera, con la precisión de un reloj suizo. Y, cuando tuvo tres hijos (que acabaron siendo tan altos y robustos como las píceas noruegas), a estos les llegó el amor con la misma facilidad. Un amor salvaje y febril. Con cada generación, con cada Goode que nacía en esta casa, el amor inducido por la locura se entretejía más y más con la familia, se volvía más problemático, y las flores se entrelazaban con la sangre y los huesos de cada Goode.

Se volvían inescapables.

Aparto la mano del pétalo y me doy media vuelta.

Cuando era pequeña, los tulipanes me parecían preciosos, una flor mágica, pero ahora los odio. Ahora nada me gustaría más que haber nacido con otro apellido. Con cualquiera que no sea Goode.

En casa de nuevo, cierro la ventana de la habitación (para que el aroma de las flores no la inunde) y me hundo bajo las sábanas, con la almohada encima de la cabeza. No quiero oír cómo se abren los tulipanes.

No quiero que nada me recuerde quién soy. El destino del que no puedo huir.

Mañana comienza la temporada de la locura.

* ✶ *

El sol matutino se alza en el firmamento por encima de las copas de los árboles y el ambiente dentro del autobús ya está cargado y resulta asfixiante. Noto las miradas de todos clavadas en mí mientras recorro el pasillo hasta la última fila de asientos, con una quietud tensa en el aire. Todos contienen el aliento y sé que el corazón les late demasiado deprisa. Subo el volumen del Walkman y la voz de Lauryn Hill me vibra contra los tímpanos.

Aun así, los que están sentados más cerca de mí no pueden evitar mirarme de reojo, una vez, luego dos, luego demasiadas. Notan unas ansias de estar con cualquiera que se apellide Goode, unas más persistentes que las de ayer.

Imagino que piensan algo como «Lark Goode huele distinto hoy», que es una sensación de la que intentan desprenderse y no pueden. «Parece más... una chica de la que me podría enamorar».

Las feromonas microscópicas que contiene cada flor me saturan la piel. Me llenan los pulmones. Dejan una estela a mi paso.

Y, como perros de caza sedientos de sangre, captan el rastro.

Depredadores locos de amor.

Cuando el bus chirría por fin hasta detenerse delante del instituto, salgo más deprisa que nadie, tanto que casi me tropiezo en las escaleras. Le echo un vistazo al olmo alto que hay junto al aparcamiento, en busca del chico. Necesito verlo otra vez y capturar los últimos detalles de su rostro para poder terminar el boceto. Solo que es algo más que eso, claro: se me ha despertado una curiosidad enorme, quiero saberlo, quiero verlo. ¿Puede volver a mirarme sin sentir nada, ninguna ansia forzada de acercarse a mí? Si soy yo la que se acerca, ¿todavía será capaz de apartar la mirada e irse como si nada?

Lo dudo mucho. No con los tulipanes en flor, vaya.

Solo que en el aparcamiento no hay ningún chico bajo el olmo.

No hay ni rastro de él.

Avanzo por el césped con la cabeza gacha, cruzo las puertas dobles y voy a mi taquilla en el pasillo B. Está cerca del gimnasio, por lo que el hedor del sudor, las deportivas y el desinfectante Clorox se pega a las paredes. Meto la mochila en el rectángulo metálico que me pertenece y saco mi libro de *Historia del mundo* para la primera clase del día.

Subo el volumen del Walkman mientras Lauryn Hill me canta sobre la naturaleza de la existencia: «Todo lo es todo, lo que tiene que ser será». Clavo la vista en el suelo de linóleo cuando doblo la esquina hacia el pasillo principal y me detengo en seco.

Un grupo de gente se ha juntado fuera de las puertas de la cafetería, cerca de la fuente que ya no funciona y el cartel dibujado a mano del club de astronomía. QUIÉN NECESITA LAS MATES CUANDO PUEDES CONTAR LAS ESTRELLAS, reza escrito con un rotulador permanente negro y grueso.

No alcanzo a ver quién está en el centro de la muchedumbre ni qué ocurre, aunque sí que oigo el zumbido del ajetreo a través de los auriculares. Alguien grita, seguido de un aluvión de voces, y me dejo los auriculares colgados del cuello según me acerco al alboroto, siempre con cuidado de no tocar a nadie ni de mirarlo a los ojos. Camino con discreción junto a la fila de taquillas metálicas hasta que por fin puedo ponerme de puntillas para ver entre dos alumnos de tercero de secundaria: Tobias Huaman, alto y de espalda ancha, se encara a su mejor amigo, Mac Williams. Ayer, Mac impidió que Tobias se me acercara durante la hora de comer, que cayera en las garras del encantamiento de los Goode, pero ahora parecen estar a punto de pelearse. Con las manos apretadas en puños, sacan pecho y tienen la mirada intensa, con los ojos enfadados y entornados.

—¡Si tú ya tienes novia! —suelta Mac, alzando la barbilla.

—Y tú también —responde Tobias con un tono de voz brusco, dando un gran paso hacia Mac.

El grupo de alumnos parece acercarse más a ellos para intentar ver bien antes de que se lance el primer puñetazo y un estupor de emoción nerviosa recorre el ambiente. Les encantan las peleas, y más si son entre dos de los chicos más conocidos del instituto, dos chicos que ayer eran amigos del alma.

Está claro que ya no.

—Siempre has sido un imbécil —contrapone Mac, antes de darle un empujón en el pecho con una mano.

Alguien suelta un quejidito, un grito diminuto, y giro la mirada hasta encontrar el origen: Clementine Morris, la chica a la que Jude le leyó la fortuna ayer. Ahora está con la funda de la flauta en la mano izquierda, a un metro de los dos chicos que parecen a punto de enzarzarse en una pelea. Tiene una larga melena de color castaño apagado que le cae lacia por los hombros, con unos pocos enredos visibles por delante, y un brillo de curiosidad en sus ojos avellana. Pienso en lo guapa que es, en que seguro que es el tipo de chica a la que le sonreirá la vida fuera de aquí, en el mundo real. Llegará a ser una música famosa o descubrirá una cura para una enfermedad antigua. Y los alumnos que asistimos al instituto Cutwater el mismo año que ella se gradúe intentaremos recordar quién era, pero no podremos. Porque ahora mismo, en la escala social del instituto, solo sobreviven los más chillones, los que brillan más. Aquí no es nada memorable.

Echo un vistazo entre la multitud e intento entender qué ocurre.

Tobias intenta dar un paso para rodear a Mac, un paso hacia... ¿Clementine?

La chica parece asombrada por un momento, como si hubiera perdido el equilibrio, aunque también veo... otra cosa. Un breve atisbo de alegría le tira de las comisuras de los labios.

Me quedo boquiabierta y veo que a los que tengo más cerca también les pasa, porque nos hemos quedado confusos. Tobias levanta un brazo, pero no hacia Mac, no con un gesto violento, sino hacia Clementine. Se acerca a ella, con suavidad, con cariño, y ella le da la mano con una sonrisa traviesa en los labios rosa que tiene, con las mejillas llenas de pecas sonrosadas de inmediato.

Se lo está pasando bien.

Oigo un grito ahogado colectivo por parte de todos, como si el oxígeno hubiera desaparecido de golpe de este pasillo apretujado. Vuelvo la mirada otra vez, al igual que todos, como si estuviéramos viendo una obra de teatro de Shakespeare que se ha colado en la vida real y cada nuevo desarrollo sea menos creíble que el anterior. Encontramos a Olive Montagu tapándose la boca con una mano, con los ojos muy abiertos y sin saber qué hacer, como un pez que han dejado abandonado en la orilla. Veo que le tiembla la garganta, con su cabello rubio y suave metido detrás de las orejas, y esos ojos verdes se le llenan de lágrimas.

Olive es la novia de Tobias.

Desde tercero de secundaria.

Y ahora ve que su novio le da la mano a otra chica: Clementine Morris..., seguramente la última persona que Olive se habría imaginado que le iba a robar a su novio del instituto. Clementine, tímida, recatada y modesta, nunca ha sido una amenaza para ella.

Hasta hoy.

Sin embargo, Tobias solo puede darle la mano a Clementine por un momento, porque Mac le da un empujón en el pecho con las dos manos y lo echa atrás. El gentío suelta un grito ahogado y alguien chilla, creo que Olive. En un abrir y cerrar de ojos, los dos chicos se están peleando. Veo que uno lanza un puñetazo y el otro contesta con otro. Tobias tira a Mac al suelo y le da una patada en el abdomen, pero Mac se pone de pie y le da un placaje contra la fila de taquillas, con un golpe seco y reverberante. La gente se echa atrás, porque nadie quiere quedar atrapado en la pelea. Aun así, antes de que Tobias pueda darle otro golpe en las costillas, oigo un grito alto e imperioso que proviene del otro lado del pasillo, seguido de otro. El entrenador Lopez se abre paso entre el gentío y tira de Mac para apartarlo de Tobias, lo sujeta del pecho para que no se abalance otra vez.

El director Lee hace acto de presencia, con las gafas deslizadas hasta la punta de la nariz estrecha que tiene, y sujeta a Tobias.

—¡Todo el mundo a clase! —grita mientras lleva a Tobias al despacho de dirección.

El entrenador Lopez hace lo propio con Mac y se lo lleva por el pasillo, hacia las puertas dobles que dan al campo de fútbol. Lo separa de su adversario.

—Todos fuera de aquí, que tenéis clase —añade el director Lee. En vista de que nadie se mueve, grita—: ¡Venga!

El gentío se dispersa, cada uno a su taquilla o al aula que le toque, murmurando y cuchicheando sobre lo que acaba de ocurrir, sobre por qué demonios ha ocurrido, de hecho. Sin embargo, yo me quedo apoyada en una taquilla que no es mía, con las ideas a mil por hora.

* * *

La puerta de mi clase de primera hora no está cerrada aún y los alumnos siguen entrando a su ritmo, por lo que puedo colarme desapercibida, dirigirme al fondo del aula y hundirme en una silla junto a la ventana.

Y no me sirve de nada.

Mis compañeros cuchichean entre ellos, se pasan notitas garabateadas en páginas que han arrancado de sus cuadernos y me dedican miradas furtivas, aunque no para reírse ni burlarse de mí. Lo que veo en su expresión es algo totalmente distinto.

Los ojos los delatan, las sonrisitas, el tono sonrojado de las mejillas. Se están enamorando.

—¡Renna! —Suelta el profesor Loon—. Trae eso.

Alzo la mirada un instante para ver que el profesor camina entre la fila de pupitres, se detiene junto a Renna McPhee y estira una mano.

—Dámelo —le ordena.

Renna pone los ojos en blanco y le da un papelito. Sin embargo, cuando el profesor Loon vuelve a la parte delantera del aula, sé que lo que tiene en la mano tiene más peso y sustancia, que no es un papelito sin más, solo que no puedo verlo. No del todo.

Abre un cajón de su escritorio y mete lo que sea que le haya quitado, otra baratija más de las que confisca a lo largo del día. Aun así, antes de que cierre el cajón, se queda parado un momento, con la mirada fija en el cajón, y una expresión extraña le tira de las comisuras de los labios. ¿Es asco tal vez? ¿U otra cosa? Le veo lágrimas en los ojos.

Alguien suelta una risita en la primera fila, mientras todos los alumnos nos lo quedamos mirando, y el profesor Loon vuelve a alzar la mirada y cierra el cajón deprisa. Después de carraspear, comienza su clase sobre la caída de Roma y yo me quedo con la cabeza gacha hasta que suena el timbre. Me levanto de un bote, desesperada por liberarme de esta sala, y corro hacia la puerta.

Solo que Titha Roberts ya está ahí, sujetándome la puerta para que pase, con el cabello oscuro y precioso que tiene en una trenza perfecta que le cae por un hombro y sus labios llenos que esbozan una sonrisa amable.

—Estás muy guapa hoy, Lark —me dice, mirándome con esos ojos marrón oscuro.

Titha Roberts es miembro de la élite del instituto Cutwater, la capitana del equipo de vóley, ha salido con todos los *quarterback* del equipo de fútbol americano y es la presidenta del club de teatro. Y yo no soy alguien a quien le sujetaría la puerta en un día cualquiera, desde luego. Así como tampoco perdería el tiempo hablando conmigo si estuviéramos en cualquier otra estación.

Me cuelo por la puerta hacia el pasillo sin mirarla a los ojos, sin dirigirle la palabra. Porque sé que no va en serio, sé que es el aroma de las flores recién brotadas que tengo en la piel lo que le ofusca la mente y la hace querer acercarse a mí.

En el pasillo, Randy Ashspring me espera unos pasos por delante y estira una mano en mi dirección.

—Puedo llevarte los libros, si quieres.

Tiene la mirada nublada y extraña y niego con la cabeza en su dirección antes de girarme deprisa hacia el baño que hay al otro lado del pasillo.

—¡Oye, Lark! —me llama una voz a mi izquierda. Miro de reojo y me encuentro con la sonrisa de Cole Campbell, con ese encanto de estrella del fútbol que es capaz de hacer que aminore la marcha. Cole juega en el equipo estatal (porque el instituto no tiene equipo de fútbol) y su melena rubia y despeinada se le mece hacia los ojos cuando se me acerca—. ¿Tienes algún plan para después de clase? —El lado izquierdo de la boca se le alza y las pecas que tiene se le suben por las mejillas—. Podría pasar a recogerte para irnos a Favorville, podemos ir a ver una peli. —Hace una pausa, como si no se creyera lo que me acaba de decir, como si fuera imposible que le acabara de pedir salir a Lark Goode—. O podemos ir a ver la puesta de sol desde la montaña Cutwater. —Me mira de arriba abajo, perdido en una ensoñación, en una niebla embriagadora y loca de amor, pero acabo apartando la mirada para romper el contacto visual antes de que sea demasiado tarde.

—Lo siento, Cole —me apresuro a contestar—, hoy no puedo. —Y me cuelo en el baño.

Tendría que haber sido más tajante, tendría que haberlo mandado a la mierda. He descubierto que es mejor ser directa, ir al grano, porque el dolor del rechazo a veces puede romper el estupor del deseo. Incluso si siguen bajo el temible agarre de la añoranza, con esa locura de amor que se les pudre en el pecho, sus ganas de evitar la vergüenza a veces son capaces de cortar de raíz sus futuras confesiones de amor hacia mí.

Sin embargo, ahora mismo me dan lástima, como me ocurre siempre al principio, porque sé que no es culpa suya. Sé que no quieren sentir lo que sienten.

Me encierro en el cubículo más alejado, desde donde escucho a las demás chicas entrar en el baño y quedarse más rato de la cuenta en el lavabo, mareadas por culpa de una sensación que no pueden explicar, por un aroma embriagador que les provoca un cosquilleo en la nuca, un deseo inexplicable, antes de que vuelvan al pasillo por fin. A pesar de que suena el timbre que indica el comienzo de la segunda clase del día, me quedo donde estoy.

El eco de los pasos y voces del pasillo termina desapareciendo poco a poco hasta quedarse en silencio. Se me calma el corazón, con una tranquilidad apagada y temporal.

Mi segunda clase hoy es Literatura Norteamericana y sé que la profesora Garrison tiene en mente que formemos grupos para debatir sobre nuestros autores favoritos del siglo diecinueve: Whitman y Poe, Emerson y Thoreau, Ida B. Wells y John Muir. Se supone que es una forma de resumir nuestro último año de estudio. Solo que no puedo meterme en un circulito de compañeros de clase y ver que no pueden centrarse, que me miran sin parpadear.

Me planteo salir del baño, sacar la mochila de la taquilla y volver corriendo a casa. Es por eso que Archer deja de venir a clase cuando florecen los tulipanes, porque es casi insoportable. El problema es que la semana pasada el director Lee hizo un anuncio por megafonía en el que nos advirtió de que cualquiera que se perdiera un solo día de la última semana de clase no se graduaría.

De modo que aquí me quedo.

Aguantaré aquí durante la segunda clase, hasta la hora de comer.

Con los auriculares puestos, apago el mundo más allá de mi escondite y saco el cuaderno de debajo del libro de texto para colocarlo plano contra la pared del cubículo. Lo abro por la última página, la del chico. Le paso un dedo por la frente, por los mechones sueltos de ese cabello oscuro. Le deslizo el lápiz por la sien, le sombreo el lóbulo antes de pasar por la barbilla, por la boca… No sé qué forma exacta tienen sus labios. Me gustaría poder volver a verlo, verlo de cerca, para captar mejor el color de los ojos, las sombras que le dibujan las pestañas, la curva de la mandíbula, antes de que su recuerdo se me escape del todo.

Aun así, no lo he visto por los pasillos. No estaba entre el gentío antes de que sonara el timbre, porque lo habría encontrado. Pero, si no va al instituto Cutwater, ¿quién es? ¿Y por qué estaba en el aparcamiento ayer, leyendo un libro apoyado en un árbol?

Lleno las partes de él que sí recuerdo: el ángulo ancho que le formaban los hombros, el libro de tapa blanda que llevaba en las manos, la comodidad con la que se apoyaba contra el tronco, como si estuviera a mil kilómetros de allí, perdido en la historia que se desplegaba en las páginas. El tiempo se me pasa volando hasta que el timbre resuena por los pasillos una vez más y marca el final de la segunda clase.

Oigo el torrente de alumnos que cierran sus respectivas taquillas antes de irse para la cafetería o el patio delantero, los pasos que resuenan contra las paredes de ladrillo. Cuando solo quedan unas pocas voces, salgo del baño con discreción y voy a mi taquilla sin que nadie me vea. Saco la mochila y salgo por las puertas dobles, donde inspiro el intenso aire primaveral, contenta por haberme librado de los confines del instituto.

Hay menos gente desperdigada por el patio que ayer. Tal vez hayan decidido pasar la hora de comer en la cafetería apestosa y poco iluminada que tenemos, lejos de mí.

Con todo, no consigo dar ni dos pasos por el patio cuando noto una mano en el hombro. Doy un respingo y me aparto, con el corazón latiéndome a toda prisa al instante, pero quien sea que me ha tocado se me acerca más aún y me obliga a quedarme de espaldas contra la pared de ladrillo del edificio. Parpadeo para intentar centrarme, solo que me encuentro una cara en las narices, la de Gabby Pines. Como si no pudiera acercarse lo suficiente. Tiene el cabello color fresa recogido en un moño y un caramelo en el interior de la mejilla izquierda.

—¿Tienes más? —me pregunta en un susurro, como si fuera un secreto, y le noto el aliento a menta y sandía.

—¿Qué dices?

Me sorprende que se me haya acercado tanto, que se haya arriesgado.

—Tulipanes —sigue, más insistente, sin pestañear con esos ojos azules y vidriosos que tiene—. Los que cultiváis detrás de tu casa.

Doy un paso a la derecha, pero ella hace lo mismo y mueve la boca cuando se pasa el caramelo al otro lado.

—Dicen que todo es por las flores, que son la razón por la que la gente se enamora de vosotros cada primavera.

Se le hinchan las fosas nasales, como si hubiera desentramado todos mis secretos, como si viera lo que soy en realidad.

El corazón me late con fuerza contra los tímpanos. El pánico se ha apoderado de mis pensamientos y hace que lo vea todo borroso, incluso la cara de Gabby.

Los habitantes de Cutwater siempre han sabido que los Goode tenemos algo raro, que somos brujos, demonios o monstruos. Aun así, nunca han entendido por qué se enamoran perdidamente de nosotros cuando la primavera se funde en el verano. Aunque notan el hechizo que los hace querer acercarse a nosotros, no entienden de dónde viene, cuál es el origen.

Ahora, sin embargo… Lo noto en los ojos de Gabby. Como si lo hubiera descubierto todo. Me late la cabeza y me tiemblan las manos.

—A la gente le gusta contar historias absurdas…, pero es mentira —digo, solo que con voz débil y poco convincente.

«Mierda». Tengo que alejarme de ella y de los demás que se han detenido al pasar por aquí para observarme e intentar entender lo que me dice ella.

—Te compraré uno —añade en voz baja, desviando la mirada a la izquierda como un pájaro en busca de carroñeros—. Tengo pasta.

Niego con la cabeza y noto que se me entrecorta la respiración. Me siento atrapada. Encerrada.

—Por favor… —sisea.

Y en los ojos le veo algo más, una transformación: se ha acercado demasiado. Empieza a perder el control de lo que siente, parpadea y abre la boca un poco, y veo la locura del amor que le toma forma en los rasgos de la cara, en el ritmo extraño de su respiración.

Trago en seco, con la fría pared de ladrillo del instituto contra la espalda, y sé que tengo que irme de aquí. Me doy media vuelta antes de que pueda acercárseme más, para apartarme de su mirada, y bajo por los peldaños de cualquier manera.

Corro por el césped hasta que capto algo con la mirada.

Algo que no estaba allí antes.

Una flor nívea.

Blanca y temible.

Con una línea roja horrible marcada en cada pétalo, reluciendo y vistosa bajo el sol del mediodía.

Entorno los ojos para ver mejor, porque estoy segura de que me he confundido.

Solo que el tallo verde está en las manos de Mac Williams, uno de los chicos de la pelea de esta mañana. Me sorprende que no lo hayan mandado a casa, que no lo hayan expulsado durante estos pocos días que nos quedan. Tobias Huaman, su mejor amigo, no está por ninguna parte.

El grupito de amigos que rodea a Mac se ha quedado mirando esa flor delicada y hablan como si se tratase de un artefacto nada común, debaten lo que vale y qué uso tiene, como antropólogos estúpidos.

Y entonces lo sé. Es innegable.

Mac sostiene un tulipán Goode, vil protagonista de los rumores de los demás, por mucho que no lo hayan visto nunca.

El corazón me da un vuelco y el miedo me invade el pecho, con la sensación de que me voy a poner a vomitar.

Uno de los tulipanes de los Goode ya no está contenido en el jardín.

Está aquí, en el instituto, en manos de alguien que no es un Goode.

El grupito se acerca más a la flor, con la boca abierta, apiñados como si estuvieran en uno de sus partidos del miércoles. La sangre me ruge en los oídos y hace que las voces que me rodean se vuelvan amortiguadas y espesas.

Me dirijo hacia ellos con esa sensación que me arde por dentro, como un cable con corriente que me recorre la columna. Mac es el primero en verme y da un paso atrás, lejos del círculo. Me tiene miedo, soy una chica hecha de rumores y fábulas que se entrelazan con mi árbol genealógico, una chica que bien podría ser la mismísima muerte. Estoy lo bastante cerca como para quitarle el tulipán de las manos, rápida y con fuerza, clavándole una mirada ardiente. Y no intenta impedírmelo. Ni siquiera parpadea, tiene los hombros echados atrás y la boca un poco abierta, como si le diera miedo hablar.

—¿De dónde has sacado esto? —exijo saber con una voz más fuerte de lo que me esperaba, aferrando el tallo de tulipán con fuerza—. Dime de dónde lo has sacado.

Niega con la cabeza, pero no consigue formar palabras.

—¿Te has colado en nuestro jardín?

Se queda boquiabierto.

—Eh… Esto… Eh… No es… No…

No encuentra las palabras y la confusión le invade la cara, como si no recordara cómo acceder a lo que piensa. Como si estar tan cerca de Lark Goode lo hubiera dejado en blanco.

Meneo la cabeza en su dirección, molesta, enfadada, y cuando miro a su grupito de amigos, se echan atrás en dirección al instituto, como si los hubiera cortado con la mirada.

—Si vuelves a colarte en nuestra propiedad, lo pagarás caro —le digo, con palabras que suenan a maldición, a embrujo, mirándolo a los ojos una vez más. Es una amenaza vacía, pero él no tiene por qué saberlo. Asiente deprisa, como si sí hubiera entendido eso, con sus ojos marrones tan grandes como los de un cachorrito aterrado.

Me meto el tulipán en la mochila y cruzo el césped a toda prisa. Aunque no miro atrás, sé que me están observando, noto sus miradas y el aliento que contienen en una garganta cerrada.

Y, cuando llego al césped que hay más allá, no me dirijo al olmo bajo el que suelo comer, sino que sigo adelante. Más allá del campo de fútbol, a través del aparcamiento y hacia la carretera.

Corro todo el camino hasta casa.

TRES

Qué carajos ha pasado? —me pregunta Archer al verme subir por las escaleras del porche. Está sentado en el columpio, rasgando la vieja guitarra de nuestro padre, cuyas cuerdas están ajadas en la punta y la madera desgastada en ciertas partes—. ¿Te vas a saltar las clases?

Noto la lengua demasiado pesada en la boca.

—Ha habido una pelea en el insti...

Archer frunce el ceño y un mechón de cabello oscuro se le desliza por los ojos.

—Creo... —Inspiro hondo para ralentizar el pulso—. Creo que tiene algo que ver con los tulipanes.

—¿Qué quieres decir? —Se deja la guitarra en el regazo.

En vez de contestarle, me meto en casa, tiro la mochila al suelo junto a la mesa de la cocina y abro la puerta de atrás de par en par. Desde el porche, los tulipanes me parecen inmóviles, inocentes, como niños que se quedan perfectamente quietos para hacer ver que no se han portado mal, con miguitas de galleta en las mejillas y bajo las uñas.

Aun así, encuentro el problema.

En el borde oriental del jardín... falta un grupo entero de flores blancas con líneas rojo sangre.

Al menos treinta o cuarenta tulipanes arrancados de cuajo. Los tallos verdes y vacíos parecen lápidas sin cabeza, sin vida.

Los han robado.

El miedo me da una punzada en el estómago.

En la tierra, a pocos metros de las flores robadas, hay unas tijeras de podar que reconozco del cobertizo. En algún momento antes de que el sol se asomara por el horizonte, un ladrón se ha colado en el jardín, ha retirado las tijeras del clavo en el que suelen colgar, contra la pared inclinada del cobertizo, y se ha llevado varias decenas de tulipanes Goode.

Me laten las sienes.

Una sensación aciaga se me retuerce desde el estómago.

—Mierda —murmura Archer, unos pasos por detrás de mí, con las manos en la nuca.

Nunca nos ha preocupado que un ladrón se fuera a colar en el jardín. Los lugareños nos temen (no es de extrañar, con todos esos rumores de que practicamos magia negra, de que le arrancamos los ojos y los huesos a cualquiera que pise nuestro terreno) y eso basta para que se mantengan al margen. Los únicos que se atreven a poner un pie en nuestra casa son los intereses amorosos de Archer, y solo porque están sumidos en un trance por las palabras que él les susurra contra el cuello.

Nunca nos ha hecho falta una valla ni un cartel de PROPIEDAD PRIVADA, nunca hemos tenido miedo de que unos ladrones o vecinos metomentodo se pasen por el jardín y arranquen unos cuantos tulipanes. La leyenda de la familia Goode siempre ha sido suficiente.

Bajo por las escaleras y paso los dedos por algunos de los tallos que han perdido esas flores tan delicadas. Odio los tulipanes, aborrezco el jardín, pero esto que nos han hecho… Me parece una transgresión demasiado privada, como si alguien me hubiera arrancado un trozo de piel.

—¿Quién habrá hecho algo así? —pregunta Archer.

—Creo que Mac…, y seguro que sus amigos también.

Mi hermano hace una mueca antes de contestar.

—Esos no serían capaces de ir a hurtadillas por el jardín ni aunque sus becas de fútbol dependieran de ello. ¿Seguro que han sido ellos?

—Mac tenía uno en el insti —respondo, encogiéndome de hombros—. Pero se lo he quitado. —La flor en sí sigue metida en la mochila.

—Mierda —repite—. Tenemos que encontrar los demás.

El sol que se cuela entre las nubes me marea.

—Creo que ya es demasiado tarde para eso.

Recuerdo la mirada de desesperación de Gabby Pines cuando me ha suplicado que le venda un tulipán. Y otro recuerdo se me aparece: el profesor Loon confiscando algo en clase. No sabía qué era exactamente, porque lo llevaba escondido en la mano, pero ahora que lo pienso… Lo ha mirado con mucha intensidad, se ha quedado como de piedra, hipnotizado. Y también está lo de la pelea en el pasillo entre Tobias y Mac, mientras Clementine los miraba más satisfecha que nadie. ¿Acaso todo tenía algo que ver con los tulipanes?

Lo más seguro es que ya los hayan intercambiado y repartido por todo el instituto más de una vez. Será imposible encontrarlos y recuperarlos todos.

Archer se pasa una mano por la nuca.

—No pinta bien la cosa, Lark.

Se saca la púa de guitarra del bolsillo y se empieza a rascar un lado de los vaqueros; es una costumbre suya para calmarse.

—Es la primera vez que alguien de fuera de la familia tiene un tulipán.

—Lo sé.

—Y hace muchas generaciones que ni siquiera nosotros cortamos uno del jardín.

—Lo sé —repito.

—No sabemos qué va a pasar.

Asiento y aparto la mano del tallo decapitado.

—Tendríamos que poner una valla —dice, solo que ya no lo escucho.

Pienso en mamá, en que me gustaría que estuviera con nosotros ahora. Nos diría que no nos preocupáramos con esa forma de ser calmada y sin afectarse que tenía. Paseaba por la casa, feliz y tranquila, tarareando para sí misma. Sabía generar un ambiente de paz, rasgo que Archer ha heredado. Es por esa misma razón que le fue tan fácil abandonarnos; siempre estaba pensando en otra cosa e iba allá adonde la llevaba el viento. El robo de los tulipanes sería algo que pasaría por alto con la esperanza de que el problema se solucionara por sí solo.

Sin embargo, los problemas que orbitaban en torno a mi madre casi nunca se solucionaban solos, no. Lo que hacían era crecer y crecer hasta que engullían a todos los que estaban a su alrededor.

* ✶ *

La noche antes de que mamá se fuera de casa, las dos estábamos sentadas en el tejado, lanzándoles deseos a las estrellas fugaces. Recuerdo el olor lila que desprendía su piel cuando le daba golpecitos al tejado con las manos, siempre con una canción en la cabeza que se moría por salir.

—Estoy buscando una señal, Lark —recuerdo que me dijo.

Esperaba encontrar algo en aquella formación de estrellas, una pista acerca de su vida, su destino, su futuro.

Porque así era ella: volátil, enigmática. Del tipo de mujeres que los demás no podían dejar de mirar. Al fin y al cabo, era una Goode. Archer se quedó con todo su encanto y a mí no me tocó ni una pizca.

—Tengo un viento en el corazón —le gustaba decir, llevándose una mano al pecho—. Lo oigo susurrarme, decirme que hay algo mejor que me espera fuera de este pueblo. —Hablaba mucho de irse de Cutwater, de huir.

Esa parte de ella sí que la he heredado, claro está.

Las ansias de irme tan lejos de este pueblo como me lo permitan el destino y la suerte.

Para la mañana siguiente, ya no estaba.

Me desperté justo a tiempo para verla irse por la entrada a grandes zancadas, tirando de la maleta.

No he vuelto a subir al tejado desde aquella noche. Es un recuerdo de ella, de cuando podría haberme aferrado a ella para que no se fuera. Solo que no pude.

Ahora estoy tumbada en la cama, incapaz de conciliar el sueño.

Un búho se posa en el punto más alto de la casa y ulula hacia la oscuridad, por lo que oigo que Archer sale corriendo de la cama y abre la puerta de atrás de un empujón, seguro de que alguien se ha colado en el jardín. Repite el mismo proceso como doce veces a lo largo de la noche: ante cada sonido, cada crujido de la casa, se pone en pie, listo para atrapar a algún ladrón. Sin embargo, el jardín siempre está vacío.

Y los tulipanes están tal cual estaban hace unas horas.

Tras el amanecer, me preparo una taza de té, me cuelgo la mochila del hombro y recorro la entrada para ir a por el bus. Todas las partes que me componen me gritan que vuelva a la cama. No sé qué me va a esperar en el instituto.

Lo que quiero es que esta semana acabe de una dichosa vez. Ayer ya me salté la segunda mitad de las clases y una parte de mí espera que nadie se diera cuenta, que todavía me dejen graduarme.

Junto a la entrada, el riachuelo Olvidado está crecido y baja a toda velocidad, porque el deshielo de la primavera hace descender el agua de la nieve de las montañas Middle Fork. El suave silencio matutino queda interrumpido por el sonido del bus que ruge por la carretera Swamp Wells. Respiro hondo y me preparo para lo que se me viene encima. Sin embargo, no es el bus amarillo lo que veo venir, sino una camioneta que se desvía hacia un lado de la carretera, levanta una nube de polvo afilado y derrapa hasta detenerse frente a mí.

Me echo atrás, con lo que casi me resbalo y me caigo al riachuelo, tosiendo por el polvo que se va asentando. Entorno los ojos y acabo reconociendo ese Ford verde desteñido por el sol, el de Talon McDonald, que se graduó el año pasado y que, como el resto de los habitantes de Cutwater, no se ha ido del pueblo. Se pudrirá aquí mismo.

Tensa, me aparto otro paso más, con el cuaderno aferrado bajo el brazo, pero me da miedo darle la espalda a la camioneta, porque Talon puede ser bastante imbécil cuando quiere. Aun así, también es la temporada de tulipanes, así que dirá alguna gilipollez y se irá o bien me confesará su amor eterno.

En el asiento del copiloto hay otro chico, con una melena rubio arena que sobresale de una gorra de béisbol y el inicio de un bigote escaso y pálido. Se llama Raif o algo así, se graduó hace un par de años y no tiene nada mejor que hacer ni ningún otro lugar al que ir. En la parte de atrás de la camioneta hay dos chicos más jóvenes apoyados contra un lado, mirándome. Uno no lleva camiseta y tiene un pelo oscuro grasiento y despeinado por el viento, mientras que el otro viste una camiseta negra y le da sorbitos a una lata de refresco. Creo que son los hermanos pequeños de Talon. Uno de ellos seguramente empiece en el instituto Cutwater el año que viene.

—¿Estás haciendo autoestop? —me pregunta Raif a través de la ventana abierta, con el labio superior en una mueca burlona.

Miro de reojo hacia la casa y calculo lo deprisa que podría llegar, aunque ellos me adelantarían con el coche o incluso a pie.

—Ya te llevamos nosotros —me ofrece, dándole unos golpecitos a la puerta de la camioneta. Tiene el rostro moreno y las mangas de su camisa a cuadros azul marino arremangadas hasta los codos.

Parpadeo sin decir nada.

—Que es la bruja esa, idiota —dice uno de los chicos de atrás—. ¿No te has enterado de lo que pasó en el insti ayer? A Tobias Huaman le destrozaron una costilla y dicen que es por una de esas flores que cultiva esta detrás de casa. —El chico me dedica una mirada fulminante de ojos claros, como un pájaro mirando un insecto.

El aire matutino me parece demasiado cálido de repente, me ciega el sol que se cuela entre los árboles y lo único que quiero hacer es correr por la entrada y esconderme en la sombra y la seguridad de mi casa.

—Pues a mí no me parece tan peligrosa —comenta Raif con los ojos entornados por el sol.

—Cuidadín… —suelta Talon desde el asiento del conductor, con un ademán hacia su amigo—. No la mires a los ojos, que no vas a poder pensar en otra persona.

No sé por qué se han parado aquí. ¿Solo para hacer el imbécil? ¿Porque se aburren y han encontrado a una chica a la que molestar? ¿O es que quieren un tulipán?

Los dos chicos de atrás apartan la mirada deprisa, pero Raif sigue centrado en mí, con el codo apoyado en la ventanilla abierta y la frente ya reluciendo por el calor de la mañana. Un segundo más tarde, veo que le cambia la expresión: abre la boca un poco, pastosa y suave, y se asoma más por la ventana.

Me obligo a bajar la mirada al suelo tras notar el cambio en su expresión, porque sé que ya ha empezado. Algunos son más susceptibles que otros y no tardan nada en caer en el agarre de los Goode.

Oigo la puerta metálica de la camioneta chirriar al abrirse y Raif sale a la entrada de gravilla. Avanza despacio y pisando fuerte y alzo la mirada cuando se me planta a un par de pasos. Los ojos se le ponen vidriosos, como si algo se hubiera aferrado a él, como si tuviera el corazón atrapado.

—Quiero comprarte un tulipán. O mejor diez. —Señala la casa con la barbilla, con un tono serio y perturbador de repente. Las flores, el encantamiento, ya le están haciendo efecto.

—Si no tienes dinero, imbécil —grita Talon por la ventanilla abierta.

Aun así, Raif saca la cartera del bolsillo de atrás, le echa un vistazo al dinero que lleva encima y lo saca todo. Cuatro billetes de un dólar.

—No están a la venta —le digo con una voz tensa que hace que se me apriete la mandíbula, que contraiga las palabras. Que las muerda hasta que se parten.

Solo que Raif no me está mirando a mí, sino que tiene la vista clavada en la larga entrada que da a la casa, y sé lo que está pensando.

—¡Vuelve al coche! —grita Talon, haciendo sonar el motor—. No deberías acercarte tanto a ella.

Sin embargo, Raif no le hace caso, ni lo oye siquiera. Da un paso por mi lado y se mete en la entrada. Piensa arrancar los tulipanes del jardín, atraído por el aroma hipnotizante que flota en el aire primaveral. Se siente valiente, hechizado, y tal vez sea por culpa mía. El aroma también lo llevo yo en la piel, y el estar tan cerca de mí y del jardín es más de lo que puede soportar su mente reducida.

—Ahora vengo —murmura, aunque en voz demasiado baja como para que Talon lo oiga. Da un paso más, pero me doy media vuelta y estiro una mano en su dirección.

—¡Te he dicho que no! —le suelto, sujetándolo del brazo. Se echa atrás de sopetón, sonrojado y goteando sudor por la frente—. Que no están a la venta.

Por un momento parece que se me va a echar encima, pero acaba bajando los hombros y la vista hasta mirarme a los ojos.

—Raif, ¿qué demonios haces? —grita Talon, más impaciente.

Raif, por su parte, alza una mano despacio, como si estuviera medio dormido, y sé que me va a pasar los dedos por la mejilla, que me va a acariciar la piel, mirándome con esos ojos oscuros y juntos que tiene.

—No me toques —gruño y le aparto la mano.

La expresión se le llena de furia, de confusión, de una mezcla de emociones que le da vueltas por la cabeza. Ahora mismo me quiere y me odia y no es capaz de decidir qué sentimiento tiene más sentido. Sin embargo, en un abrir y cerrar de ojos, le cambia la expresión, se le endurece y se vuelve agresiva al mismo tiempo, y me aferra del antebrazo con una mano, como si quisiera arrastrarme con él.

El amor provoca un efecto distinto en cada persona. Algunos quieren atesorar a las personas a las que quieren, acariciarlas y cuidarlas y dejarles unos besos delicados en los labios. Otros prefieren controlarlos, encerrarlos y mantenerlos «a salvo» para que nadie más los pueda tener.

Raif es de estos últimos.

—¡Déjame! —grito, tiro la mochila y el cuaderno al suelo y le clavo las manos en el pecho para intentar empujarlo, pero es demasiado fuerte y tira de mí hacia la camioneta.

Oigo el chirrido de otra puerta al abrirse y Talon sale del vehículo.

—¿Qué demonios haces? —le pregunta a su amigo, solo que este ya no sabe quién es y veo la determinación férrea que le llena la expresión, esbozada en esa frente bronceada por el sol. No me va a dejar ir. Nadie lo va a obligar a soltarme.

—¡Que me sueltes! —grito, clavándole las uñas en la mandíbula, en la garganta, con lo que le dejo varias marcas. Y ni siquiera se estremece.

El flujo del tiempo parece acelerarse cuando me arrastra hacia la camioneta mientras el sol nos bate desde lo alto. «No, no, no» es lo único que puedo pensar, a gritos, en lo que me debato con ferocidad, aunque no consigo zafarme.

Detrás de mí oigo la puerta mosquitera de casa al abrirse, seguido de unos pasos contundentes en las escaleras.

—¡Fuera de aquí, Raif! —grita Archer.

Raif se detiene y mira por detrás de mí. En el siguiente instante, le doy una tremenda patada en la espinilla que suelta un chasquido alto. Grita, con una mueca de dolor, y se dobla sobre sí mismo antes de soltarme el brazo.

Casi me caigo, pero consigo tambalearme y apoyarme en el buzón.

—¡Largaos ya, Talon! —grita mi hermano, recorriendo la entrada a grandes zancadas, con la furia patente en el rostro.

Respiro hondo, porque noto los latidos del corazón contra las costillas, y, cuando vuelvo a alzar la mirada, tanto Talon como Raif han vuelto a la camioneta, han cerrado las puertas y el vehículo rechina y levanta la tierra al acelerar. Uno de los chicos de atrás tira su lata de refresco de naranja y esta cae a mis pies, con lo que me mancha las espinillas con un líquido pegajoso, antes de que la camioneta adquiera velocidad por la carretera y se pierda al doblar la esquina.

Mi cuaderno está en el suelo, abierto y lleno de gravilla.

Me llevo una mano al brazo, donde Raif me ha clavado los dedos, y me duele, aunque no me ha hecho ninguna herida. Archer se detiene al final de la entrada y mira la carretera con furia, donde el humo gris del tubo de escape mancha el aire.

Casi todos los de Cutwater quieren a Archer, lo admitan o no, pero algunos de ellos también le tienen miedo. Ha estado en más de una pelea, normalmente por algún amor perdido, robado o no correspondido, a menudo porque un novio celoso va a buscarlo después de que alguien viera a su novia por la casa de los Goode. «Solo tienes que ganar unas pocas peleas hasta que te labras esa reputación», según me dijo una vez.

—Imbécil —dice, exhalando por la nariz, antes de centrarse en mí de nuevo—. ¿Estás bien?

Asiento.

Archer se agacha para recoger el cuaderno del suelo y le limpia la tierra, con lo que ve el boceto del chico desconocido. Se lo queda mirando, y por un momento creo que lo reconoce, pero entonces me pregunta:

—¿Y este quién es?

—Nadie. —Me adelanto un paso y le quito el cuaderno.

—Solo dibujas a personas de verdad, así que alguien tiene que ser. —Me dedica una mirada cargada de sospecha—. ¿Un alumno nuevo? ¿Un repartidor de periódicos? ¿Quién?

No contesto, sino que me limito a esconder el cuaderno bajo el brazo, todavía acalorada por la pelea con Raif, además de con las espinillas pegajosas y el corazón todavía acelerado. Archer, por su parte, esboza una sonrisita.

—Lark Goode..., mi hermana pequeña, con secretitos. —Se le ilumina la cara, entretenido, y se me acerca como si quisiera quitarme el cuaderno.

—No soy tu hermana pequeña —contrapongo.

—Supongo que nunca lo sabremos —dice, arqueando una ceja, como si le pareciera gracioso—. Aunque está claro que yo nací antes: soy más fuerte, más alto y más guapo.

Me pongo el cuaderno detrás de la espalda, lejos de su alcance.

Sin embargo, nos distrae el sonido de otro vehículo que se acerca por la carretera. Esta vez sí que es el bus del instituto el que chisporrotea y se acerca a un ritmo apesadumbrado hacia la entrada.

Archer vuelve a mirarme, serio de repente.

—Puede que no sea el mejor día para ir al insti.

Me coloco el pelo detrás de las orejas y suspiro. No pienso dejar que Raif ni Talon me asusten. Y solo me quedan dos días de clase, estoy cerquísima de salir de este pueblo para siempre.

—Lark... —dice Archer, con ambas cejas enarcadas—, sé que me burlo con lo de ir a clase, pero ahora es distinto. Los tulipanes robados han acabado en manos de vete a saber quién y no sabemos qué significa, qué va a ocurrir.

El bus traquetea hasta detenerse a un lado de la carretera, donde abre las puertas, y miro a mi hermano.

—Exacto, no lo sabemos... A lo mejor ya ha pasado la peor parte.

Archer niega con la cabeza, aunque parece que no sabe qué más decir.

—Estaré bien —le aseguro y me obligo a sonreír.

Solo que no parece aliviado, ni un poco siquiera. Me observa mientras subo al bus, con el corazón latiéndome en los tímpanos, y me siento lo más adelante que puedo, para poder salir antes cuando lleguemos al instituto. Miro a mi hermano por la ventana, de pie al final de la entrada, con las manos metidas en los bolsillos de los vaqueros y nuestra casa de mierda hundiéndose en el terreno húmedo que tiene detrás.

Estoy segura de que, para cuando acaben las clases de hoy, sabré lo mala idea que ha sido ir.

CUATRO

Los tulipanes nos distinguen, nos convierten en un mito, en personas a las que temer, querer y odiar. Somos una paradoja, un enigma, un cuento de viejas que los lugareños cuentan durante el bingo o el *brunch*, como nuestra vecina de la misma calle, la señora Thierry. «Los Goode no pueden salir de casa después del anochecer», dice alguien. «No, es que solo pueden salir de noche», contrapone otro. «Entierran a sus muertos debajo de la casa; los dejan flotar en el riachuelo; son inmortales».

Porque así son los rumores: es casi imposible encontrar un atisbo de verdad en la maraña de fantasías. Hay demasiadas mentiras turbias, lodosas.

Es imposible discernir lo que es real.

El sol matutino se cuela entre las copas de los árboles y se refleja en las ventanas del bus. El asiento marrón que ocupo tiene el borde desgastado, por lo que se me clava en las piernas por detrás, y el ambiente huele a gofres y sirope de arce. La madre de Tim Zhang siempre le prepara gofres para desayunar y esta mañana todavía tenía uno en la mano cuando ha subido al bus; ahora se lo está acabando en el asiento que tengo delante.

No me molesta; con un poco de suerte, el aroma azucarado de la masa, la mantequilla y el sirope enmascara el olor codicioso de los tulipanes que se me pega a la piel. Incluso he conseguido abrir la ventana del bus apenas una rendija y el aire fresco sopla a mi alrededor.

Aun así, la ansiedad me ofusca los pensamientos.

«Resiste las clases, termina la semana y serás libre».

Y no solo durante el verano.

Seré libre toda la vida.

Me graduaré, me darán mi diploma y me largaré de este pueblo.

Para siempre.

Tengo el cuaderno abierto en el regazo y sombreo las manos del chico, los nudillos, aunque me tenga que imaginar las partes que no pude ver de cerca. La curiosidad, las ansias por terminarlo, me obliga a volver al boceto una y otra vez.

El bus pasa por un bache y alguien suelta un gritito por delante de mí, por el susto, pero estoy ensimismada en el ritmo del lápiz rasgando el papel, en emborronar los bordes con el lado de la mano. Me quedo perdida en el rostro del chico, en la curva de los ojos que me devolvieron la mirada, temerarios, envalentonados. En el sol que le hacía brillar las pestañas. Podría haberme acercado, haberle preguntado cómo se llamaba antes de que se marchara. Tendría que haberme aferrado a aquel momento, apretarlo en el puño hasta que se me grabara a fuego en la piel.

Aquel chico.

El chico.

Cierro los ojos e intento conjurar el recuerdo, solo que el chico se va desvaneciendo, como un sueño ahuyentado por la luz del alba.

El bus gira por fin hacia el aparcamiento del instituto Cutwater y se detiene poco a poco. El edificio me parece una cárcel de ladrillo mientras salgo del vehículo por los peldaños metálicos. Solo dos días más. Dos días de sufrimiento, de tener que soportar las miradas de deseo de mis compañeros de clase. Aun así, este año es peor. No sé cuántos tulipanes se habrán intercambiado o vendido en secreto, no sé quién puede tener alguno. Y tampoco sé qué les ocurrirá a quienes los tengan.

Me pongo los auriculares y hago que suene *Wonderwall* de Oasis. Recorro el césped con la cabeza gacha, ya a pocos pasos de la puerta principal.

Y no llego.

Chloe Perez (una alumna de cuarto de secundaria que el año pasado tenía la taquilla contigua a la mía) aparece de detrás de uno de los robles arrugados que bordean el césped, como invocada por las sombras. Me dice algo en voz alta, con los ojos vidriosos como si hubiera estado llorando, pero solo oigo unas pocas palabras. Dejo que los auriculares me cuelguen del cuello (con la canción todavía sonando en los altavoces diminutos, como un zumbido de insectos), camina hasta donde estoy y se me acerca más de la cuenta.

—Ya creía que no venías —repite, con una cara que es una galaxia de pecas y un cabello oscuro y rizado alrededor de sus orejas pequeñas. Aun así, tiene los rasgos torcidos a un lado y una intensidad en esos ojos color avellana que me asusta—. Tenían razón —continúa, asintiendo—. Tienen algo especial, el perfume del diablo o... O una magia de verdad, o la carne de los muertos, me da igual lo que sea. Necesito más. —Parece que no ha pegado ojo en toda la noche, que se ha pasado el día nerviosa dando vueltas por el patio del instituto, con las mejillas hundidas, los labios secos y sin color.

—¿Qué dices? —pregunto, y me falla la voz al dar un paso atrás.

—Los rumores... —Abre mucho los ojos, como si tuviera que saber lo que piensa. El aire le sisea al salirle de los pulmones y suelta una carcajada tan breve como incómoda—. Siempre han sido los tulipanes lo que hace que todos os queramos... A los Goode. —Asiente otra vez, con un gesto más frenético—. Era por esas flores, siempre ha sido por eso. Y siempre han brotado detrás de vuestra casa, así sin más. Gratis. —Se echa a reír y aletea con las pestañas, como quien acaba de ver bien el mundo entero y ya lo tuviera todo claro.

Se remueve un poco y se pone a rebuscar en el bolsillo de su falda de pana azul, de donde saca algo que me muestra: uno de esos tulipanes malditos.

Un tulipán Goode.

Aunque los pétalos siguen intactos, con esa raya carmesí visible encima del blanco suave, la flor está marchita y va perdiendo el color, se torna pálida y sin vida. Debería estar en un jarrón con agua, pero parece que Chloe lleva veinticuatro horas aferrada al tulipán, incapaz de separarse de él. De soltarlo siquiera.

—¿De dónde has sacado eso? —Me inclino más cerca de ella, con ganas de quitárselo de la mano.

—Se lo quité a Connor de la mochila ayer a la hora de comer, cuando lo vi distraído.

Tiene una mirada salvaje y traicionera; está muy contenta consigo misma, con lo que ha robado. No obstante, a mí sus palabras me dan ganas de vomitar. Los tulipanes han cambiado de mano tantas veces que me será imposible recuperarlos todos.

Me sonríe y casi se echa a reír otra vez, con un brillo en los ojos y sin parpadear.

—Y justo después de eso, Archie Green me preguntó si quería que me llevara la mochila. Luego Billy Ruthers me dijo que me llevaría a casa hoy para que no tenga que tomar el bus. Billy Ruthers, imagina... —añade para darle más énfasis, con ambas cejas arqueadas como si todavía no se lo creyera.

Billy Ruthers, que tiene un Chevrolet Chevelle antiguo y restaurado que deja en el aparcamiento de los profesores. Y ellos se lo permiten, como si supieran que es mejor que este instituto. Como si fuera intocable. Y ayer... Ayer le hizo caso a Chloe Perez.

—Por favor —sisea, inclinando la cabeza más cerca de mí, sin miedo—. Necesito otro antes de que se me muera este. —Tiene los dientes apretados y aferra el tulipán con tanta fuerza que me parece que lo va a partir.

—No tengo ninguno... —Niego con la cabeza mientras *Wonderwall* sigue sonando por los auriculares que me cuelgan del cuello—. Lo siento, pero...

Me sujeta del antebrazo con firmeza con la mano que le queda libre.

—No puedo perder esta sensación, el aroma que tiene... —Cierra los ojos unos instantes antes de abrirlos de golpe—. ¿Así es como te sientes siempre al vivir en esa casa? ¿Así te sientes ahora? Ese cosquilleo en la piel, como si estuvieras caminando sonámbula y no quisieras despertarte nunca.

Doy un paso atrás, pero me sigue, con los ojos vidriosos.

—No sé a qué te refieres —contesto, intentando quitármela de encima.

Chloe aferra el dichoso tulipán con más fuerza aún y veo que le tiembla el labio inferior. Parece a punto de echarse a llorar.

—Es como... —Suspira—. Como... la luz del sol que me da en la piel..., como algo que me cambia las células, algo extraño y maravilloso. Casi... —Le sale una carcajada ronca—. Casi como si estuviera borracha, pero solo un poco... ¿Sabes lo que te digo?

Trago en seco y no digo nada.

—Me siento —se inclina más cerca y me habla en un tono susurrado y atormentado— como si me estuviera enamorando. —Entonces la mirada se le vuelve seria—. No, no es eso… Es como si me estuviera enamorando por primera vez.

Me hace un ademán con la cabeza para que yo se lo confirme, para que verifique lo que me cuenta. Y sí que parece embriagada, mareada, como si el tulipán que tiene en la mano la estuviera sumiendo en un embrujo tan profundo y traicionero que nunca podrá salir de él.

—¿Así te sientes tú? —insiste—. Como si el amor te calara hasta los huesos, como si fueras a enamorarte de la siguiente persona que veas o toques. Como si el aire que respiras supiera a una puesta de sol de verano; a un primer beso con alguien cuyos labios llevas años queriendo tocar; a un susurro al oído, tan suave y perfecto que nunca más quieres volver a oír la voz de otra persona.

—No —le digo, apartando el brazo de ella, con un nudo en el estómago.

Ya lo veo, ya lo entiendo: así se sienten los demás, eso es lo que provocan los tulipanes en cualquiera que no sea un Goode. Generan un amor desquiciado, un amor falso. Chloe ya se ha vuelto adicta a él y el tulipán la hace sentirse así solo por tenerlo en la mano. Y los que la rodean también lo notan, se ven atraídos hacia esa misma sensación. Cuando una persona posee un tulipán, se convierte en el centro del deseo de los demás. Como Billy Ruthers, que ha quedado atrapado en la órbita de Chloe.

—Necesito más —me dice, castañeteando los dientes, con los ojos temblando, mirándome como si pudiera salvarla—. Te pagaré lo que quieras.

—No. —Niego con la cabeza y me aparto.

—Por favor, tú tienes un jardín entero, no los necesitas todos. —Tiene una voz dulzona y aduladora, extraña. Antinatural.

El aire que tengo en los pulmones se vuelve amargo y tenso.

—No seas egoísta —me espeta, ya sin la dulzura, en un abrir y cerrar de ojos, con una sonrisa venenosa que muestra su fila de dientes perfectos mientras se acerca a mí.

Miro de reojo las puertas del instituto al otro lado del césped, un lugar seguro, pero antes de que me dé tiempo a darme la vuelta, otra persona me toca el brazo. Me lo sujeta, mejor dicho.

—Te compro uno. —Titha Roberts, la que ayer me dijo que estaba muy guapa después de clase de historia, está a mi izquierda y parece tensa e impaciente.

—No tengo ninguno —niego. Paso a mirar atrás, al aparcamiento y la carretera, porque el instituto ya no me parece un refugio. No tendría que haber venido. Qué ilusa he sido al creer que podría resistir hasta final de curso.

Titha frunce el ceño como si no me creyera y doy un paso atrás por el césped húmedo y sin cortar, me tropiezo un poco con las sandalias y se me acelera el pulso. Titha y Chloe me siguen, paso por paso, molestas y desesperadas, decididas a no dejarme salir del patio por nada en el mundo.

Los tulipanes despiertan algo en su interior, algo hostil. Peligroso.

Sin embargo, otra voz se interpone por encima del viento matutino.

—¡Te los compro todos! —Es Olive Montagu, la que soplaba pompas sobre su grupito de amigas a la hora de comer, la que era novia de Tobias Huaman hasta ayer mismo, cuando Tobias parecía más preocupado por Clementine Morris durante su pelea con Mac. Olive se me acerca a grandes zancadas, con las manos en las caderas y las uñas pintadas de un color rosa chicle muy chillón—. Me da igual lo que valgan —añade en un gritito, pasando junto a Titha y Chloe. Saca un fajo de billetes de veinte de un bolsillo de su falda blanca y lo empuja en mi dirección.

Estoy a punto de decirle que no tengo ninguno cuando estira una mano y me quita la mochila de golpe.

—¡Oye! —brama Titha con mala cara—. Que yo estaba antes.

—Te fastidias, yo los necesito más —responde Olive, metiendo la mano en la mochila. Y, muy para mi sorpresa, saca un solo tulipán, arrugado y triste, con varios pétalos arrancados. Es el que le quité a Mac en el patio ayer. «Te olvidaste de sacarlo de la mochila». Y ahora Olive lo aferra entre dedos temblorosos, parpadeando ante esa flor tan poco común que, para ella, contiene los secretos cósmicos y los misterios insondables del mundo en esos pétalos blancos con su mancha roja—. Es increíble —murmura entre dientes. Tira la mochila al suelo y se acerca el tulipán a la cara para inspirar su aroma embriagador—. Sé que no puede querer a la idiota de Clementine —dice antes de posar sus ojos verdes en los míos—. Y ahora me querrá a mí otra vez.

Se me había olvidado el tulipán que llevaba en la mochila y ahora me doy cuenta de que quizá es por eso que Raif me ha perseguido esta mañana por la entrada de casa. Qué estupidez haber ido por ahí con un tulipán en la mochila, con ese aroma peligroso que va dejando en el ambiente.

A mi izquierda, Chloe abre mucho los ojos y se abalanza sobre Olive, le quita la flor de la mano en un solo movimiento raudo y se lo lleva al pecho. Sin embargo, en lugar de irse corriendo con él, se lo lleva a la nariz e inspira hondo, hipnotizada por ese aroma dulzón y enfermizo.

—¡Espera! —grita alguien. La mejor amiga de Olive, Lulu Yen, corre por el césped, y de repente el alboroto ya ha llamado la atención de otros, de aquellos que se dirigían al instituto desde el aparcamiento, y se nos acercan, se agrupan a mi alrededor, insistentes y con la mirada clavada en el tulipán—. Te doy cincuenta dólares por uno —añade con la voz quebrada, nerviosa.

Olive la fulmina con la mirada, de mejor amiga a mejor amiga.

—Vete a la mierda, es mío —declara y se lo arrebata a Chloe antes de que esta pueda reaccionar.

Solo que la expresión de Lulu cambia y las ansias se le forman en esos ojos castaños que tiene. Se echa encima de Olive, intentando quitarle la flor, y los pétalos comienzan a caer al césped, como hojas de otoño.

En un instante, todo cambia.

Olive grita y se abalanza sobre Lulu con el salvajismo metido en sus rasgos de porcelana siempre compuestos, y veo sus uñas rosa chillón pasar por el aire. La arañan, le arrancan trocitos de piel. Titha y Chloe se tiran al suelo para recoger los pétalos, pero hay más gente alrededor y, cuando ven los trocitos de tulipán que caen sobre el césped, se ponen de rodillas para recogerlos y metérselos en el bolsillo. Para ellos parecen ser un tesoro, un regalo de unos dioses crueles y rencorosos.

El ambiente se llena de un aroma embriagador que conozco muy bien, el olor a destino de los tulipanes Goode.

Alguien grita a mi izquierda cuando alguno de los que están de pie le pisa la mano. Billy Ruthers le da un empujón en la cara a Abby Edwards para robarle el pétalo de tulipán aplastado que tiene en la mano, pero ella le pega un bocado y le hace sangre, lo muerde de verdad. Otro se mete medio pétalo en la boca y sale gateando de entre los demás alumnos que se han tirado al suelo. Veo a Dale Dawson ponerse de pie, con un trozo de tallo de tulipán en la mano, y salir corriendo hacia el aparcamiento, como si un fragmento de tallo roto fuera la posesión más valiosa que ha tenido en la vida. Veo que Olive se va con discreción también, con al menos tres pétalos en la mano, hacia la parte trasera del instituto, tal vez para esconderlos o para volver a casa, donde nadie la vea.

Tras medio segundo, yo también me tiro al suelo, aunque no para recoger ningún pétalo, sino para buscar mi mochila. Echo un vistazo por el césped pisoteado y veo que otra persona la ha encontrado y rebusca en su interior, con lo que saca unos pétalos que seguramente se hayan caído cuando tenía el tulipán dentro. Abandona la mochila un segundo después, pero otro la pisa y le deja una huella sucia. Le empujo la pierna y consigo sacar la mochila. No obstante, al intentar apartarme, la multitud se apretuja a mi alrededor. Alguien grita, aunque me cuesta discernir si es por el dolor o la codicia, y otro me da un golpe en el hombro. Se están peleando por los últimos fragmentos, por cualquier resto que encuentren en el césped húmedo. El viento sopla entre la muchedumbre, extraño y con fuerza, como si una tormenta oscura se nos hubiera puesto encima. Un chico, Randy Ashspring, tiene el último fragmento del tallo del tulipán entre los dientes e intenta gatear para salir del gentío, pero alguien le da un puñetazo en la cara y le arrancan el tallo. Oigo una maldición a mi lado, por parte de una chica roja como la remolacha a la que se le saltan las lágrimas y que parece aterrada, y entonces noto un peso encima que me aplasta.

El aire se me escapa de los pulmones e intento respirar con todas las fuerzas, a pesar del dolor que me recorre el pecho.

«Tengo que salir de aquí».

Intento sacudirme para apartarme, para liberarme, solo que me encuentro con más cuerpos apretujados. Con manos que arañan el suelo, con rostros mancillados por la furia y la desesperación. Caigo en garras de la claustrofobia y esta se convierte en pánico.

Intento alzar la mirada al cielo, hacia el aire despejado, y alguien se cae contra mí y me tira al suelo.

Me quedo con la cara apretujada contra el césped húmedo, me ahogo con él. «Respira, respira», me digo para intentar tomar aire, pero todo huele a tierra húmeda y miedo y los pulmones se me tensan en el pecho. Tengo demasiado peso encima y no suficiente oxígeno. Me mareo y dejo de saber dónde está el cielo, qué dirección es arriba y cuál es abajo.

Suelto un sonido, un gritito desesperado, pero nadie me oye. Entonces noto una mano en el brazo. Me la intento quitar de encima, aunque me sujeta con más fuerza aún, y por mucho que intente gritar, solo consigo soltar aire. La mano tira de mí y despeja un espacio a mis espaldas. Sea quien sea que me sujete del antebrazo está apartando a los demás para hacer espacio y, en un solo movimiento repentino, me separa de los demás.

Me doblo sobre mí misma, tosiendo con las manos en las rodillas, inspirando el aire matutino despejado con ansias. Me caen unas cuantas lágrimas y no me las enjugo, porque el dolor que me llena el pecho apenas empieza a aliviarse. Respiro hondo, muy hondo.

Aun así, el alivio no dura nada.

—¡Está ahí! —grita alguien. Alzo la mirada y veo que Lulu Yen me señala con un dedo largo.

Varios me miran de sopetón, con el salvajismo en los ojos, enfurecidos como animales que llevan días sin comer. La muchedumbre se aparta, todos mirándome, impulsándose desde el suelo.

Respiro, temblando...

Es igual que si me hubiera caído de bruces en una película de terror horrible en blanco y negro, con zombis renacidos, sanguinarios y desquiciados. Los demás se dirigen hacia mí.

Me tambaleo, todavía sin equilibrio, sin aliento, pero alguien me da la mano. Una mano fuerte, cálida.

Por primera vez, me giro y miro a la persona que tengo al lado, la persona que me acaba de salvar…

Y es él.

El chico.

No dice nada, sino que me da un apretón en la mano y pasa la mirada entre la multitud y yo.

Inhalo deprisa, aturdida, y el chico tira de mí para alejarme del gentío, del césped, del instituto. Y salimos corriendo. El aire matutino me sopla contra la cara y me enfría el sudor que me cubre la piel, con el corazón todavía rugiéndome en los oídos.

Un poco menos de un kilómetro después, giramos hacia el bosque, en dirección a un sendero que solo conocemos los lugareños y que serpentea por el bosque, junto al río Cruce del Conejo. Al fin, tras comprobar que el ruido de las voces que nos siguen se desvanece (se han rendido y seguramente hayan vuelto al instituto para recoger los últimos fragmentos de tulipán que queden en el césped), el chico y yo nos detenemos.

Me duelen los pulmones, con las venas todavía llenas de adrenalina, y cuando alzo la mirada, me da la sensación de que me despierto de un sueño extraño con un escalofrío. El mismo chico al que vi en el aparcamiento, cuyo boceto ha ido cobrando vida en mi cuaderno, el que empezó a parecerme un falso recuerdo, un espectro que conjuré con la mente, está delante de mí.

No me lo imaginé, no.

Es alto, con pestañas oscuras y ojos verdes (al final sí que son verdes, del mismo tono que los árboles que tiene detrás) y una piel que me recuerda al cielo de un día de lluvia: oscuro y precioso. Se me corta la respiración hasta que trago en seco. De cerca lo veo distinto, es sorprendente y... guapo. Salvaje y civilizado al mismo tiempo, como una tarde iluminada por el sol y un cielo oscuro e imposible. Esconde mil secretos bajo la piel.

Respira con dificultad y cambia el peso de lado antes de mirar por donde hemos venido. Aunque por un momento creo que va a decir algo, entonces me mira y deja la boca quieta. Debería decirle que no se me acercara más, pero tengo la voz hecha de barro y sigo cada uno de sus movimientos con la mirada, en especial cuando alza un brazo... en mi dirección.

El corazón se me sube a la garganta.

«Me va a tocar», grita mi mente.

«No, no, no».

Sin embargo, solo me roza el pelo con los dedos, apenas me toca. Es como el susurro más ínfimo, el aliento más pequeño, y, cuando parpadeo, veo que sostiene un pétalo de tulipán entre los dedos. Se me ha enredado en el pelo cuando la muchedumbre se me ha echado encima.

Y este ha conseguido escapar.

Se lo quito deprisa, porque no quiero que lo sostenga demasiado tiempo (ni arriesgarme a que la locura se le meta por la piel), y me lo meto en el bolsillo de los pantalones cortos. Donde nadie lo ve.

—Gracias —jadeo e intento ralentizar la respiración y aparentar más tranquilidad de la que siento al mirar al chico que he convertido en un mito yo solita.

Asiente y se le tensan los labios. Quiero mirar en su interior, quedarme con los detalles de quién es antes de que este momento se pierda para siempre: un chico con una peca junto al labio superior, el pelo que se le riza junto a las orejas, una sudadera arremangada hasta los codos y unos vaqueros de color oscuro bastante desgastados. Han recorrido kilómetros con él, tal vez hayan escalado árboles y han estado tirados en el suelo de su habitación incontables veces, olvidados durante días. Suavizados por los años en los que los ha llevado. Me obligo a apartar la mirada, pero no puedo evitar volver, como si la gravedad tirara de mí, saltando por la silueta robusta de sus hombros, y estoy segura de que uno no se hace tan fuerte leyendo libros de tapa blanda y nada más. Es un chico distinto. No de los que se encuentran por Cutwater. Es cuidadoso, silencioso, y quiero colarme en sus pensamientos para desenterrarlos todos. Quiero recordarlo para poder dibujar cada parte de él después, todos los detalles que me perdí la otra vez.

—¿Te acabas de mudar al pueblo? —Rompo el silencio, aunque contengo una marea de preguntas que quieren salir a la vez.

—No. —Desvía su mirada de ojos verde botella hacia los árboles.

—¿Vas al instituto Cutwater? —Estoy segura de que no, pero me parece la pregunta más aceptable de toda la lista.

—Estudio en Favorville. —Capto la cautela en su voz, como si ya me hubiera desvelado demasiada información. Como si estuviera buscando por dónde escapar del bosque.

Favorville está al otro lado de la frontera del condado, a pocos kilómetros de Cutwater. Aun así, tienen un cine, un museo pequeño y una biblioteca pública enorme. Los alumnos del instituto Favorville no vienen nunca a Cutwater porque aquí no se les ha perdido nada. No tienen ninguna razón para malgastar el tiempo.

Una nueva idea se me forma en la mente: una teoría, una hipótesis que me acelera el corazón por los nervios de nuevo. Tenso la mandíbula.

—Hace un par de días, alguien se coló en nuestro jardín…

Tiene las pupilas tranquilas, sin emoción.

—Y robó los tulipanes de mi familia, los arrancó del suelo.

Frunce el ceño, aunque con indiferencia.

—¿Me estás preguntando si fui yo?

Me parece que me vibran los ojos al observarlo en busca de cualquier indicio de que me esté mintiendo. Alguien robó las flores y a este chico no lo conozco de nada. A lo mejor es por eso por lo que estaba por el instituto, porque le han llegado los rumores sobre mi familia, por mucho que viva en Favorville. Y ha aprovechado para vender las flores que robó.

Noto un peso en el pecho, igual que si me estuvieran echando cemento en las costillas.

Sin embargo, el chico suelta un suspiro.

—No quiero tus flores —responde mirándome, retándome a encontrar siquiera una molécula de mentira en sus palabras. Aun así, le veo algo más en los ojos. O la falta de algo, más bien.

No le capto ningún aire distraído y borroso en el centro de las pupilas. Ningún deseo apabullante. Ningunas ansias, ningún tirón de necesidad o añoranza que se le forme en los ojos. Parece no haberse afectado por mi presencia, por estar tan cerca de una Goode. A cualquier otra persona, su mirada le habría parecido fría y perturbadora, pero a mí me resulta de lo más cómoda. Sencilla. Segura en un sentido al que no estoy acostumbrada.

Es un chico cuyo rostro me recuerda a una tormenta eléctrica veraniega, con esos destellos de luz seguidos de una oscuridad larga y atronadora. Me ha dejado perpleja.

No obstante, también creo lo que me dice.

Tiene pinta de ser alguien a quien no le importan nada unos tulipanes ni la maldición de la familia Goode. Solo que eso genera más preguntas de las que responde.

—¿Podrás volver a casa desde aquí sin que te hagan nada? —me pregunta con brusquedad y una mirada firme y decidida.

Echo un vistazo por el sendero, una ruta que he recorrido un millón de veces.

—Sí.

Cambia de postura, de pie sobre la tierra, y parece incómodo, como si el momento se hubiera alargado demasiado y ya hubiera estado demasiado tiempo entre los árboles conmigo.

Da unos pasos atrás.

—Espera —digo, dándole el alcance—. ¿Cómo te llamas?

Se le bajan los músculos de los hombros y me parece que no me va a contestar, que va a darse media vuelta y a desvanecerse en el bosque y nunca voy a saber cómo se llama. Sin embargo, vuelve a mirarme y traga en seco.

—Holden —dice—. Pero todo el mundo me llama Roble.

Suena sincero, aunque capto algo más en su tono de voz. Tal vez no sea toda la verdad o quizá le haya dado la sensación de que acaba de ceder una parte de sí mismo y le preocupe lo que signifique esa información, una vez dicha en voz alta.

Roble. Un árbol cuyas raíces se adentran en las profundidades de la tierra. Un árbol resistente para escalar, colgarle columpios o construir un fuerte. Un árbol que reclama su espacio en un terreno y no lo suelta nunca.

—Yo soy Lark —me presento, y caigo en la cuenta de que nunca he tenido que presentarme delante de nadie. Lark Goode es un nombre conocido antes de que entre en una sala.

Sin embargo, este chico de Favorville se limita a parpadear sin más.

Transcurre un segundo, y luego otro, hasta que acaba diciendo:

—Lo sé.

Y, tan raudo como el riachuelo que pasa por debajo de casa, se da media vuelta antes de que me dé tiempo a contestar para emprender la marcha por el camino, de vuelta hacia el pueblo. Todavía lleva un libro de tapa blanda en el bolsillo de atrás de los vaqueros.

CINCO

Muy pocas personas se han marchado de Cutwater. Los pocos que lo han conseguido, lo han hecho para no volver. Y entre ellos se encuentra nuestra madre, Alice Goode.

Durante los primeros meses, albergaba la esperanza de que nos mandara alguna carta, una postal desde un lugar precioso: Miconos, el sur de Francia, Australia o tal vez alguna islita del Atlántico. Me la imaginaba con la piel bronceada y salada, pasando los días flotando sobre aguas turquesa. Esperé a que nos escribiera para pedirnos que fuéramos con ella, para darnos instrucciones sobre cómo encontrarla. Me la imaginé labrándose una vida donde fuera, arreglándolo todo antes de volver a buscarnos.

Me imaginé un cuento de hadas.

Un cuento de hadas que no se ha hecho realidad.

Porque han pasado tres años y no hemos recibido ninguna postal. No tenemos ni una triste noticia sobre ella.

Es como si se hubiera muerto.

Y eso hace que odie los tulipanes más aún, porque, fuera cual fuese la razón por la que se marchó, seguro que fue culpa de los tulipanes. De un modo u otro.

Avanzo por la entrada deprisa, cruzo el riachuelo y me encuentro con mi hermano en la cocina cuando entro por la puerta principal.

Da media vuelta y veo que tiene algo en la mano, pero se lo esconde en el bolsillo sin que llegue a verlo. Entorno la mirada con un pinchacito de curiosidad por ver lo que esconde, aunque no tanto como para preguntarle al respecto. De hecho, lo más seguro es que no quiera saber qué es, porque será algo que ha robado, por mucho que me lo niegue e insista en que se lo dio alguien que no se podía resistir a su encanto. O tal vez sea una de las cartas de amor que han empezado a acumularse en la mesa de la cocina, demasiadas como para poder contarlas.

—Han llamado del instituto —dice, volviéndose hacia la nevera para sacar un brik de zumo de naranja. Hago una mueca, porque serán malas noticias, no me van a dejar graduarme después de lo que ha ocurrido hoy en el patio. Sin embargo, Archer me mira con una ceja arqueada—. Dicen que han cancelado las clases de mañana —sigue, mirándome—. Ha terminado el curso. Se acabó el instituto… para siempre. Hemos terminado. —Esboza una sonrisa mientras se llena una taza de zumo y se la queda mirando como si hubiera cambiado de parecer—. Y, como veo que has vuelto antes de que empiece la primera clase siquiera, imagino que ha pasado algo.

Me dejo caer en una de las sillas de la cocina con un alivio repentino que me inunda: se acabaron las clases. No tendré que sufrir ninguna mirada horrible más mientras recorra los pasillos del instituto Cutwater.

He acabado por fin. Soy libre.

—Ha sido por los tulipanes —explico—. En el insti estaban todos… —¿Cómo se lo explico?—. Querían un tulipán Goode, suplicaban por ellos.

Archer se queda mirando la taza unos segundos antes de preguntarme:

—¿Has averiguado quién nos los robó?

Me encojo de hombros, porque no sé nada seguro.

—No, pero me da a mí que ahora van a intentar colarse todos. Es como… —Paso la mirada por la ventana delantera, con las cortinas florales grises abiertas, y me quedo mirando la entrada—. Es como si se hubieran vuelto adictos a las flores.

Archer deja la taza en la encimera y se acerca a la mesa de la cocina.

—¿Como si estuvieran enamorados? —pregunta con intención, sentándose en la silla al otro lado de la mesa, donde se acomoda—. Dale Dawson me ha dicho que alguien estaba en el callejón detrás del insti anoche y que cobraba cinco dólares por sostener uno de los tulipanes durante un minuto. Le dio el dinero y dijo que fue el minuto más encantador de su vida. «Como enamorarse de un dios», dijo. Aunque le va mucho el drama a ese.

Aparto un fajo de cartas de amor de la mesa para hacerme espacio para apoyar los codos. Mamá siempre decía que los tulipanes contienen la mayor concentración de feromonas de cualquier flor de la existencia y decía que eran capaces de dar órdenes a ejércitos y de controlar el mundo entero si alguien quisiera. Y nosotros, los Goode, los cultivamos en el jardín de atrás. Dormimos a su lado y vivimos a pocos metros de donde brotan. Nacemos cuando florecen los tulipanes.

Me levanto de la mesa, con lo que la silla roza el suelo, y me dirijo a la puerta de atrás. Me quedo mirando las filas irregulares de tulipanes: nuestra vida entera, nuestro destino, enmarañada en esas flores.

—Tenemos alambre de espino en el cobertizo —dice Archer—. Voy a colocarlo alrededor del jardín. No sé si les impedirá entrar, pero a lo mejor se lo piensan dos veces. Al menos hasta que termine la temporada de tulipanes.

No le contesto. Tengo las ideas divididas: odio pensar que otros se cuelen en el jardín y arranquen flores del suelo, pero también noto que me estoy desprendiendo de este lugar. Hemos terminado el instituto. Dentro de unos pocos días, deberían darme el diploma y entonces me largaré. Y ya me dará igual lo que les pase a los tulipanes, a esta casa, al jardín. Una parte de mí ya vive a kilómetros de distancia.

—¿Crees que mamá huía de esta casa o de nosotros? —le pregunto. Es una idea que ha vivido en mi interior desde que se marchó y a la que nunca he dado voz. Archer suelta un suspiro a mi lado.

—Creo que quería ser otra persona.

No me gusta nada cómo lo ha descrito, porque suena a lo que yo quiero también. Enterrar mi apellido en este terreno pantanoso y no volver a pronunciarlo nunca. Lo único a lo que no quiero abandonar es a mi hermano.

—Toda la casa me parece maldita —murmuro.

—No fastidies, ¿sí?

Archer se pone de pie, cruza el salón para colocarse a mi lado y saca la púa de guitarra del bolsillo para ir girándola entre los dedos. Es una costumbre que hace sin pensar.

El rumor del riachuelo llena el silencio que se extiende entre nosotros y me imagino cómo sería flotar en su superficie, dejar que me llevara por el jardín y el bosque, ciento cincuenta kilómetros hasta el mar, donde flotaré sobre las olas, a la deriva en el océano Pacífico.

—¿Te acuerdas de cuando hacíamos barquitos de papel? —pregunto, mirándolo de reojo.

Los rasgos del rostro de mi hermano a veces me recuerdan a los de nuestro padre: amable y tranquilo, siempre con decisión.

—Dejábamos los barcos en el riachuelo desde el porche de delante y corríamos por casa para perseguirlos, hasta que salían por el porche de atrás y los acompañábamos por el jardín.

—Decías que deberíamos escribir deseos en los barcos —añade, con una sonrisa que apenas le llega a los ojos.

Se me había olvidado que escribíamos nuestros deseos con ceras en un costado de nuestros barquitos de papel frágiles y que dejábamos que la corriente se los llevara, con la esperanza de que se hicieran realidad.

Eso nunca sucedía, claro.

Archer suspira y vuelve a guardarse la púa en el bolsillo, como si también lo notara: por muchas ganas que tengamos de llegar a una vida distinta, desearlo no lo va a volver realidad.

* * *

Tengo el cuaderno abierto en el regazo y el boceto del chico me devuelve la mirada: Roble.

No es el nombre de un chico de verdad, sino del de un cuento de hadas, de un sueño del que todavía no debo de haber despertado.

Le resigo la mandíbula con el pulgar y las ideas me dan vueltas: recuerdo la sensación de que me diera la mano para sacarme del gentío. Cálida, real y viva, para nada un sueño. Todavía noto el viento contra las mejillas de cuando salimos corriendo por la carretera, pisoteando el asfalto, y luego el frescor de los árboles cuando nos fuimos a hurtadillas por el sendero, lejos de los demás. En la sombra del bosque, intenté quedarme con los rasgos de su rostro, captar hasta el último detalle para recordarlo después. Solo hace dos días que estuve en aquel sendero, mirándolo, y ya me cuesta recordar cómo le caía el pelo por la frente o qué curva le formaban las cejas. ¿Tenía pecas? ¿Tenía las orejas al mismo nivel que los ojos? Estaba distraída, atrapada en una sensación que me cuesta describir, pero fue algo más que eso..., fue cómo me miró. Con pasividad, con indiferencia. Sin un deseo cargado de locura que se le arremolinara en la garganta, sin ninguna necesidad de acercarse a mí. Igual que el primer día que lo vi en el instituto.

Sin sentir nada.

Aun así, cuando se dio media vuelta, le capté un atisbo de algo en los ojos: nervios, tensión, la duda en cada parpadeo. No estoy segura de a qué se debía. No del todo.

Archer entra por la puerta principal con un fardo de cartas en las manos y aparto el pulgar del boceto, porque no quiero que vea lo mucho que me estaba concentrando, la confusión que me invade.

Cruza el salón hasta el sofá en el que estoy sentada y me deja un sobre grande en el regazo que tapa el boceto de Roble. Frunzo el ceño, pero mi hermano ya se dirige a la cocina, hojeando el resto de las cartas.

El sobre es del instituto Cutwater. Lo abro deprisa y dentro encuentro dos papeles tiesos.

Nuestros diplomas.

Uno para Archer y otro para mí.

Hay una nota del director Lee sujeta con un clip: «En vista de lo sucedido esta semana en nuestro centro, consideramos que es mejor que no asistáis a la ceremonia de graduación del domingo. Felicidades por vuestros diplomas».

—¿Qué era? —pregunta Archer. Cuando no contesto, vuelve al salón y les echa un vistazo a los dos rectángulos de papel—. Mierda! —suelta, antes de quitarme su diploma—. ¡Si han dejado que me gradúe!

—Imagino que no les apetecía que volvieras otro año más. Les es más fácil soltarte por el mundo y que los demás lidien contigo.

—Pues por mí, genial —se ríe.

Alza el diploma a la luz y se maravilla ante su logro. Mi hermano se ha saltado al menos medio año de clase, por lo que no ha llegado ni de lejos al mínimo necesario para graduarse, pero parece que en el instituto preferirían no tener a un Goode entre sus filas el año que viene.

Paso los dedos por la cartulina y noto el alivio, aunque también una punzada de algo que no sé describir. Me alegro de no tener que ir a la graduación, porque no tendré que volver a ver a mis compañeros de clase, pero también me parece que falta algo al haber recibido los diplomas así. Por correo, apretujados en un sobre.

—¿Deberíamos quemarlos? —pregunta Archer, arqueando las cejas, con una expresión traviesa y llena de malas ideas.

Poso la mirada en el nombre escrito con tinta negra: Lark Goode. Y sé que este documento es mi permiso. Mi libertad. Me he graduado y por fin voy a poder irme de este pueblo.

—Tú haz lo que quieras con el tuyo —respondo—, pero el mío ni lo toques. —Me pongo de pie y vuelvo a meter el diploma en el sobre.

Archer se encoge de hombros, tira el diploma en el sofá, porque ya ha dejado de interesarle, y descuelga su chaqueta tejana del perchero que hay junto a la puerta, el que encontró tirado en el callejón detrás de la hamburguesería de Lonnie el verano pasado y que juro que todavía huele a patatas fritas. Le encanta.

—¿Adónde vas?

—Al autocine de Huck. Es la fiesta de fin de curso.

—¿Me estás vacilando?

Se mete las manos en los bolsillos de la chaqueta.

—He quedado con Willa allí.

—¿Con Willa Howard?

Se encoge de hombros. Willa se graduó el año pasado y está fuera de su alcance, incluso si es un Goode.

—Deberías venirte —sugiere.

—No, gracias, hace apenas dos días que escapé de un grupo violento en el insti. ¿Y qué pasa si alguien aprovecha para venir a casa a robarnos más flores? ¿Llevas varias noches casi sin pegar ojo y ahora te vas a ir sin más?

Frunce el ceño, con lo que se le arruga la pequeña cicatriz que tiene desde que éramos pequeños y pasamos la varicela. Yo sí que conseguí evitar rascarme, pero Archer no sabe lo que es el autocontrol y ahora tiene una marquita redonda junto a la ceja derecha.

—Ayer puse el alambre de espino —responde, como si con eso se nos solucionaran todos los problemas.

Vuelvo a la ventana de atrás para mirar hacia el jardín, donde ha colocado el alambre alrededor del perímetro. Solo que es un poco chapucero y el alambre se hunde en varios tramos, clavado a unos doce postes doblados y medio podridos que hundió en la tierra.

No sería capaz de impedirle entrar a un bebé que acaba de aprender a caminar, así que mucho menos a un adolescente decidido y loco de amor. Arqueo una ceja en su dirección.

—Igualmente, dudo que vaya a venir nadie esta noche —añade con una sonrisita para convencerme—. Estarán todos en el autocine.

Aunque quiero discutírselo, también sé que mi hermano hará lo que le venga en gana, esté yo de acuerdo o no. Me parezca buena idea o no.

Archer suspira y señala con la barbilla el sobre que tengo en la mano.

—Ahora que por fin tienes el diploma, ¿qué vas a hacer?

Nunca hemos hablado del tema, no en serio al menos. A lo mejor no creía que iba a hacerlo de verdad, que iba a marcharme de Cutwater. Sin embargo, ahora me mira con el más ligero atisbo de tristeza en los ojos.

—Hay un pueblo en la costa y... creo que empezaré por ahí. Puedo llegar en tren en cosa de un día.

Se queda sin expresión y baja la mirada al suelo antes de volver a mirarme.

—Pero si no tienes dinero.

—Tengo suficiente..., al menos para el billete. Ya buscaré trabajo cuando llegue.

—¿Y dónde dormirás?

—No sé aún. Espero poder alquilar una habitación donde sea.

Lleva una mano al tirador de la puerta y esboza una sonrisita.

—De verdad vas a dejar atrás todo esto, ¿eh?

—Ya, porque este pueblo es un paraíso, claro.

—Cualquier lugar puede serlo si se lo permites.

—Este pueblo nunca lo será —digo, y se me escapa un leve suspiro—. Siempre que sigamos siendo Goode, nos torturará. La única manera de convertirnos en otra persona es irnos de aquí.

Mi hermano asiente como si lo entendiera.

—¿Cuándo te irás?

—Dentro de un par de días o así. Solo necesito hacer las maletas y comprar el billete. Ahora que tengo esto —Alzo el sobre con el diploma— ya no tengo ningún motivo por el que quedarme.

Aunque sea un poco tarde, me doy cuenta de lo duro que ha sonado eso, porque Archer sí que es un motivo por el que quedarme. Es lo único que me importa de este pueblo.

Aun así, él asiente, sin afectarse por lo que le he dicho, y mira la puerta de reojo.

—Bueno..., ya que estamos, podríamos ir a romper corazones esta noche, ¿no crees? —Me guiña un ojo y sé que es ese desapego y esa temeridad lo que lo ayuda a sobrevivir.

Sin eso, sería él el que se quedaría con el corazón roto una vez tras otra.

—Venga, que te vas a ir del pueblo de todos modos, no vas a volver a ver a nadie de por aquí. No tienes nada que perder. Imagínate que es tu fiesta de despedida: una última noche con el encanto que es tu hermano. ¿Cómo puedes negarte a eso?

Estoy a punto de negar con la cabeza (tengo cero ganas de repetir lo que ocurrió en el patio del instituto) cuando otra idea se me cuela en la mente:

A lo mejor él también está allí, en el autocine.

El chico con nombre de árbol.

Si lo viera otra vez, podría terminar el boceto.

Una última vez... me bastaría.

«Es solo por curiosidad», me digo. Eso es lo único que hace que no deje de pensar en él. Eso y nada más. Es un chico que escapa a mi comprensión, un chico cuyo boceto sin terminar me persigue cada vez que cierro el cuaderno.

Y quizá mi hermano tenga razón: si por fin me voy a ir de aquí..., quizá no tenga nada que perder.

—Vale.

Archer pone los ojos como platos y se queda boquiabierto.

—No le des más importancia de la que tiene o me quedo en casa.

—Vale, entendido —dice y cierra la boca de golpe.

* * *

El autocine de Huck se llamaba Autocine Callejón Perdido, antes de que lo cerraran a principio de los noventa. Mamá nos contaba historias sobre cuando iba a ver pelis como *Rebeldes* y *La princesa prometida*, aunque me da a mí que pasaba más tiempo en el asiento trasero de los chicos del pueblo que viendo las películas en sí.

Ahora, cada verano, Huck Sanchez instala el proyector de su padre y pasa películas en blanco y negro que seguro que ningún alumno del Cutwater conoce siquiera. Sin embargo, igual que mamá, solo van a beber, a morrearse y a hacer lo que quieran sin ningún adulto presente. Todo eso me lo ha contado Archer, porque yo nunca he ido al autocine de Huck. Hasta hoy, claro.

La luz de la luna se cuela entre los árboles y arroja su color pálido por encima de todo mientras pasamos por un edificio pequeño: una taquilla para las entradas, con la ventana rectangular destrozada y las paredes de fuera llenas de pintadas. Por detrás hay un edificio más grande con una plataforma de madera delante cuya valla está hundida y rota. El cartel que hay encima reza BAR. Un lugar que en otros tiempos vendía refrescos en vasos de cartón, cajas de golosinas y palomitas de mantequilla y que ahora está abandonado, reclamado por el bosque y los críos que se han colado a lo largo de los años.

Por delante de nosotros, un campo con forma de media luna se despliega en torno a una pantalla de cine y un mar de alumnos del Cutwater llenan la hierba demasiado alta. Algunos han aparcado de cara a la pantalla y están sentados en el capó o en el techo, mientras que otros han colocado mantas o toallas en el suelo y alzan el rostro al cielo, fuman, beben cerveza y se besan bajo las estrellas en lo que esperan a que la película empiece a reproducirse en la pantalla gigante.

A unos pocos metros veo a Clementine Morris, tan tímida y calladita ella, sentada en el capó del Audi plateado de Tobias Huaman. Entorno los ojos, segura de que me equivoco, pero tiene la cabeza apoyada en el hombro de Tobias mientras este juguetea con el cabello largo y alborotado de ella y se lo enrosca en los dedos con pintas de estar enamorado hasta las trancas. Recuerdo la pelea en el pasillo del instituto entre Tobias y Mac, con Clementine mirándolos de cerca con una expresión taimada. Ahora lo entiendo todo... Debía de tener un tulipán escondido y aquella flor diminuta con su mancha rojo sangre capturó la atención tanto de Tobias como de Mac.

Y hoy ha acabado en brazos de Tobias.

Sin embargo, no es la única peculiaridad. Hay otros dos chicos más cerca de ellos, con los brazos cruzados, como si esperaran a que les llegara la oportunidad de confesar su amor eterno hacia Clementine en cuanto Tobias se distraiga. ¿Cuántos pétalos tendrá escondidos en los bolsillos, en los pliegues de la falda? A lo mejor hasta se ha bañado con ellos para que el perfume le cale en la piel.

A varios coches de distancia, la novia de Tobias (ya exnovia, supongo), Olive Montagu, se apoya contra el maletero de una camioneta negra con tres chicos alrededor, algo no muy fuera de lo común en ella. Solo que luego se acerca otra chica, Titha, y los chicos apartan la mirada hacia ella, como si no supieran a quién quieren más, qué chica tiene más tulipanes robados en los bolsillos. Dos de los chicos se tambalean hacia la recién llegada con el deseo en los ojos y la boca abierta en un espectáculo bastante lamentable para llamarla y suplicarle que les dé la mano.

Al pasar la mirada por el gentío, encuentro más pruebas de esa misma aflicción horrenda. En la linde del bosque, dos chicas tiran de los brazos de uno que parece ser Dale Dawson y se gritan entre ellas para que la otra lo suelte, pero Dale se limita a sonreír. Debe de tener alguna flor escondida o tal vez se la tragó, como vi que hacían algunos en el patio.

Se enamoran unos de otros, con un amor desesperado y antinatural.

Y todo eso me recuerda por qué venir ha sido una mala idea.

Hay demasiada gente en el autocine y, cuando nos vean, se acercarán a los mellizos Goode para suplicarnos que les demos más tulipanes. Para pedirlos de rodillas.

—No deberíamos haber venido —murmuro a mi hermano. Sin embargo, él me da una palmadita en el hombro.

—Vamos a hacer travesuras —responde y se dirige hacia los demás.

—¡Archer! —lo llamo.

Se da media vuelta y arquea una ceja en mi dirección.

—Voy a buscar a Willa. ¿Vienes o qué?

Me remuevo en la hierba demasiado alta y tenso la mandíbula, con ganas de haberme quedado en casa. Puede que a Archer le encante recibir tanta intención, pero para mí es un incordio. Qué mala idea ha sido.

Niego con la cabeza y lo oigo suspirar.

—Pues vale. Nos vemos en casa.

Se da media vuelta y lo veo adentrarse en el gentío mientras los demás alzan la vista en su dirección, cuchichean entre ellos y algunos incluso se ponen de pie para seguirlo. Archer Goode va a hacer travesuras esta noche, sin duda, pero yo no quiero saber nada del tema.

Antes de que alguien me reconozca, bajo la vista al suelo y vuelvo por el camino de tierra. Lejos de la pantalla.

—¿Has encontrado ya al ladrón? —pregunta una voz a mis espaldas.

Me detengo en seco e inspiro. Debería seguir adelante, ni girarme siquiera, marcharme antes de que más gente me vea. Sin embargo, me arriesgo a mirar atrás de reojo y encuentro el color verde de sus ojos.

Está junto a la taquilla, con un hombro apoyado contra los tablones de madera, como un chico de uno de sus libros, como en una de las películas de Huck, no como un chico del mundo real. Y menos aún de Cutwater.

Me cuesta encontrar las palabras.

—¿Eh?

—El ladrón —repite—. ¿Ya has averiguado quién es?

—Aún no.

—Entonces, ¿sigo siendo un sospechoso?

Tiene un tono de voz ligero, pero una expresión fría y tensa que no revela nada. Lleva la misma sudadera gris de hace un par de días y me quedo mirando la silueta que le forman los hombros, los brazos y las mejillas para grabarlas a fuego en mis recuerdos. Estoy decidida a no olvidarme. Y, por algún instinto peligroso o una fuerza gravitatoria que soy incapaz de explicar, me acerco a él.

—Sospecho de todo el mundo —respondo, sorprendida por el tono juguetón que pongo.

Se le mueve el labio superior en un gesto que es casi una sonrisa que no llega a formarse del todo.

—Tendré que andarme con cuidado, entonces. Hasta que pueda limpiar mi reputación.

No puedo evitarlo, tengo que sonreír. Aun así, termino bajando la vista al suelo, con cuidado de no mirarnos demasiado tiempo, aunque, igual que las otras veces, no parece afectarse por el aroma que desprendo ni por la mirada que fijo en él. Tiene las manos metidas en los bolsillos de los vaqueros y los hombros caídos. Ninguna parte de él parece querer acercarse más a mí, no nota ningún tirón en el pecho ni ningún brillo en los ojos que se le vaya transformando en deseo. Se queda plantado donde está.

—No sabía si... —Me quedo callada. Ahora que estoy aquí, no me parece el tipo de lugar en el que él pasaría el rato, un autocine lleno de gente y de alboroto—. ¿Has venido desde Favorville?

Se aparta de la taquilla para enderezarse y doy un respingo, lista para alejarme si veo que se me acerca más de la cuenta.

—No está muy lejos —responde desinteresado—. He venido a ver una peli.

—Nadie viene aquí por las pelis.

—¿Por qué vienen, entonces?

Miro al gentío con intención, porque las razones son más que evidentes: para acercarse a quien sea que deseen, para hacer lo que quieran sin ninguna norma que se lo impida.

—¿Cómo has oído hablar del autocine siquiera? —insisto—. Nadie de fuera de Cutwater sabe que existe.

—La gente habla —dice, encogiéndose de hombros.

Sé que oculta algo, lo noto en ese tono helado e indescriptible con el que pronuncia cada palabra.

Oigo unos vítores por parte de los demás, aplausos y grititos de emoción. Al otro lado de la hierba, la vieja pantalla desgastada parpadea con una imagen, un letrero en blanco y negro que se ilumina: CASABLANCA. Más gritos de emoción, hasta que el altavoz apoyado en el techo de un Honda azul cerca de la parte más delantera del campo suelta la música de apertura de la película, a demasiado volumen, con lo que el aparato tiembla. Alguien grita que baje el volumen, solo que nadie hace caso y la película muestra una imagen de un mercado abarrotado. Me da vergüenza ajena el sonido enlatado y lleno de crujidos, pero me doy cuenta de que Roble está más cerca de mí, con la mirada fija en la pantalla.

Sin que se me note mucho, trato de captar todas las curvas y líneas del rostro de Roble: la tensión en la mandíbula, esos rasgos tan fuertes y el cabello oscuro como un río. Al mirarlo a los ojos, veo una manchita marrón, una imperfección en el izquierdo. Un atisbo de avellana en el borde verde. Un chico cuyos ojos son distintos a cualquiera de los que haya dibujado hasta el momento.

Debería apartar la mirada para no permitirme hundirme en esos ojos, para no arriesgarme a que el corazón se le acelere demasiado y empiece a pensar en mí sin parar. Solo que no puedo. Solo quiero mirarlo, absorber todas las líneas y contornos. Poseerlos, enroscármelos en los dedos para poder plasmarlos sobre el papel más adelante. *A este sí quiero recordarlo.*

—¿Siempre ponen pelis en blanco y negro? —me pregunta en voz baja, con unas vocales lánguidas entretejidas en una fría brisa de invierno.

Se me pasa por la cabeza lo raro que es estar tan cerca de él, mantener una conversación tan ordinaria y común, algo que no he experimentado casi nunca, y eso hace que note el pecho como si estuviera hecho de chicle, liviano y lleno de aire, a punto de estallar.

—Siempre —respondo, y mi voz traidora suena un poco sin aliento.

Mantiene la vista fija en la película que cobra vida en la pantalla de tamaño desmedido.

—Al menos eso he oído —añado—. Es la primera vez que vengo.

Cambia de postura, coloca el peso en el pie derecho, y le veo la piel más oscura de lo que recuerdo: un tono ámbar, como la corteza de un árbol, piel que parece sacada de un cuento de hadas en un chico cuyo origen desconozco y que ha descendido de las viejas historias góticas, de las novelas de misterio. Me imagino un pasado para él que es mitad ficción y mitad realidad. Es un chico que sin duda ha visto el mundo que se extiende más allá de nuestro condado.

—¿Y por qué has venido hoy? —quiere saber.

Aparto la mirada, sin saber muy bien qué decir.

—Es mi cumple —respondo.

Y no es mentira, porque Archer y yo cumpliremos los dieciocho mañana. Sin embargo, no es un día que solamos celebrar. El lugar que ocupa en el calendario es un recordatorio del día en el que nos encasquetaron esta vida maldita. No sé por qué se lo cuento a Roble, por qué se me escapan esas palabras en concreto.

—Feliz cumpleaños —dice, posando sus ojos verde botella sobre mi piel—. Y… —Pasa la vista por el gentío mientras la pantalla muestra un alboroto en el mercado y la música chirría por los altavoces—. ¿Has venido con amigos?

Se me escapa una carcajada breve e incómoda.

—No. —«Porque no tengo amigos, nadie se atreve a pasar más de unos pocos minutos conmigo».

Baja los hombros, o tal vez se le tensan, y la luz que le veía en los ojos se le apaga un poco. Se abre una distancia entre nosotros que no se puede medir en metros, sino en alientos contenidos en pulmones tensos.

Noto una punzada extraña y afilada en mi interior.

El golpe de algo que no se puede nombrar. Que no se puede definir.

Aparta la mirada deprisa, como si se sintiera incómodo de repente. Lleva demasiado tiempo aquí. Se ha acercado demasiado a Lark Goode, por mucho que no muestre ningún indicio de que la locura del amor se le arraigue en las venas. Y esa indiferencia solo consigue que quiera acercarme más a él, que me deje perpleja y fascinada, que quiera saber qué pensamientos esconden esos ojos imposibles.

Quiero decirle algo, preguntarle quién es en realidad, pero el aire que tengo en la garganta me parece una maraña de plumas, como si me hubiera tragado un pájaro.

Lo miro bajo la luz de la luna y noto la presencia de una tormenta de pensamientos que circula por el paisaje imposible de conocer que es su mente.

A unos pocos metros de donde estamos, alguien suelta un grito: una chica con una melena rubia en forma de cascada que estaba sentada en una manta en el borde de la hierba, con otras dos chicas al lado. Se levanta de un salto porque alguien le ha derramado cerveza en la camiseta y se va corriendo mientras una de las otras chicas, con pintalabios color rosa chicle, la persigue.

Trago en seco e intento centrarme otra vez.

Sin embargo, cuando vuelvo a mirar hacia Roble...

No está.

Doy media vuelta, confusa. Me late la cabeza.

En el camino de tierra, alcanzo a ver su sombra, con las manos en los bolsillos, caminando a grandes zancadas hasta fundirse con la oscuridad y los árboles.

Se ha ido y ni siquiera me ha dicho adiós.

No ha dicho nada de nada.

Si ha notado el tirón de la maldición de los Goode, no lo ha demostrado, desde luego. Se las ha arreglado para no notar nada.

Cierro los ojos y dejo que la imagen de Roble se me hunda en los recuerdos como unos pies descalzos en el barro de abril. Tengo que recordarlo, aferrarme a cada detalle para poder dibujarlo luego, para sombrear las partes del rostro que no he terminado, el ángulo tenso del cuello, la leve curva de los labios cuando casi ha sonreído.

—¿Hola? —dice una voz cerca de mí, tan baja que casi ni la oigo.

Abro los ojos y, por un segundo que me corta la respiración, creo que es Roble, que ha vuelto, que ha dado media vuelta entre los árboles y ha venido otra vez. Sin embargo, al parpadear en la oscuridad, es otro chico el que tengo delante.

Jude está a unos pasos de mí, con el comecocos de papel en la mano izquierda y parpadeando deprisa con esos ojos azul claro que tiene, sin poder conservar la calma ante la presencia de Lark Goode, la rara del pueblo, la chica de la que podrías enamorarte si no te andas con cuidado.

Se pasa la mano que tiene libre por su cárdigan gris y mostaza y arrastra los pies en unos mocasines marrones que parecen una talla demasiado grande, como si se los hubiera dado su padre o los hubiera comprado de segunda mano.

—¿Quieres que te lea la fortuna? —me pregunta deprisa, con el labio superior temblándole por los nervios.

Es la primera vez que me lo pregunta, porque nunca se ha atrevido a acercarse tanto, pero niego con la cabeza.

—No tengo nada que darte. —Conozco las normas y tengo los bolsillos vacíos. No tengo nada que necesite.

—Esta vez es gratis —responde, y capto algo en su voz, un tono escurridizo, como si llevara mucho tiempo queriendo leerme la fortuna y siempre le hubiera dado demasiado miedo.

Y siempre he querido saber qué tiene escrito en el comecocos, la verdad. Me carcomía la envidia al verlo leerles la fortuna a los demás en el instituto y no dejaba de preguntarme qué me tocaría a mí. Qué me depara el destino. Aunque también me asusta.

Se coloca el comecocos en los dedos pequeños que tiene y lo sostiene en mi dirección. En ese papel doblado con forma de rombo hay cuatro palabras escritas en lápiz azul, del mismo tono que los ojos de Jude.

ESTE, OESTE, NORTE, SUR, rezan.

Quiere que escoja uno y me quedo mirando el comecocos, con la sensación de que tengo que hacerlo bien. Puede que sea la única oportunidad que tenga de que Jude me lea la fortuna, porque lo más probable es que no me lo vuelva a ofrecer, y mucho menos gratis. Trago en seco y alzo la vista.

—Oeste.

Cuando me vaya del pueblo, será hacia el oeste. El oeste es la dirección que toma la carretera Swamp Wells al salir de nuestra casa, a lo largo de una larga colina que serpentea hacia Favorville, luego hacia una ciudad más grande llamada Park Grove y luego hasta el mar. Es amplia, llana e infinita. Desde allí, se llega al océano Pacífico y a cualquier continente del mundo.

Jude expande el comecocos y cuenta las letras que componen «oeste» hasta abrirlo y desvelar más palabras. Sin embargo, en lugar de más direcciones, veo nombres, unos que reconozco. Nota mis zozobras y me explica:

—Son nombres de novelas clásicas.

Los observo deprisa: GATSBY, PIP, SHERLOCK, ÍÑIGO.

Me pregunto a mí misma cuál me parece el más cierto ahora mismo, el más apropiado, pero todos me parecen lo mismo.

—Todo el mundo duda en esta parte —dice con una sonrisita en sus labios rosados—. Un día puse «Veruca», por el grupo Veruca Salt, en todos los triángulos, porque quería hacerlo más fácil y dar solo una opción. Y, aun así… —Se encoge de hombros—. Todos dudaron igualmente, aunque solo hubiera una opción.

Por un segundo, Jude me sonríe y me mira a los ojos, pero aparto la mirada por miedo a que me mire demasiado rato y empiece a hundirse más y más hasta que no se imagine una vida sin mí. Carraspea, como si notara el cambio en el pecho, como si supiera que tiene que ser rápido.

—El destino te dará la fortuna que necesites, da igual el nombre que escojas.

—Pip —respondo antes de que me dé tiempo a dudar.

—Buena elección —asiente.

Abre y cierra el comecocos solo para volver a abrirlo hasta llegar a cuatro nombres distintos: HUCKLEBERRY, MOBY DICK, JANE, ICHABOD.

No me permito pensarlo demasiado, no dudo, sino que digo el primer nombre que veo:

—Ichabod.

Sin embargo, es Jude el que duda ahora y se me queda mirando unos segundos antes de abrir el comecocos para desvelar lo que hay debajo del pliegue. Abre los ángulos arrugados con cuidado y aplana el origami hasta desvelar lo que hay debajo.

Solo que debajo de Ichabod… hay un triángulo en blanco.

Es el único triángulo que no tiene varias palabras, una fortuna, esperando debajo.

—Siempre dejo uno en blanco —explica en un tono sin emoción que parece haber perdido todo su peso. Su valentía—. Y nadie lo escoge nunca. Después de tantos años, ya empezaba a creer que nadie iba a escogerlo. Pero tú sí.

No me mira a mí, sino al triángulo en blanco, sin ningún destino esperándome.

Sin ninguna fortuna que leer.

—¿Eso quiere decir que no tengo destino? —Noto el pecho vacío, como una cavidad, una oscuridad cruel que se me ha colado bajo la piel vulnerable.

—No —responde, pasando el pulgar por el trocito de papel en blanco—. Significa que eres tú la que te labras tu propio destino. Nada lo ha decidido por ti.

Vuelve a doblar el comecocos hasta dejarlo con su forma original y se lo mete en el bolsillo enorme de su cárdigan. Sin embargo, antes de darse media vuelta, que es lo que espero que haga, estira una mano de repente, como una serpiente al encontrar una víctima, y me tira de la mano izquierda para acercársela.

Suelto un gritito, porque me ha tomado desprevenida, pero, cuando lo miro, tiene los ojos cerrados, aleteando como una abeja, y pone la otra mano encima de la mía, como dos hojas de papel una encima de la otra.

—No deberías tocarme… —digo, y me aparto, pero me sostiene con firmeza. Aunque no me hace daño, sí me sostiene lo bastante fuerte como para que no me escape.

Veo que mueve los párpados y hunde el labio inferior y noto el calor extraño de las lágrimas en los ojos, que se me relaja el pecho, por mucho que no pueda explicarlo. La madre de Jude es de Alemania, mientras que su padre nació en Tampa, Florida. Sin embargo, su madre fue vidente cuando vivía en un pueblecito a las afueras de Hannover, o eso dicen los rumores. La gente iba a verla a su casa y se sentaba en su salón para beber té negro con ella. Y les leía el destino.

Y ahora Jude también sabe leerlo.

—Tu familia ha causado mucho dolor en este pueblo —murmura, inclinando la barbilla pequeña que tiene, mientras las voces de Humphrey Bogart e Ingrid Bergman suenan en los altavoces que tengo detrás y las imágenes parpadeantes de *Casablanca* se reflejan en la hierba y en los árboles—. Quieres irte de Cutwater…, ¿verdad? —Asiento, aunque no me ve, porque sigue con los ojos cerrados. Noto su mano demasiado caliente contra la mía y veo que le gotea sudor por la frente. Quiero apartarme, pero también quiero oír el resto, quiero que termine—. Las lágrimas y la lluvia…, todo se une. —Hunde las cejas—. El riachuelo Olvidado… es la única forma de irse.

—¿Cómo? —Entorno la mirada hacia él.

Jude mece la cabeza un poco y abre los ojos azul piscina al tiempo que me suelta la mano y deja que me caiga a un lado. Un cosquilleo me la recorre, igual que si me hubiera dado un calambre.

—¿Cómo me va a ayudar a irme el riachuelo? —Me froto las manos para intentar desprenderme de esa sensación.

Jude parpadea al mirarme antes de estirarse, ponerme el dedo índice en el pecho, justo en el corazón, afilado y fino.

—Esto tiene que romperse. Tiene que llorar. Y entonces… —Suspira—. Entonces serás libre al fin.

—No lo entiendo… —Niego con la cabeza—. ¿Qué significa eso?

Sin embargo, Jude se mete las manos en los bolsillos del cárdigan, con ojos como el rocío de la hierba recién cortada.

—Es tu destino… Eres tú quien debe interpretarlo, no yo.

—Pero ¿qué tiene que ver el riachuelo? —Me inclino más cerca de él, nerviosa de repente, desorientada. Confusa.

Alguien suelta una carcajada sonora y ronca a nuestra izquierda y Jude se vuelve hacia el sonido.

—Jude —insisto, solo que ya se está alejando—. Por favor.

Saca el comecocos del bolsillo y, sin decir nada más, se aleja de la taquilla, de mí, hacia un grupo de chavales sentados en una toalla de playa grande.

Tiene más fortunas que leer esta noche, más destinos que recitar, y ya ha desperdiciado demasiado tiempo con

Lark Goode. Cuando inspiro una bocanada de aire caliente, dándole vueltas a las palabras que me acaba de dedicar, el cielo suelta un leve rugido. Un segundo más tarde, la lluvia me moja la frente y el inicio de una tormenta oscurece el horizonte.

Me doy media vuelta y vuelvo a casa corriendo bajo la lluvia.

SEIS

A lo mejor Jude no tiene ni idea de lo que dice.

Me quedo tumbada en la cama, escuchando el borboteo del riachuelo Olvidado que pasa bajo los tablones del suelo antes de dirigirse a las filas de tulipanes. Mi destino sí que está decidido desde hace mucho tiempo, desde la noche en la que nací: condenada a cargar con el apellido Goode.

«El riachuelo Olvidado es la única forma de irse», me ha dicho.

Ojalá pudiera marcharme en un barco de papel de aquellos que hacía con Archer. Sin embargo, el riachuelo es una corriente salvaje y poco profunda, no lo bastante hondo como para llevarme lejos de esta vida. Así que Jude no tiene ni idea, no. Aun así, la otra parte de la fortuna, la de que se me debía romper el corazón antes de ser libre, me ha parecido un poco shakespeariana. Como si solo quisiera asustarme, amenazarme con el mismo dolor que mi familia ha sembrado en este pueblo. Porque ¿cómo puede ser que un corazón roto me salve de este lugar?

La única libertad que me hace falta es un billete de tren.

Y pasado mañana, después de nuestro cumpleaños, cuando tenga dieciocho años oficialmente, me largo.

El sol matutino se asoma por la ventana por fin y baña el terreno húmedo y pantanoso que tenemos detrás de casa, pero me quedo en la cama y dejo que pasen las horas mientras escucho el silencio solitario. Cerca del mediodía me levanto al fin y paso por delante de la puerta abierta de la habitación de Archer: no volvió a casa anoche y parece que voy a pasar nuestro cumpleaños sola.

En la cocina, abro el congelador y saco la bolsa de papel. La he estado guardando, escondida detrás de las bolsas de guisantes congelados y *tater tots* caducados. No sé si Archer sabe de su existencia siquiera.

Saco los dos pastelitos que contiene, todavía reluciendo por las virutas doradas, y las dejo en la mesa de la cocina, junto a la pila de cartas de amor de Archer, sin leer y cada vez más grande. Los veo tan dulces y delicados como el día en que nos los dio papá. Ya hace meses de eso.

Casi no se pasa por Cutwater; trabaja en un barco pesquero y vive en una pequeña ciudad costera que, según él, sufre de sus propias maldiciones y tormentos: críos que se ahogan en el puerto, brujas que se alzan desde las profundidades. Sin embargo, hay una pequeña pastelería cerca del paseo marítimo que vende una variedad de sabores peculiares y promete borrar cualquier recuerdo no deseado, para ayudar a la gente a olvidarse de lo que quieren quitarse de dentro. Papá se echó a reír al contárnoslo porque le parecía absurdo. Aun así, nos trajo dos pasteles para sus dos hijos. Para Archer y para mí.

—Para vuestro cumple —nos dijo, dándome la bolsa.

—Pero si faltan tres meses aún —repuse.

Sin embargo, se encogió de hombros, como si hubiera perdido la noción del tiempo o diera igual. Sabía que no iba a venir para nuestro cumpleaños, porque le dolía demasiado estar en esta casa con sus dos hijos, compartidos con una mujer que llevaba una maldición en los huesos.

Nuestro padre fue víctima de la maldición. Y, cuando terminó la temporada de tulipanes y a nuestra madre ya se le notaba el embarazo, los dos supieron que no era amor, no de verdad. Lo único que los había juntado durante unas cuantas noches de verano había sido el efecto de los tulipanes.

«El amor lo echa todo por tierra».

Dejo uno de los pastelitos en la mesa de la cocina para cuando vuelva mi hermano y me llevo el otro a la habitación para colocarlo en el alféizar y que se descongele con la luz del sol.

Busco la vieja maleta que fue de nuestra madre, metida bajo su cama, y la arrastro hasta mi habitación. No hay ninguna decisión difícil que tomar en cuanto a lo que debería llevarme y lo que no, porque no tengo tantas pertenencias. Saco todas las prendas que tengo en el armario y las doblo con cuidado para meterlas en la maleta. Dos pares de zapatos y uno de sandalias. Unas pocas baratijas que tengo encima de la cómoda: un conejo de plata diminuto que seguramente formó parte de una pulsera y que Archer encontró en el bosque y me regaló para Navidad cuando teníamos once años. Un marcapáginas que la bibliotecaria me dio en sexto de primaria con una cita a un lado:

Los libros son la magia más portátil que existe.
—Stephen King.

Tengo una pila de más de veinte cuadernos en la mesita de noche, con todas las páginas llenas, y los coloco con cuidado encima de la ropa. Joyas no tengo ninguna. Dinero, bastante poco. Papá nos manda cada mes, para lo básico, y Archer y yo nos repartimos lo que queda después de hacer la compra y comprar champú y bombillas. He ido ahorrando mi parte a lo largo de los años, mientras que Archer se gasta la suya tan deprisa como puede. Tengo casi quinientos dólares metidos en una cartera que también era de mamá.

Bastará para sacarme de este pueblo y darme de comer hasta que encuentre trabajo.

Me dejo caer en la silla junto a la ventana, con las piernas cruzadas, y observo los tulipanes mecerse ante la suave brisa primaveral mientras me pregunto cuánto tardará alguien en intentar colarse por la valla de alambre de espino, afilado como una daga.

Agarro el cuaderno y llevo la punta del lápiz a la página, a la clavícula de Roble. Sombreo las líneas fuertes que le forman los hombros, la curva del labio inferior, la forma que le adquiría la boca justo antes de hablar y la silueta tenue de las ramas de árbol por encima de él. Me pierdo en el boceto y lleno lo que queda de pelo (oscuro y corto, un poco ondulado en las puntas) hasta que dejo el lápiz encima del cuaderno y me lo quedo mirando. A ese chico que no comprendo. Le paso los dedos por las cejas, por los labios, por la tenue luz vespertina que le ilumina las mejillas. Me da curiosidad de una forma que no he experimentado hasta ahora, pero también sé que no podría acercarme tanto a él en el mundo real. No durante mucho tiempo, al menos.

La luz del exterior se ha ido apagando conforme se acaba la tarde y el pastelito ya está más suave. Con cuidado, pelo el papel y, cuando el pastel cálido se me deshace en la lengua, cierro los ojos para saborear el limón, la menta y la lavanda. Me sabe a una noche tormentosa en el mar, a una vida que podría haber tenido si hubiera nacido en cualquier otro lugar que no sea esta casa, a un cumpleaños celebrado con mi familia, en torno a una tarta casera, con velas que soplar y regalos de cintas plateadas que abrir. Tal vez me iría a la ciudad con mis amigos, a ver una peli, a quedarnos hasta las tantas susurrando en la oscuridad, envueltos en sacos de dormir en el suelo de mi habitación normal (sin el rumor de un riachuelo debajo), riéndonos y negándonos a dormir hasta que se hiciera de día.

Sin embargo, en esa vida no está ni mi mellizo.

Aun así, durante un breve momento, me da la sensación de que el pastel me borra el peor de mis recuerdos: el día en que se fue mamá, en que su silueta se desvaneció en la oscuridad. Sin despedirse. Sin prometernos que volvería. Dejándonos solo con una casa fría y vacía, sin nada que desayunar.

Nuestro mundo se partió por la mitad aquella mañana y nada iba a poder arreglarlo.

Trago la última porción de pastel, con los hombros apoyados en el marco de la ventana, escuchando el borboteo constante del riachuelo Olvidado. Incluso cuando la nieve cubre el suelo en invierno, el riachuelo sigue fluyendo, se niega a congelarse. Abro la ventana, porque el sol ya se ha ido al oeste y la noche se asoma, cálida y sin brisa, acompañada por el zumbido de los insectos en el campo y el croar de las ranas de las riberas enfangadas del riachuelo, y me dejo caer en la cama.

Mañana me largo de aquí.

Oigo los pétalos de tulipán rozarse entre sí como si estuvieran hechos de papel de seda. Algunos años, los tulipanes siguen en flor durante meses, mientras que otras estaciones solo duran un par de semanas. El calor y el frío no les afectan, sino que es otro encantamiento peculiar lo que los hace volver a marchitarse. En ocasiones se niegan a marchitarse o pudrirse y siguen floreciendo con sus pétalos intensos hasta bien entrado el otoño y el invierno, incluso después de la primera nevada. No siguen ningún orden natural, ningún almanaque de granjero ni tampoco el ritmo de las estaciones. Se comportan como quieren.

Oigo el chasquido de la puerta principal al abrirse. Archer ha vuelto.

Recorre el pasillo, pero no se mete en su habitación, sino que sigue andando hasta que veo su silueta sombreada en el umbral de mi puerta. Va un poco despeinado y está sonrojado, como si hubiera vuelto corriendo a casa o acabara de besar a alguien en la entrada.

—En el pueblo no hablan de otra cosa —dice, como si supiera que sigo despierta.

Entra en la habitación y el suelo de madera vieja y podrida cruje bajo sus pasos y amenaza con venirse abajo y tirarnos al riachuelo, solo que no lo hace, porque esta casa no piensa morir, no piensa hundirse en el terreno pantanoso, por mucho que hubiera tenido que suceder hace décadas. Archer se planta delante de la ventana y se queda mirando los tulipanes.

—Se bañan con los tulipanes, se frotan el polen en la piel.

Suspiro, me impulso para incorporarme y me apoyo contra el cabecero.

—Se han emborrachado con ellos —explico—. Los hace sentir como si estuvieran enamorados.

Me devuelve la mirada con la mandíbula tensa y la tranquilidad desinteresada que suelo verle detrás de los ojos desaparece por un momento.

—Lacy Bates me ha dicho que me daría cien dólares por uno. Le gusta una chica de su clase de Álgebra y cree que el tulipán la ayudará.

—El amor siempre ha sido una mentira para nosotros —le digo—. Y ahora también lo es para ellos.

Archer termina de darse la vuelta y su silueta alta arroja una sombra delgada e iluminada por la luna por el suelo. Me incomoda verlo así, con ese pulso nervioso en las sienes.

—Ya no les intereso mucho, la verdad. —Se pasa una mano por su cabello oscuro, con la mirada en el suelo—. Una temporada de tulipanes entera desperdiciada. No parece justo.

—Ser un Goode no tiene nada de justo.

Asiente y lo veo sombrío, incluso cansado. No es nada propio de él.

Un silencio largo y gélido se extiende entre nosotros hasta que decido romperlo.

—Me iré mañana.

Las palabras me parecen pesadas al pronunciarlas. Porque, por mucho que haya estado contando los días que quedaban hasta este momento, por mucho que la libertad me parezca tan cercana que me marea, abandonar a mi hermano es lo único que me duele. Es lo único de todo el plan que me parece un error.

Esboza una sonrisita, como si creyera que es broma, aunque luego se le ensombrece la expresión y posa la mirada en la maleta que ya he preparado.

—¿Lo dices en serio? Supongo que siempre he creído que te gustaba hablar de la idea, pero que no ibas a hacerlo de verdad.

—Puedes venir conmigo —ofrezco y me atrevo a albergar la esperanza de que me diga que sí.

Niega con la cabeza, sonriendo y con la luz de nuevo en los ojos.

—Ya sabes que no podría sobrevivir fuera de este pueblo. Aquí es donde debo estar. Pero tú… —La sonrisa se le tensa un poco—. Tú eres mejor que este pueblucho, siempre lo he sabido. Y tú también lo sabes. Me alegro de que lo vayas a hacer por fin, de que vayas a escapar.

Me levanto de la cama, solo que Archer alza una mano en mi dirección.

—No nos despidamos aún —dice—. Dejémoslo para mañana. Ya sabes que no me va el rollo sentimental.

—Vale —me rio—, mañana será.

Se dirige a la puerta, pero se detiene y me mira por encima del hombro.

—Feliz cumpleaños, hermanita.

El ambiente de mi habitación me parece pesado y húmedo, incluso con las dos ventanas abiertas y la brisa que entra desde el jardín de atrás, pasa por encima de la cama y sale por la ventana que da a la carretera. Por mucho que ansíe la tranquilidad del sueño, me he quedado mirando el techo, pensando en que es mi última noche en esta habitación, en esta casa.

Un leve golpeteo me entra en los oídos.

Contengo la respiración, atenta y rodeada de la oscuridad de la habitación, pero solo oigo el riachuelo bajo la casa. Nada más.

Me obligo a cerrar los ojos, a forzar al sueño a llevarme en brazos, y entonces oigo otro sonido.

Este es distinto: más suave y apagado, como pasos sobre la tierra húmeda.

Abro los ojos y miro hacia la ventana delantera, donde encuentro algo en el alféizar. Algo que antes no estaba.

La brisa tira de los bordes del objeto y noto una punzada intensa en la nuca, provocada por esa parte del cerebro que me dice que algo va mal. Me obligo a bajar de la cama y cruzar la habitación mientras un escalofrío me recorre la espalda.

En la ventana, me quedo mirando el objeto.

Hay un libro en el alféizar.

Abandonado. Fuera de su lugar. Donde no debe estar.

La luz de la luna apenas me ayuda a leer el título: *Peter Pan y Wendy*, de J. M. Barrie. Paso los dedos por la cubierta negra y las letras doradas; parece antiquísimo, un libro leído y releído a lo largo de décadas. Alzo la mirada hacia la ventana abierta para escudriñar la oscuridad y veo a una sombra alejándose por la hierba alta, hacia la carretera.

—¡Oye! —grito.

La silueta se detiene y parece fundirse con la oscuridad, pero cuando vuelvo a parpadear, veo que se da media vuelta, se quita la capucha gris de la sudadera y alza la barbilla, de modo que la luz de la luna le ilumina la frente y la nariz y le revela la cara.

Se queda así un segundo y luego otro, como si estuviera sopesando si debería irse corriendo hacia la carretera o volver hacia mi ventana.

Se dirige hacia mí poco a poco.

Es Roble.

—Esto es propiedad privada —digo cuando llega a la ventana, en voz baja y con una ceja arqueada, mientras el corazón me late deprisa.

Se queda en silencio, guapo y con pinta de venir de otro mundo bajo esta luz acuosa, con el aire primaveral rozándole la piel oscura y los árboles meciéndose a sus espaldas.

—Lo siento. —Tiene la mirada suave y parece distinto, más atrevido, sobrenatural, como si hubiera salido del bosque del otro lado de la calle como la criatura de un cuento—. Quería dejarte algo… por tu cumple.

Paso el dedo por el lomo del libro y noto el relieve del título.

Me observa con preguntas en los ojos, una paradoja que intenta resolver: es un chico que se ha acercado demasiado a una chica maldita, a la luz de la luna, con el riachuelo

Olvidado borboteando a pocos metros de distancia. Debería irse, alejarse de esta ventana. Pero no quiero que se vaya..., aún no. Me gusta estar cerca de él, de ese chico que todavía no muestra ningún indicio de delirio.

De ese chico que no comprendo.

—No sabía si lo tenías ya —añade con los hombros agachados, relajado y con las manos en los bolsillos de los vaqueros.

Niego con la cabeza y sonrío. Los libros que leo siempre son prestados, con el sello de la biblioteca en el interior que indica la fecha en la que los tengo que devolver.

—Parece bastante viejo —digo, girándolo entre las manos.

—Mi padre tiene una biblioteca de libros antiguos.

Lo miro a los ojos.

—¿Los colecciona? —pregunto con la esperanza de sonsacarle cualquier dato sobre quién es.

—Sí, eso y más cosas.

—Pues no creo que debas regalármelo, entonces. Parece valioso. —Lo sostengo por la ventana abierta, hacia él.

Sin embargo, él ni siquiera parpadea, sino que se me queda mirando al corazón que me late en el pecho.

—Ni siquiera se dará cuenta de que no está.

La cálida brisa primaveral mece la hierba alta que hay tras él y lo miro a los ojos en busca de cualquier indicio de amor, de cualquier señal de que esté empezando a caerse por la madriguera del conejo hasta acabar en brazos de la locura. No obstante, tiene la mirada sin emoción, libre, y no sé cómo sentirme, porque nunca he vivido algo así. ¿Debería tenerle miedo? ¿Debería temer esa falta de emoción cuando me mira?

¿Cómo puede ser que los tulipanes no le afecten? ¿Cómo puede ser que yo no le afecte en absoluto?

—¿Has venido solo para darme un libro? —pregunto.

—Si te parece bien. —Un mechón de pelo le cae por los ojos.

Me encanta cómo las palabras se le deslizan de los labios, que su piel me recuerde a una tormenta otoñal, oscura y embriagadora. A lo mejor es él el que me ha hechizado.

—¿Has venido a por un tulipán? —le pregunto cuando la duda y la desconfianza me asaltan las ideas. Tal vez el libro solo sea una excusa para acercarse a mí, a la casa y al jardín, para poder pedirme un tulipán, como los demás.

Sin embargo, tensa los hombros un poco y arquea una ceja.

—Me dan igual tus tulipanes.

—Los demás sí que los quieren.

Se pasa una mano por el antebrazo y echa un vistazo a las pocas estrellas visibles en el cielo cubierto de calor.

—Les da miedo no encontrar el amor sin ellos —explica, antes de bajar su mirada verde hacia mí—. Tienen miedo de estar solos. —Ralentiza la respiración y me observa como si quisiera comprender qué soy—. ¿No es eso lo que nos da miedo a todos?

Noto un nudo en la garganta. Se ha puesto a hablar de amor, de la soledad, como si fueran temas ordinarios que debatir con desconocidos en plena noche y a través de una ventana. Aun así, pronuncia la palabra *amor* como si no significara nada. Como si no fuera nada más que una medida exacta de aire, un solo grano de arena. Algo que puede pronunciarse y soltar sin más, tirado u olvidado. Sin significado.

—A todos no —respondo, porque a mí me da miedo otra cosa... Me da miedo que solo me lleguen a querer por los tulipanes.

Roble se acerca un paso más a la ventana, mirándome con esos ojos verdes e insondables, pero tiene el cuerpo más tenso, listo para darse media vuelta y salir corriendo si hace falta, si empieza a notar algo por mí que no es natural, una obsesión profunda que le sale de las entrañas. Cómo la maldición le recorre las venas.

Solo que soy yo la que nota algo que no le gusta, unas ansias que no he experimentado en la vida.

—¿De qué tienes miedo tú? —pregunta.

Me contengo al notar el sonrojo en las mejillas porque no puedo contarle la verdad: que me aterra que el amor que los demás sientan por mí siempre esté enredado en la maldición de la familia Goode, que el amor siempre sea una farsa para mí. Que sea algo de lo que no puedo fiarme.

Y que también me da miedo él. Me asusta por cómo me late la cabeza cuando lo tengo a pocos metros de distancia, porque me lo imagino acercándose más a mí, porque sueño despierta con cómo sería darle la mano otra vez, como cuando tiró de mí para salvarme en el instituto. Porque me gustaría saber a qué huele cuando la lluvia le roza la piel, cómo suenan sus latidos contra mi oído, el ritmo que lo mantiene con vida.

Solo que estos pensamientos traicioneros no pueden ser reales, no puedo permitir que echen raíces en mí, por lo que aferro el libro con más fuerza.

—Me da miedo acabar como todos los demás Goode que han vivido en esta casa —respondo. Es simple, pero es verdad.

Lo noto observar cada uno de mis parpadeos, cada temblor de incomodidad en las comisuras de los labios. Me mira como si fuera un recuerdo, como si recordara algo al mirarme a los ojos. Dos momentos en el tiempo. Dos pozos de oscuridad y luz. Como si fuera algo que ha perdido y acabara de encontrar. Una chica de uno de sus libros.

Da otro paso hacia la ventana y el corazón me delata al subírseme a la garganta. Señala con la barbilla el libro que me ha dado, cuya cubierta aprieto con fuerza para anclarme al momento. Es lo único que impide que salga flotando hacia las estrellas.

—Es sobre una chica que deja atrás su vida ordinaria para embarcarse en una inesperada —dice.

—¿Y si yo quiero irme de este mundo para ir a uno que sea ordinario? —propongo.

—A la mayoría de la gente le aburre lo ordinario.

—Yo no quiero otra cosa.

Sonríe con un brillo en los ojos.

—«La segunda estrella a la derecha y todo recto hacia el amanecer» —cita del libro que sostengo—. A lo mejor esa es tu forma de salir de aquí, como Wendy.

El corazón me late en los oídos.

—Los personajes de ficción tienen más fácil eso de huir de casa que en el mundo real.

Pienso en mi maleta ya hecha, tirada en el suelo detrás de mí, en la oscuridad de mi habitación. Ya casi me he ido. Casi soy libre de este pueblo.

—Eso es lo que diría el personaje de un libro justo antes de matar al villano, huir del castillo y encontrar a su amor verdadero.

Suelto una carcajada diminuta, compuesta solo por aire.

—Ojalá supiera quién es el villano.

Sonríe un poco. Solo un poquitín.

—Yo también intento averiguarlo. Y cada vez me es más difícil.

Cierro la boca, sin saber muy bien a qué se refiere. ¿Quién es el villano de su historia? ¿Quién es el villano de la mía?

Sin embargo, en vez de acercarse más o de recitar más líneas del libro que me ha regalado, parpadea y endereza los hombros.

—Tengo que volver a casa.

Parece nervioso de repente, inquieto, como si se hubiera quedado demasiado tiempo, y saca el libro que tiene en el bolsillo de atrás, seguramente por costumbre. La tapa está arrugada y doblada por la mitad y eso me da envidia: la adoración que le ha dedicado al libro, el tiempo que ha pasado inmerso entre sus páginas. El amor que le ha dado. Suspiro y expulso esa idea tan absurda.

Ya se está dando media vuelta y camina a grandes zancadas por la hierba desmedida hacia la carretera Swamp Wells. Al verlo noto un dolor en la garganta, en el corazón, porque no quiero que se vaya.

—¡Oye! —grito.

Se detiene y mira hacia atrás con esos ojos verdes.

—Vuelve mañana —digo, atreviéndome, arriesgándome, por mucho que sepa que no debo—. Después del anochecer. Quiero enseñarte algo.

Durante un segundo demasiado largo, me parece que va a decir que no, que no lo voy a volver a ver nunca. Que acercarse tanto a mí ha sido un error.

Aun así, capto algo distinto en esos ojos silenciosos y veo que asiente.

—Mañana —repite—. Vale.

SIETE

Puede que Roble sea el villano de mi historia. Puede que sea lo que me desarme, lo que me haga sentir lo que no debería. Algo peligroso. Un chico que es una paradoja. Que desafía todas las advertencias que me dio mamá antes de irse.

El problema es que, cuanto más lo veo, menos recuerdo lo que se suponía que debía temer.

Me vuelvo a acomodar en la cama, con las rodillas contra el pecho, y me quedo mirando la maleta. Me digo a mí misma que no ha cambiado nada, que puedo irme pasado mañana. No tengo ningún billete comprado ni nadie que me esté esperando, soy yo quien impone las normas. Puedo pasar un último día en Cutwater con Roble antes de irme para siempre.

No tiene nada de malo.

Puedo quedarme un día más.

Me quedo despierta y leo *Peter Pan y Wendy* como si fuera a revelarme algún secreto sobre Roble, a decirme quién es en realidad, pero la historia me empieza a parecer una profecía.

Es una fábula sobre la verdad de quienes somos en realidad, en el fondo. Sobre la vida que escogemos y sobre la pérdida. Por mucho que Wendy quiera a Peter Pan, al final se decanta por el mundo real.

Solo que mi vida no es una fábula. Es mucho peor, porque es real.

Cierro los ojos y dejo que el rumor del riachuelo me embarre los pensamientos.

«El riachuelo Olvidado es la única forma de irse», me dijo Jude. Su fortuna bien podría ser otra fábula. Un cuento inventado, un truco que aprendió de su madre.

Me quedo dormida justo cuando el sol del amanecer se asoma a través del bosque húmedo, con el libro al lado, en un haz de luz amarillento, y sueño con tierras lejanas en las que los chicos pueden volar y nadie se hace mayor.

Sin embargo, me acabo despertando poco después, cuando un estruendo me vibra entre los sueños.

Me incorporo para sacudirme la confusión de un sueño demasiado corto y oigo las botas de Archer pisotear el pasillo. Se detiene antes de llegar a mi puerta y lo oigo entrar en la habitación abandonada de mamá, una habitación que siempre tenemos cerrada. En la que nunca entramos.

Me quito la sábana de encima, todavía con la ropa de anoche, y corro por el pasillo. La puerta de la habitación de mamá sigue abierta, solo que Archer ya no está allí. Lo encuentro en el salón, dirigiéndose hacia la puerta principal.

—Ha venido muchísima gente —dice, mirándome, antes de señalar hacia la ventana—. A pedir tulipanes.

Tardo unos segundos en entender lo que sucede, en ver lo que Archer tiene en las manos: la escopeta antigua de nuestro abuelo. No está cargada (y es tan vieja y está tan oxidada que daría igual que tuviéramos munición), pero Archer abre la puerta y sale al porche como si fuera a disparar al cielo.

Hay unos doce compañeros del instituto reunidos al final de la entrada, con varios coches aparcados en la cuneta y uno de ellos todavía en marcha.

Si bien llevan años sin entender por qué se sienten atraídos por los Goode cada primavera, ahora sí que lo saben. Lo saben todo. Es por los tulipanes, porque ahora notan ese dolor y ese tirón hacia las flores.

Y quieren quedarse con ellos.

Aun así, ninguno de ellos ha aunado la valentía para recorrer la entrada. Se han quedado plantados, nerviosos, desesperados por hacerse con un tulipán, pero sin querer plantarles cara a los mellizos Goode, que bien podrían ser brujos, vampiros, troles que duermen bajo la casa, que les arrancarán los ojos y les comerán el corazón si se acercan demasiado.

Archer cuadra los hombros en el límite del porche.

—¡Largaos de nuestra casa!

El grupo se queda en silencio, pero nadie se mueve.

—Si os quedáis ahí…, sabréis lo muy en serio que lo digo —añade con una voz que resuena a través del aire despejado de la mañana.

Y nadie se mueve.

Las ansias por hacerse con los tulipanes los mantienen plantados. Me pregunto si notan ese dolor retorcido en su interior, esa añoranza que no pueden pasar por alto, el deseo por el amor que supera a todo lo demás.

La sensación que llevo toda la vida queriendo evitar.

Archer murmura algo para sí mismo, molesto, y baja las escaleras del porche, cruza el riachuelo y empieza a dirigirse por la entrada, con la escopeta a un lado. Está harto. No va a llamar a la policía, sino que piensa lidiar con el problema por sí solo.

—¡Archer! —lo llamo, con miedo a lo que pueda hacer.

Sin embargo, no llega al final de la entrada. Tal vez sea la expresión que tiene en la mirada, tal vez sea él mismo, pero en un abrir y cerrar de ojos, el grupo se dispersa. Vuelven a su coche o a su bici y se alejan por la carretera Swamp Wells.

No se quedan para ver lo lejos que está dispuesto a llegar mi hermano.

Es un Goode, al fin y al cabo, y los Goode somos dioses y monstruos al mismo tiempo. Tan impredecibles como peligrosos, sin nada que perder. Porque ya nos lo han arrebatado todo.

—Panda de buitres —gruñe en lo que vuelve por las escaleras.

Los ha asustado, pero sé que el efecto no durará mucho.

Volverán con los ojos llenos de esperanza. Mañana o pasado mañana, volverán. Conforme los tulipanes que ya tienen se vayan marchitando y desvaneciendo, conforme pierdan el efecto, necesitarán más.

Lo ansiarán.

Porque los tulipanes les brindan una embriaguez más potente que el miedo incluso:

a
m
o
r

Y, como ya han probado un poco, un solo tulipán no les volverá a bastar.

Rebusco en la maleta, saco mis pantalones cortos (que recorté de un par de Levi's de la tienda de segunda mano) y mi camiseta de tirantes favorita, la de color verde azulado con tres botones blancos delante. Me lo pongo todo y me miro al espejo que hay encima de la cómoda. ¿Qué diantres se me ha pasado por la cabeza? Tendría que haberme subido al primer tren que salía de Cutwater y estaría esbozando el rostro de los demás pasajeros, soñando con la vida que me espera al otro lado de las vías.

En su lugar, estoy en mi habitación, en esta casa, y solo por echarle un último vistazo a un chico que no puedo explicar. Un chico que es un acertijo que estoy desesperada por resolver.

—¿Tú no te ibas hoy? —me pregunta Archer. Me doy media vuelta y lo veo plantado en el umbral de la puerta.

—Y me iré —le aseguro, poniéndome las sandalias—. Solo he retrasado un poco el momento.

Entorna los ojos hacia mi maleta, ahora abierta.

—Has decidido que me echabas demasiado de menos, ¿eh?

—Más quisieras —respondo, pasando por su lado.

—Pero ahora en serio, ¿por qué te has quedado?

Me detengo en la puerta principal y le devuelvo la mirada.

—Es que tengo algo que hacer esta noche.

—Ya, así empieza. «Un día más y ya está», y cuando te quieres dar cuenta, han pasado veinte años y sigues en Cutwater.

—Eso no me va a pasar a mí.

Abro la puerta y Archer me sigue hacia el porche.

—Claro que no, hermanita. Te apuesto diez dólares a que no te vas a ninguna parte. Cuando acabe el verano seguirás aquí mismo.

—No acepto la apuesta, hermanito, porque sí que me iré... Solo que no ahora.

—¡Lo dudo mucho! —grita.

—¡Ya verás!

Me voy por la entrada, aunque lo oigo reírse, seguido del golpe de la puerta principal cuando la cierra. Estos son los momentos que echaré de menos. El toma y daca con mi hermano, con mi mellizo. Cuando me vaya, habrá un silencio donde antes estaba él.

La luz va desapareciendo del cielo, los grillos cantan desde la hierba alta del jardín de atrás y me quedo bajo la sombra de un abedul torcido junto al buzón, esperando.

No quiero que Roble se acerque a casa como anoche, no quiero arriesgarme a que Archer lo vea, se ponga a hacer preguntas y lo vuelva todo incómodo sin necesidad. Así que espero.

No veo ningún coche pasar por la carretera y, mientras siguen pasando los minutos, me pregunto si va a venir de verdad o no.

A lo mejor ha cambiado de parecer. «Sería lo mejor para él, que se quede bien lejos».

Poso la mirada en el cielo estrellado e inspiro el cálido aire nocturno. ¿Y si he sido tonta por haberme quedado? Por haber retrasado mi huida, y todo por un chico al que no voy a volver a ver a partir de mañana. ¿Por qué pierdo el tiempo? ¿Qué hago aquí esperando en la oscuridad?

Cierro los ojos, con la sensación de ser más tonta que nadie y la idea de volver a casa, cuando oigo el crujido de la gravilla bajo los pasos de alguien.

Entornando la mirada a través de la oscuridad, lo veo. Camina por la carretera Swamp Wells con las manos en los bolsillos, una camiseta gris y pintas de haber venido a lomos de una brisa veraniega.

Al final sí que ha venido, tal como prometió.

—Hola —dice, informal, relajado y lleno de secretos. Y mi decisión de volver a casa y olvidarme de él se esfuma. Como si nada—. Perdona —añade—, ¿llevas mucho tiempo esperando?

Niego con la cabeza sin decir nada, porque tengo las ideas nubladas. No estoy acostumbrada a esto, a quedar con un chico de noche. A estar tan cerca de alguien y sentirme como una chica normal.

—¿Te parece bien que caminemos un poco más? —le pregunto, porque no sé cuánto habrá caminado ya para llegar hasta aquí.

—Vale.

No me pregunta dónde lo llevo, no se cuestiona si debería acercarse tanto a una Goode, sino que me sigue por el lateral de la casa, más allá de la nueva valla del jardín, hasta el camino de tierra que cruza el bosque. El sendero pasa junto al río Cruce del Conejo, con su cauce de agua fría lleno y acelerado, y noto el aire nocturno como un aliento contra el cuello. No nos hemos alejado mucho cuando el camino se adentra más entre los árboles y llegamos a las vías del tren que atraviesan Cutwater de este a oeste.

—Ya casi estamos —digo, y él asiente. Parece conforme con seguir caminando, nada afectado por el aroma de los tulipanes que llevo en la piel.

Pasamos por las vías mientras un búho ulula a nuestra izquierda hasta que llegamos al vagón abandonado que hay en una sección de las vías que ya no se usa. Oxidado e inmóvil, una reliquia olvidada.

Aunque no por todo el mundo.

La puerta del tren está abierta y el interior oscuro está lleno de latas de cerveza vacías, cigarros a medio fumar y nombres pintarrajeados en las paredes. Hace años que los chavales de Cutwater vienen aquí para marcar su lugar en el mundo, para declarar que han estado en este pueblucho alejado de la mano de Dios.

Sin embargo, no voy hacia la puerta, sino que me acerco a la escalera metálica que hay en la pared exterior y, tras poner un pie en el primer peldaño, escalo hasta el techo plano del vagón. Cuando miro abajo, Roble ya se ha subido a la escalera sin mucho esfuerzo y no tarda en llegar arriba.

—¿Vienes mucho por aquí? —me pregunta, volviéndose sobre sí mismo para observar el bosque que nos rodea.

—De vez en cuando, sobre todo en verano.

Me tumbo bocarriba en el techo, con el corazón desbocado, y Roble me imita. El techo metálico está cálido bajo nosotros, calentado por el sol durante el día, pero las estrellas del cielo parecen estar más cerca, atraídas por la copa puntiaguda de los árboles. Siempre me da la sensación de que aquí está más oscuro, de que la noche engulle la zona.

Coloco las palmas de las manos en el techo y cierra los ojos.

—Te juro que a veces noto que se mueve el tren —digo.

«A veces noto que avanza por las vías, que acelera, un tren fantasma que vuelve a la vida».

Roble pone las manos en el metal, con los dedos a un milímetro de los míos, a un copo de nieve, una lágrima o un mechón de pelo de distancia.

—¿Tantas ganas tienes de irte? —me pregunta, mirándome con unos ojos que parecen negros en esta oscuridad. Sin embargo, en la boca le veo calma y tranquilidad. Es una boca peligrosa, demasiado cerca de la mía.

Respiro hondo y aparto la mirada. Debería sentirse atraído hacia mí, pero soy yo la que no puede controlar lo que piensa, esa sensación inconfundible e insondable, como caerse en un abismo desconocido. No dejo de pensar en que me voy a despertar de sopetón, en que la sensación me va a llevar al mundo real. Solo que no ocurre.

A través de las pestañas, observo la luz de las estrellas, cuento los segundos y me imagino los árboles mecidos por el viento del tren al llevarnos lejos de aquí. No sé por qué no le cuento la verdad: que se suponía que iba a estar en un tren esta misma mañana para irme bien lejos. Que solo me he quedado por él.

—¿Tú no quieres irte? —pregunto en su lugar.

No me responde, y un silencio indescriptible dobla la oscuridad que nos rodea, formado por todo lo que no quiere admitir, lo que no dice. Sé muy bien lo que es mantenerte escondida, en secreto, a salvo. Y sonrío, porque me gusta el silencio entre nuestras palabras.

—Todo parece distinto por la noche —dice tras un largo suspiro—. Como si significara algo más. —Respira hondo y sé que este chico esconde algo más de lo que veo a simple vista a mi lado.

Ladeo la cabeza para mirarlo. Transcurre un momento. Y luego otro. Libres del ruido, con el único sonido provocado por nuestros latidos. Es una sensación difícil de describir: como tener la punta de las pestañas cargadas de electricidad, que el cielo estuviera a punto de estallar en una tormenta de verano, en esos escasos segundos antes del primer trueno. Roble no espera ninguna respuesta, porque el silencio es lo que ansiamos.

Y entonces llega... El leve rugido que he estado esperando, por lo que me pongo de pie y escudriño la oscuridad hacia las vías.

—Mira —digo, señalando con la barbilla.

Roble se pone de pie, con el hombro firme a mi lado, un chico que es una montaña, que es un árbol, que es unos latidos demasiado cerca de mí. Observamos las vías, donde un haz de luz atraviesa el bosque.

Se acerca un tren, tan solo unos minutos más tarde de la cuenta.

«Nunca llega a su hora».

Va por una vía paralela a esta sección abandonada, la del vagón olvidado. El suelo tiembla, y esta es mi parte favorita: la expectativa. Cuando el mundo entero tiembla y se vuelve borroso.

La vibración aumenta de intensidad por la gran velocidad del tren, que está a segundos de pasar por aquí. Me acerco al borde del techo, lo más cerca posible a la otra vía, y el corazón se me sale del pecho al ritmo de la adrenalina que me surca las venas. Es por eso que he venido, porque quería esta sensación.

Roble me observa y noto la incertidumbre que lo invade. Aun así, da un paso adelante y llena el espacio que hay a mi lado; ese chico que está demasiado cerca, que podría tocarme si quisiera. Que podría atraer a Lark Goode a sus brazos y besarla, pero se resiste, aunque no sé cómo. No sé cómo, pero parece inmune, cuando los demás ya me habrían pasado las manos por la piel, con su aroma floral, y me habrían suplicado que también los quisiera.

No sé cómo lo hace.

Y, aun así…

Una parte de mí quiere que deje de resistirse.

La luz del tren alcanza un brillo imposible que llena el cielo, que destella entre los árboles y destierra a los fantasmas de vuelta a la oscuridad. Contengo la respiración cuando pasa por delante de nosotros a toda velocidad. Una ráfaga de viento y sonido me ruge contra los oídos mientras las ruedas metálicas traquetean por cada agujero en las vías, y juro que el ambiente huele a todos los lugares en los que ha estado el tren: playas bañadas por el sol, montañas nevadas y desiertos en los que no brota nada.

El tren no se detiene en Cutwater, ni siquiera aminora la marcha, sino que solo atraviesa el pueblo de camino a lugares mejores.

El viento nos aúlla en la cara y el vagón abandonado tiembla bajo nosotros, con lo que nos hace vibrar las piernas. Estiro los brazos para notar el viento contra la piel, con el pelo ondeando tras de mí.

Roble me da la mano.

Me toca.

Me aferra la palma de la mano con la suya.

Lo miro a los ojos y veo que el miedo que le noto en la mandíbula tensa y en la mirada verde que tiene no es por sí mismo, sino por mí: impide que me caiga hacia delante, hacia el tren que pasa por aquí con un chirrido.

El corazón me late en los oídos y cierro los ojos con fuerza: el calor de la mano de Roble, el viento que me da en la cara, me dan la sensación de que el cuerpo se me ha puesto del revés, que sale volando del techo y recorre las vías. Una chica que vivía en Cutwater y que acabó flotando por el cielo gracias a un chico y a un tren.

—Lark —creo que dice. Mi nombre en sus labios, en una voz que es como la primera nevada sobre los árboles otoñales, fría y verde y optimista. Trago en seco y oigo el pulso cada vez más alto, más alto…

Hasta que el tren desaparece de golpe con un silbido.

Y así vuelvo a la noche, cerca del último rugido que se desvanece entre los árboles, hacia el horizonte, y el viento se va con el tren. Se hace el silencio; la falta de ruido es casi insoportable, me pitan los oídos y la sangre me baja por las venas. Sin embargo, no quiero soltarlo. Quiero aferrarme a este momento, hacer que perdure, suspendido como una gota de lluvia en una ventana fría.

Hasta que Roble me suelta la mano y el momento se rompe.

Estoy mareada.

Todavía noto el corazón latiéndome contra las costillas cuando me vuelvo para mirarlo.

—¿Quieres irte a casa? —le pregunto, sin aliento, sin sentido común, sin sensatez. Tiene unos ojos intensos como cuchillas.

—No.

—Bien. Quiero enseñarte otra cosa.

* * *

A poco menos de un kilómetro por las vías, llegamos a un camino de tierra muy poco transitado, lleno de zarzamoras y espadañas (hace una década que ningún coche pasa por aquí), y lo recorremos hasta el final, un claro iluminado por las estrellas que se abre ante nosotros.

En el borde del prado hay una hacienda abandonada contra una fila de árboles perennes, con las ventanas tapiadas y el interior oscuro, lleno de telarañas y fantasmas olvidados. Sin embargo, al otro lado del prado, donde desciende el terreno, hay un estanque despejado y con forma de media luna, con vistas a las montañas del horizonte.

Atravesamos la maleza que nos llega hasta las rodillas hasta que el suelo se vuelve más suave en la orilla. Roble me observa y noto la pregunta que esconde en la mirada.

—Vengo a nadar aquí… A veces —explico.

Duda y noto el aire tenso en la garganta. Tal vez no tendría que haberlo traído aquí. Parece incómodo, con un atisbo de duda en la expresión. Ya hemos pasado mucho tiempo juntos, me he arriesgado demasiado al traerlo hasta aquí.

—Los tulipanes… —dice de repente, sin mirarme, como si estuviera pensando en algo que lo ha transportado muy lejos—. Los he visto en el pueblo. La gente… Todos están… —Deja la frase en el aire.

—Lo sé. —Me froto los brazos con las manos—. Las flores no tienen que estar en manos de nadie que no sea de mi familia.

—¿Por qué? —pregunta, mirándome de reojo.

Mantengo la mirada fija en el estanque, sin saber cómo responder. En Cutwater, cada uno tiene su propia historia, su propia leyenda sobre por qué deben evitar a los Goode. Y ahora me noto atrapada en mis pensamientos, en busca de la respuesta adecuada.

—Los tulipanes tienen la culpa de todo lo malo que le ha pasado a mi familia. Y ahora que alguien ha robado varios y los ha ido intercambiando, no sé... No sé qué va a pasar.

Un grillo canta al otro lado del estanque y el viento nocturno me roza la piel, aunque no consigue enfriarme.

—Les hacen creer que están enamorados... —dice—. Los tulipanes, digo.

No sé si es una pregunta o un comentario. Ha visto los tulipanes en el pueblo y tal vez esté intentando explicar lo que son, lo que soy yo. Averiguar si algunos de los rumores son ciertos.

—Todo es falso —digo, antes de inspirar hondo—. No es amor de verdad.

—¿Cómo lo sabes?

—Porque mi familia ha estado atormentada por el amor desde que tengo uso de razón.

Cada palabra me duele al pronunciarla. Sin embargo, él se queda en silencio, con el prado susurrando a nuestro alrededor, hasta que dice:

—A todos nos atormenta algo.

En la cara le noto el mismo dolor que veo tan a menudo en mi reflejo: furia, dudas y terror, una sensación que quiere convertirse en un grito.

—¿Qué te atormenta a ti? —le pregunto.

Me mira, y ojalá pudiera ver lo que piensa, entender todo lo que no quiere decir. Lo que no quiere que vea. Quiero entender por qué noto ese dolor extraño que me tortura cada vez que estoy cerca de él. Por qué puede ocupar un espacio a escasos centímetros de mí sin confesarme su amor, sin suplicarme que pase el resto de mi vida con él.

—El pasado —responde con brusquedad, como si no tuviera que explicar nada más.

Trago en seco, con ganas de preguntarle a qué se refiere, qué le ocurrió y se niega a decir en voz alta, pero tiene la mirada clavada en mí, fija y sin parpadear, y nunca me habían mirado así. Me mira como si ya contuviera las respuestas a mis preguntas. Como si el enigma fuera yo y no él.

Como si fuera él quien me busca pistas en la expresión.

Como si el silencio fuera una especie de respuesta, su propia verdad. Como si las palabras que decimos no revelaran nada. Es su mirada la que me dice lo que quiero saber. Los latidos que me arremeten contra los oídos son lo que me hace querer ser otra persona.

Una chica como cualquier otra.

Una que no le tenga miedo a la mirada curiosa de un chico al que no conoce.

Y esa idea me recorre las venas como un veneno, me marea y me vuelve salvaje. Me quito la camiseta de tirantes y los pantalones. Porque, si me voy a ir mañana, de verdad no tengo nada que perder. No voy a volver a verlo. Esta es la última noche que paso en el pueblo. Es una noche en la que ser alocada, en la que debo olvidarme de quien era y empezar a desentramar las capas de quien seré.

Me acerco al agua y noto la mirada de Roble clavada en mí, silenciosa, verde y viva, como si me viera quitarme la piel.

Noto el suelo suave y granuloso bajo los pies descalzos; el agua me roza las piernas y la cintura cuando me meto en la parte poco profunda. Paso los dedos por la superficie y lo miro, pero se ha quedado inmóvil en la orilla: un chico hecho de lo desconocido. Estoy segura de que va a acabar mal, pero ahora mismo quiero llevarme la noche al pecho y aferrarme a ella tanto tiempo como pueda. Quiero permitirme creer que puedo nadar con un chico que tiene electricidad en los ojos. Que parece quedarse indiferente ante quien soy. Quien, quizá, no se enamorará de mí.

—¿No vienes? —pregunto.

No se mueve, es una silueta de acuarelas contra un cielo oscuro y manchado. Pasa un largo segundo en el que creo que va a darse media vuelta y a irse corriendo, demasiado asustado, tras darse cuenta de que se ha acercado demasiado a un monstruo. Veo el conflicto que se le desata en la expresión en lo que decide si se va o se queda, si ha cometido un error o no al seguirme.

Si ya es demasiado tarde.

Sin embargo, se quita la camiseta gris de un solo movimiento, como si quisiera demostrar que Lark Goode no le da miedo. El aire se me atasca en la garganta al verlo avanzar por la hierba hacia el agua.

El estanque ondea a nuestro alrededor, dos cuerpos bajo el cielo estrellado y despejado.

—Está caliente —dice, con la voz apenas un susurro.

—Hay aguas termales subterráneas. —Hundo la barbilla bajo la superficie—. Nunca se congela, ni siquiera en invierno.

Tiene las pestañas moteadas de gotas de agua, como un millón de planetas diminutos.

—¿Cómo lo encontraste?

—Siempre he vivido aquí, y acabas conociendo de todo sobre un lugar si nunca te vas.

El viento sopla sobre la superficie y me pone la piel de gallina en los brazos, por lo que estiro las piernas y me dirijo más adentro.

—Si hubiera sabido que esto estaba aquí… —murmura, con esa voz tranquila y controlada que tiene siempre, como si midiera todas las palabras que pronuncia. Posa la mirada en el prado, en las montañas oscuras que se derraman en el horizonte, como gigantes dormidos—, vendría todas las noches.

Vuelve a mirarme, como si pudiera abrirme con la mirada, y el corazón se me acelera, atraído hacia él de un modo que no tiene sentido.

Con cierto esfuerzo, poso la mirada en la granja abandonada para anclarme a algo que no sea él.

—El banco es el propietario de la casa esa —digo, casi sin aliento y con la piel demasiado caliente—. Puedes comprarla barata cuando te gradúes y el estanque y el prado serán todo tuyos. Podrías pasarte los días aquí hasta el fin de los tiempos.

Veo que se le mueven las comisuras de la boca, que casi esboza una sonrisa, una forma que hace que quiera flotar más cerca de él. Que quiera…

Pero niega con la cabeza, con la luna reflejada en los ojos, esa luz pálida que convierte la superficie del agua en sueños.

—Después de graduarme me iré bien lejos.

—Entonces sí que quieres escapar de aquí.

—No escaparé, desapareceré como los magos. Quiero irme tan lejos que será como si no hubiera vivido aquí nunca.

Aunque sé que esconde algo detrás de esas palabras, alza la barbilla por encima de la superficie, con unas gotitas que se le quedan en los labios, y esas ansias que no he notado nunca me laten al ritmo del corazón. Me estoy perdiendo en el ritmo de sus palabras, en la forma de esa boca que me atrae tanto que se me olvida cómo respirar, cómo ser una chica maldita por el amor.

Me doy media vuelta para flotar de espaldas, un cuerpo inútil suspendido en la superficie en calma del estanque, observando una capa de estrellas veraniegas. Intento cortar el hilo que me atrae a él.

—O podríamos quedarnos aquí mismo —pienso en voz alta, antes de llevarme el aire nocturno a los pulmones y tragarme las estrellas, porque tengo que recordarme que hay que respirar—. Dejamos que pasen los años y no tardarán en olvidarse de que hemos existido.

—A mí sí que me olvidarían —repone Roble con una voz teñida por la luz de la luna—, pero dudo que alguien pueda olvidarte a ti.

Me lo quedo mirando. «Estoy perdiendo la batalla», pienso. «Insensata, insensata, insensata». No puedo permitirme sentir lo que sea que sienta ahora: ese tormento de ansiar algo que sé que no puedo tener. Flotar en un estanque junto a alguien que tendría que estar enamorándose de mí y… no lo hace. ¿Por qué? Y quiero, por alguna razón, por algún impulso inconsciente, acercarme a él, tocar a este chico con nombre de árbol.

Pero no. ¿Por qué se me nublan los pensamientos así? Es como si se formaran en una mente ajena. Estoy mareada, como borracha, metida en un sueño.

Solo que él no aparta la mirada y yo tampoco.

—No eres lo que me esperaba… —Se queda con la boca medio abierta y se le asientan los músculos de los hombros al encontrar el alivio en el peso de mi mirada.

Aunque intento atajar la tensión que noto en la garganta, el cuerpo entero me zumba.

—¿Y qué esperabas?

—Es que eres… —Deja la frase en el aire y se pasa una mano por el pelo, con lo que le cae agua por el cuello y los hombros—. Creía que los Goode ibais a ser más aterradores.

Casi me echo a reír, pero le veo en los ojos que me lo dice en serio.

—¿Eso es porque has oído que somos zombis que solo salimos de noche? —Arqueo una ceja—. O brujos que metemos a nuestras víctimas en un caldero hirviente o los enterramos bajo la casa, junto a un riachuelo maldito.

Roble esboza una sonrisa contenida.

—De hecho, lo que dicen por ahí es que sois vampiros y os bebéis la sangre de cualquiera que se os acerca demasiado.

—Pues te has arriesgado mucho al venir aquí conmigo. Está todo tan oscuro y no hay nadie... Nadie te podrá salvar.

La sonrisa le desaparece de los labios.

—Si fueras a matarme, creo que ya lo habrías hecho.

—La noche es joven —bromeo con una voz que me suena distinta a la de siempre.

Me estoy engañando incluso a mí misma: pretendo ser una chica que puede nadar tan cerca de un chico al que apenas conozco, de un chico que me mira sin miedo, como si no supiera que su corazón está en peligro.

Aunque el mío también lo está.

La luna deja unas formas acuosas en el estanque y Roble parece más cerca de mí que antes, como si fuéramos dos estrellas descabelladas unidas en el cielo nocturno por una gravedad que no podemos controlar. Sin saber que nos destrozaremos al chocar.

—¿Y tú cómo sabes que no vengo de una familia de cazadores de vampiros? —dice con tono lúgubre—. ¿Y si soy yo el que te ha hecho venir aquí?

Me mira con sus ojos verdes, a apenas un aliento de distancia. Y veo algo desesperado en su mirada, desprotegido, un brillo peligroso que podría destruirnos a los dos si no nos andamos con cuidado. Noto todos los nervios del cuerpo al rojo vivo.

—Si eso es verdad… —digo, ya con el pecho a escasos centímetros del suyo, respirando, inspirando, en busca de oxígeno, como si mis pulmones se hubieran olvidado de cómo seguir vivos—, tendré que convertirte en vampiro…, antes de que me mates.

La brisa cálida y traicionera parece empujarnos más cerca, y en un abrir y cerrar de ojos le he puesto los dedos en el pecho, en la clavícula, en la garganta, tan cerca que lo inspiro, y tengo la cara cerquísima de la suya, tanto que podría hincarle los colmillos en esa carne suave, llena de calidez, de sangre, de deseo. Noto el cuerpo eléctrico, con un latido en los tímpanos, en lo más hondo de las entrañas, y sé que estoy quebrantando todas las reglas que me inculcó mi madre. Todas las que mi familia sigue a rajatabla.

«No te acerques demasiado. No te dejes llevar».

Me resisto a mis propios pensamientos, a mi necesidad rebelde, y cierro los ojos con fuerza para intentar desprenderme de la sensación. Sin embargo, cuando los vuelvo a abrir, nos miramos a los ojos y capto un atisbo distinto en los suyos, una tensión que se le forma también en la mandíbula, en los músculos del pecho que se le tensan demasiado. Como si notara lo mismo que yo. Aun así, no sé decir si es la locura del amor lo que le veo en la mirada (si los tulipanes al fin se le han adentrado en el corazón y lo han aferrado en su puño) o si se trata de otra cosa.

De miedo.

No me quedo el tiempo suficiente para averiguarlo.

Dejo de rozarle el pecho y me echo atrás para nadar hacia la parte poco profunda y la orilla. Ya he llegado a la hierba, casi a nuestro montón de ropa, cuando me roza la mano con la suya y me giro para mirarlo.

—Lark —dice, sin aliento, mientras el agua le cae del contorno marcado del rostro—, lo siento.

Como si fuera culpa suya, como si fuera él el que me ha traído hasta el estanque. Como si fuera él el que sufre una maldición.

Solo que ahora está demasiado cerca, con el aliento cargado con cada exhalación, mirándome a los ojos.

Y quiero… Quiero hacer algo que no debo.

Son unas ansias de las que no me puedo desprender. Quiero ver cómo es tener la boca de Roble junto a la mía, conocer el alivio que me traerá, notar el calor en su piel y ver cómo me voy flotando.

—No pretendía… —sigue, pero deja la frase sin acabar, y lo único que queda es la oscuridad que nos separa. La noche que nos llena los pulmones.

—No has hecho nada malo. —Aprieto la mandíbula. Tengo que irme de aquí.

«Que mañana te vas», me recuerdo sin parar. Todo esto es una estupidez, es absurdo.

No significa nada.

Solo que entonces me mira a los labios y casi que puedo inspirarlo: sal y piel cálida y agua del estanque. Intento ver qué esconde en los ojos, si es la maldición que le recorre los huesos, unas ansias peligrosas que se le forman en el interior y que ya no puede pasar por alto. O tal vez es algo más simple, esa añoranza veraniega que se forma entre cualquier chico y chica de pueblo. Dedos y piel bronceados por el sol, latidos temblorosos, salvajes y nocturnos y con ganas de más.

En el silencio, lo único que veo es la boca de Roble.

—Besar a Lark Goode es una mala idea… —susurro.

Respira hondo y juro que se acerca más, este chico que hace unos días solo era un boceto en mi cuaderno y que ahora está a centímetros de mí, con el aire nocturno cargado de electricidad a nuestro alrededor y el cielo titilando en lo alto.

—Sé que quieres asustarme..., pero no me das miedo. No me creo ninguno de esos rumores. —Traga en seco sin apartar la mirada—. Solo creo lo que tengo aquí delante.

Me saltan todas las alarmas de sopetón.

Parpadea y estoy tan cerca que podría besarlo y olvidarme de que todo esto puede llevarme a la ruina. A los dos.

Aun así, noto algo que se me resquebraja por dentro, esa sensación de estar metiéndome en algo para lo que no estoy preparada que me cierra la garganta. Un nudo en el estómago.

Y me veo acercarme a un acantilado...

Veo un atisbo de lo que los demás sienten cuando se acercan demasiado a Archer o a mí, cuando se hacen con un tulipán.

Es el principio de algo...

De una palabra que no me permitiré decir en voz alta.

Me aparto de él deprisa, de sopetón, para cortar el momento.

No lo puedo permitir. No puedo seguir con esta mentira. No pienso pasar por el dolor que vi en mi madre al saber que nuestro padre nunca la quiso de verdad.

Siempre me apartaré de eso. Siempre.

Porque no es real. Lo que siente ahora mismo, el corazón que se le desboca, es solo por los tulipanes.

Y lo que siento yo... me va a destrozar.

Será el principio del fin. De ver a este chico romperse delante de mis narices.

Me aparto, jadeando, odiando la sensación de separarme de él, pero recojo mi pila de ropa.

—Tengo que irme —digo a toda prisa, posando la mirada en él otra vez, y me tiembla el labio superior.

«Me encanta cómo queda bajo la luz de la luna», pienso, y la idea me duele.

—Buenas noches —consigo decir, en lugar de «No podemos volver a vernos».

Capto el atisbo de una sonrisa en los labios de Roble, como si supiera que no es un adiós, no de verdad, no uno permanente, porque lo que existe entre nosotros es más sólido que eso. Aun así, hago que las piernas me lleven lejos de él, a través del prado, antes de que me arrepienta. Voy dejando un rastro de agua tras de mí.

Y dejo a Roble casi desnudo junto al estanque.

Me obligo a no mirar atrás.

OCHO

No me pienso engañar: sé que el amor no es nada más y nada menos que un delirio. Una ilusión provocada por unos tulipanes tan antiguos como rencorosos. Una maldición. Una enfermedad genética transmitida por el árbol genealógico de los Goode, una que no tiene cura.

He notado ese trastorno lunático que se me ha formado bajo la piel, que me ha calado en los huesos, cuando Roble estaba tan cerca de mí, tanto que podría haberme tocado. No obstante, he pasado toda la vida al margen, a salvo de cualquiera que se atreviera a mirar en mi dirección, y no puedo permitirme olvidarme de quién soy. No puedo acercarme a nadie. Ni siquiera a un chico con agua del estanque en las pestañas y un aliento contenido y peligroso en los labios.

Los tulipanes hacen que los demás se enamoren de nosotros, pero somos igual de susceptibles al ritmo embriagador del amor. La aflicción del amor nos puede afectar tanto como a ellos.

El amor más verdadero de todos.

Porque somos humanos. Porque el amor, en todas sus formas, es traicionero.

Hundo la cabeza en la almohada e intento dormir. Solo que la voz de Roble está ahí esperándome, con esas palabras contra mi piel acalorada: «Sé que quieres asustarme..., pero no me das miedo».

No es lo que pretendía, no. Ni de lejos.

Quería que me besara. Lo quería con desesperación, con ansias, mientras la hierba alta del prado me hacía cosquillas en las rodillas, con la piel húmeda por el estanque, con las manos de Roble tan cerca que podrían haberme acariciado las sienes hasta enredarse en mi pelo.

Y me he ido.

Me duele de solo pensarlo, es un dolor horrible y chirriante detrás de los ojos, en la garganta, que contiene todo lo que quería decirle y no he dicho, pero no dejo de pensar en él, por mucho que intente apartarlo.

Me llevo las manos a los ojos con fuerza.

Aun así, oigo otras voces también... Flotan en el aire nocturno, sisean y llegan hasta mí a través de la ventana abierta de mi habitación. Resuenan, susurran y se ríen.

Me quito la sábana de encima.

No me estoy imaginando las voces ni las ha conjurado el viento veraniego, sino que son de verdad. Piso el frío suelo de madera, descalza, y voy a la ventana.

Me llega un rescoldo de esperanza diminuto: tal vez Roble tampoco podía dormir, no podía dejar de pensar en mí, y ha venido para subir por la ventana abierta y besarme en mi habitación, mientras la luz de la luna aparta las dudas que todavía se me aferran a la cabeza.

Sin embargo, en el jardín no hay una sola sombra..., sino muchas.

Hay cuatro personas; no, cinco, escondidas en la oscuridad, entre las filas de tulipanes.

Abro la puerta de un tirón y me encuentro a Archer ya en el pasillo. Agarra la escopeta que dejó al lado de la estufa de leña y abre la puerta mosquitera que da al jardín de atrás.

Aun así, no llega a salir, sino que se queda mirando hacia el jardín.

Veo lo mismo que él: los cinco ladrones no intentan robar los tulipanes, no del todo; arrancan los pétalos con la mancha rojo sangre y se los frotan por la piel, por las mejillas coloradas y los antebrazos, por el cuero cabelludo. Se los llevan a la nariz y respiran hondo para intentar inhalar la magia antigua que habita en cada flor suave como la seda.

Como si quisieran metérselos en la sangre, en los huesos.

Como si quisieran ser uno de nosotros.

—Les dije a esos dos que ni se acercaran —murmuro, escudriñando la oscuridad.

—No son Tobias ni Mac —niega Archer antes de hacer un ademán hacia una de las siluetas que sale a la luz de la luna.

Clementine Morris.

Clementine la tranquila, siempre con la cabeza gacha y el cabello castaño cubriéndole los ojos.

La que estaba en el pasillo mientras Mac y Tobias se peleaban. La que, en el cine, se sentó junto a Tobias mientras este la rodeaba con los brazos en un gesto protector. A la que Jude le leyó la fortuna durante la hora de la comida, sentada junto a sus amigas de la banda del instituto. Me pregunto qué fortuna le dio, si supo prever todo esto, que iba a robarnos tulipanes hasta acabar siendo la envidia y el objeto de deseo de sus compañeros de clase, de los mismos que la habían pasado por alto tan solo unos días antes. Los mismos que se habían burlado de ella desde primaria por su melena enredada y enmarañada, por su timidez.

Y ahora se lleva un tulipán al pecho y se mece al son de la brisa.

Una de las otras chicas (Jada Reynolds, una de cuarto de secundaria que tiene un tatuaje de un azulejo en la muñeca) empieza a desnudarse hasta quedarse en ropa interior y se tumba en el suelo, entre los pétalos desperdigados. A unas filas de distancia, una chica a la que no distingo del todo arranca pétalos para metérselos en la boca y tragárselos enteros. Otra se ha puesto a reír sin control, dando saltitos entre las filas de flores, estirando los brazos hacia los tulipanes con la cabeza inclinada al cielo, como si invocara la luz de la luna y conjurara un hechizo oscuro que la vaya a convertir en una Goode de una vez por todas.

Archer me mira de reojo con una ceja arqueada.

Me reiría de verlas retozar por el jardín si no fuera un espectáculo tan perturbador. «Deben de estar borrachas», pienso. Aun así, sé que es otra cosa lo que las embriaga, que es algo más delirante.

Lo mismo de lo que nos advirtieron nuestros antepasados.

—Serán imbéciles —suelta Archer con un suspiro antes de acercarse al borde del porche—. ¡Fuera de nuestra casa! —grita—. No lo pienso repetir.

Aferra la escopeta con ambas manos, por mucho que sepa tan bien como yo que no sirve de nada. Era de nuestro abuelo, y de nuestro bisabuelo antes de él; es una reliquia tan antigua que seguro que pasó por la guerra de Secesión. Y, a decir verdad, mi hermano no la necesita, porque las palabras que salen de los labios de Archer Goode son tan irrefutables como la ley.

La chica que estaba engullendo pétalos se detiene de sopetón y suelta los últimos fragmentos que le quedan en las manos, mientras que Jada se pone de pie, con los ojos parpadeando una y otra vez. Parecen hipnotizadas, drogadas, como sonámbulas que acaban de salir de un sueño maravilloso. Me preocupa que se nos vayan a echar encima para intentar destrozarnos como a los tulipanes, pero Archer da un fuerte pisotón sobre la madera del porche, igual que si quisiera echar a una manada de coyotes.

—¡Fuera! —grita en voz más alta aún.

Y se dispersan como animalitos asustados, correteando entre las filas de tulipanes hasta meterse por un agujero en la valla de alambre de espino que deben de haber cortado ellas mismas y hacia la oscuridad del bosque.

No obstante, Clementine no se mueve, sino que parece paralizada.

Se queda con la boca abierta y parpadea.

—Fue una apuesta... —dice con la voz interrumpida por inhalaciones hondas—. La primera vez.

Frunzo el ceño en su dirección, sin saber muy bien qué dice.

—Solo queríamos ver las flores de cerca, pasar por el jardín de los Goode. No sabíamos qué eran ni qué hacían. Pero... —Niega con la cabeza y me doy cuenta de que está confesando el crimen, que, incluso metida de lleno en la codicia de los tulipanes, sigue sintiéndose culpable por haber robado algo que no le pertenece—. Ya no puedo volver a como era antes. —Parece que contiene las lágrimas, porque le tiemblan las manos y los ojos se le ponen vidriosos—. Tobias ni siquiera me había mirado antes de eso, antes de... —Se mira los tulipanes que tiene en la mano.

Fue ella quien nos robó los tulipanes. Ella y solo ella.

Clementine Morris, dulce y tímida. Y ahora necesita más.

—Jude me dijo que un solo tulipán me traería el amor... —Pestañea mirándome, como si supiera que la estuve viendo aquel día en el patio, cuando Jude le leyó el comecocos—. No sabía qué significaba, pero Suzy se acordó de los tulipanes que tenéis detrás de casa. No creíamos que fuera a pasar algo de verdad, al principio ni siquiera pensamos en robarlos. Hasta que los vimos… y los respiramos. —Niega con la cabeza y parece lúcida por un momento—. Pero ayer le pedí a Jude que me volviera a leer la fortuna y me dijo que el amor no duraría. Que lo iba a perder tan deprisa como lo había encontrado. Pero… —Le brillan los ojos y se le mueven las comisuras de los labios—. A lo mejor puedo cambiar el destino.

Suelta un sonidito, casi como una carcajada, y se mete un puñado de tulipanes en el bolsillo de sus pantalones cortos blancos antes de darse media vuelta y correr entre las filas de tulipanes para salir por la abertura cortada de la valla.

Se desvanece en la linde oscura del bosque.

Jude le dijo que un solo tulipán le iba a traer el amor. Vio lo que le deparaba el futuro.

Archer se dirige al jardín vacío y recoge la camiseta de tirantes rosa de Jada. Me mira con cansancio, sorpresa y algo más en la expresión.

—Vuelve a la cama —me dice—. Voy a arreglar la valla. —Echa un vistazo adonde Clementine y sus amigas han huido hacia el bosque—. Aunque no sé de cuánto nos va a servir a estas alturas. Si tanto quieren los tulipanes, encontrarán la forma de entrar.

* * *

El sol del amanecer por fin se alza sobre las copas de los árboles y encuentro a Archer en el jardín de atrás, sentado en una de las mecedoras antiguas, mirando los tulipanes.

—¿Has dormido? —le pregunto.

Niega con la cabeza.

Mi hermano cree que está obligado a proteger el jardín, a proteger la casa; tal vez, como tenemos tan poco, no quiere perder lo que nos queda. Hasta el apellido Goode es valioso para él, como si en otros tiempos hubiera sido algo positivo, como si en alguna parte de nuestro linaje hubiera sido sinónimo de honor o valentía, de algo que valía la pena defender. Sin embargo, yo sé que no es así: aquí no hay nada digno de que lo salvemos.

Dejo la maleta en el suelo de la habitación, todavía sin hacer del todo. No me atrevo a dejar aquí a mi hermano, no después de lo que ocurrió anoche, no con esa expresión nerviosa y de ojos rojos que tenía, a la espera de que alguien más se colara en el jardín.

Esperaré un día o dos a que se calmen los ánimos, a que mi hermano vuelva a meterse en el ritmo normal de su vida, centrado en sí mismo..., y entonces me iré.

Porque no puede pasarse día y noche vigilando el jardín. La locura ya se ha propagado, ya han saboreado el amor falso, y van a venir a por más tulipanes.

A lo mejor deberíamos permitírselo.

Que alimenten esa desesperación que crece en su interior, que se atraganten con los pétalos si es lo que quieren. Ya no sé si los estamos protegiendo a ellos o a nosotros.

Que se vuelvan locos.

Que sepan lo que es ser un Goode.

A ver si así se enteran de lo horrible que es en realidad.

Ya casi anochece y Archer sigue en el jardín de atrás. Le pesan los ojos y tiene la escopeta en el regazo. Le doy unos golpecitos en el hombro.

—Métete en casa —le digo— y duerme un poco. Ya me quedo yo vigilando.

Murmura algo en respuesta y niega con la cabeza, pero lo sujeto de un brazo para ayudarlo a ponerse de pie y lo llevo dentro. Lo meto en su habitación y cierro la puerta; me imagino que dormirá como doce horas.

Sin embargo, no vuelvo al jardín, porque tengo cero ganas de quedarme vigilando los tulipanes escopeta en mano. En su lugar, llevo el cuaderno al porche delantero, me acomodo en el columpio de madera que construyó mi abuelo mucho antes de que naciéramos y me quedo mirando la oscura extensión que es la carretera Swamp Wells. Este es el paisaje que prefiero.

Una carretera bajo el peso de las estrellas.

La carretera que me sacará de aquí.

«Solo es un retraso de nada», me digo a mí misma. Da lo mismo irme un día más de la cuenta.

Con los auriculares puestos (y Sinéad O'Connor cantando sobre la soledad), echo la cabeza atrás, porque el sol poniente ya se ha ido, y paso la mirada por el horizonte repleto de estrellas. El silencio me calma los pensamientos y me quedo viendo las nubes que recorren el horizonte, oscuras y pesadas, una tormenta veraniega que toma fuerzas. En esta época del año se producen casi todas las noches, la lluvia y el viento vienen para enfriar el calor abrasador. Y a veces caen rayos también, truenos que hacen temblar la casa entera.

Estoy a punto de abrir el cuaderno cuando capto un atisbo de movimiento, una sombra en la carretera.

Me incorporo y entorno los ojos para ver mejor.

Podría tratarse de Clementine, que ha vuelto a por más tulipanes, impulsada por una codicia imposible de ignorar.

Sin embargo, la silueta no intenta ocultarse ni quedarse en las sombras; sea quien sea está a simple vista y observa la casa. No sé si me ve en la oscuridad o si solo se ha quedado mirando el hogar maldito de la familia Goode.

Me quito los auriculares, quieta y en silencio, observándolo, y la sombra da un paso por la entrada y luego otro, en dirección a la casa.

Debería ir a despertar a Archer: si alguien va a venir a romper la valla otra vez y a robarnos más tulipanes, no podré defenderlos yo sola. Aunque tampoco sé si quiero hacerlo.

Solo que la persona se detiene de sopetón y mira hacia atrás.

No sé qué hace.

Se da media vuelta y, tan deprisa como se acercaba, se aleja hacia la carretera tras cambiar de parecer.

Me pongo de pie y me quedo mirando la entrada, confusa, y por segunda vez la silueta se queda quieta, duda y mira hacia la casa. Y, en ese gesto, lo veo: la silueta de un libro en la mano izquierda, justo antes de que se lo meta en el bolsillo de atrás.

—¿Roble?

Se gira, y en la oscuridad no parece real del todo, como si la noche lo fuera a engullir en cualquier momento. Me dirijo a las escaleras y supongo que me ve, porque se acerca y solo se detiene en el borde del riachuelo que discurre por debajo del porche.

—¿Qué haces? —le pregunto.

Alza la barbilla, con el pelo apartado de la frente, y todos sus rasgos me parecen conocidos. Como si fuera un rostro que conozco de toda la vida.

—Siento mucho lo de la otra noche —dice, nervioso, con la voz en un susurro, más ronca por los kilómetros que ha recorrido para venir hasta aquí—. Debería haber tenido más cuidado, no debería haber intentado…

Mira por detrás de mí, hacia la casa, y vuelve a centrarse en mí. Iba a decir que no debería haberme intentado besar; no sé si le asusta lo mismo que a mí, que tal vez quería besarme solo porque soy una Goode, por culpa de los tulipanes, o si es otra cosa.

—¿Has venido desde Favorville solo para decirme eso?

Roble carraspea antes de contestar.

—Suelo salir a caminar por la noche... y a leer.

Recuerdo el libro que lleva en el bolsillo, el largo tramo de carretera oscura que enlaza los dos condados. Pienso en el aire nocturno que se le mete en los pulmones, en las ideas a las que les da vueltas. En todo en lo que debe de estar pensando ahora.

—Creo que los libros prefieren el silencio y la oscuridad. Hace que las páginas respiren —añade, y algo le tira de la comisura de la boca. Ha dicho algo que no esperaba decir.

Por mi parte, sonrío, porque me gusta esa descripción. Me gusta cómo se le forman las palabras en los labios. La timidez que le pasa por los ojos en un instante, que aparece y desaparece. Como si no estuviera acostumbrado a esa sensación y no supiera cómo desprenderse de ella.

—Cuando he llegado, no sabía si debía acercarme a tu casa o no. —Me mira a los ojos, ya sin esa timidez—. Me iba a ir a casa, de hecho. —Mira detrás de mí, al columpio—. No me imaginaba que ibas a estar aquí, que me iba a ver alguien.

—Estaba vigilando. —Relajo los hombros—. Alguien se ha colado en el jardín otra vez y nos ha robado más tulipanes.

—Lo siento.

—No era quien creía que iba a ser. —Niego con la cabeza al acordarme de Clementine y sus amigas—. Pero... mi hermano se ha pasado el día vigilando el jardín, desde que pasó eso.

—¿Y esta noche te toca a ti?

—Algo así, sí.

Sonríe y la noche me parece más viva, con el viento que me roza las orejas y la luz de las estrellas más intensa en su silueta.

—¿Quieres que te haga compañía?

Contengo una sonrisa, me la guardo a buen recaudo.

—¿Seguro que quieres arriesgarte? —Mantengo la expresión seria, sin desvelar nada—. Casi es luna llena, y es entonces cuando mi familia sacrifica chicos indefensos ante los dioses antiguos.

Roble pierde la sonrisa, aunque solo por un momento.

—Pues ya avisaré a esos chicos indefensos si me los encuentro.

Ladeo la cabeza, con una sonrisa en los ojos, intentando entender por qué no tiene miedo, por qué no se echa adelante para inspirar el aroma de mi piel y confesar que no puede vivir sin mí. Es un chico al que no puedo descifrar. Una paradoja. Tan bello como extraño.

Nos quedamos mirando el uno al otro, dos rivales poniendo a prueba a su contrincante, intentando decidir quién va de farol, quién se va a echar atrás antes. Quién saldrá con vida.

—Bueno —cedo.

Cruza el riachuelo y sube por los peldaños. Nos acomodamos en el columpio, rodeados de una brisa que agita los olmos y hace que me dé un escalofrío. Va a llover pronto, lo noto.

—¿Qué escuchas? —me pregunta.

Arqueo una ceja.

—En el Walkman ese.

Me doy cuenta de que todavía tengo los auriculares en el cuello.

—Son casetes viejos de mi madre.

—¿Y están bien?

—Algunos sí. —Aparto la mirada hacia el cielo oscuro de nuevo y observo la luz de la luna engullida por las nubes—. Es mejor que el silencio.

Al decirlo, me pongo a pensar qué es lo que tiene el silencio que me asusta tanto. ¿Qué me hace ansiar el ruido en los oídos? A lo mejor es porque detesto el ruido de los tulipanes, del riachuelo Olvidado, de los cuchicheos en el pasillo del instituto cada vez que me ven pasar.

La música esconde la orquesta tan estridente y dolorosa que suena de fondo en mi vida.

Me quito los auriculares del cuello y me los dejo en el regazo.

—Sé a qué te refieres. —Su voz es apenas un susurro, contenida, aunque no débil—. Me cuesta dormir la mayoría de las noches..., el silencio es asfixiante.

Quiero que me hable más de su silencio, porque estoy segura de que es distinto al mío, pero el susurro del viento y la calma del cielo me dejan sin palabras. No quiero echar a perder este momento con preguntas que seguro que abrirán partes de él que no querrá compartir. Todavía no, al menos.

De modo que dejo que el silencio me calme los pensamientos. Y me doy cuenta de que este silencio sí que me gusta. A su lado.

Dos personas viendo una tormenta que mancha el firmamento. Separados por pocos centímetros. Sin embargo, conforme transcurren los minutos, la mente se me llena de las ideas de siempre, de las advertencias que vuelven.

—¿No te preocupa...? —pregunto, con la mirada aún en las nubes cada vez más oscuras—. O sea, ¿no te preocupa por qué has venido, por qué has caminado hasta mi casa, con lo lejos que está? ¿Por qué has venido a sentarte aquí a mí lado?

—He venido a ayudarte a cazar al ladrón —dice, ladeando la cabeza hacia mí con una sonrisa leve y desenfadada en los labios. Casi se la devuelvo.

—Pero ¿y si no es por eso? ¿Y si has venido en contra de tu voluntad?

—¿Quieres decir que me tienes retenido? —pregunta con una sonrisa incluso más grande.

—Ya sabes a qué me refiero.

—¿Crees que los tulipanes me han hecho venir? —Deja de sonreír.

—Puede ser. —«Seguro que sí».

—O… a lo mejor tengo más libre albedrío de lo que crees —sugiere enarcando una ceja, con la mano tan cerca que podría ponerla encima de la mía, con los ojos tan cerca que podría verme por dentro y descubrir todos mis secretos.

Cuando me mira así, me da la sensación de que lo conozco de toda la vida, de una vida anterior incluso, como si hubiéramos sido vecinos desde pequeños y pasáramos incontables noches de verano juntos, como ahora. Y al verlo parpadear sin prisa, al verlo formar una sonrisa apenas perceptible que podría confundir con una llena de tristeza, me da la sensación de que podría quedarme aquí a su lado cien años más. Como si fuéramos viejos amigos y pudiéramos llegar a ser algo más si no nos andamos con cuidado. Algo vertiginoso y arriesgado que nos hará salir flotando.

Algo para lo que estamos predestinados.

Sin embargo, acaba poniendo una expresión casi seria.

—He venido porque quería venir —dice—. Pero puedo irme cuando me apetezca. —Se pone de pie, cuadra los hombros y da un paso atrás—. Podría irme ahora mismo y volver a casa si quisiera. —Da otro paso—. Lo digo en serio. Dime que quieres que me quede o me iré, de verdad te lo digo.

Me lo quedo mirando e intento no sonreír.

—Última oportunidad, Lark —me advierte, mirando hacia atrás mientras baja por las escaleras—. Me voy a ir a casa…, a solas por un camino oscuro… y con el frío que hace.

Se me escapa una carcajada.

—Pero si has dicho que te gusta caminar a oscuras —señalo—. Y es verano, no hace nada de frío.

—Pues piensa en los lobos, entonces —dice, mirándome con la cabeza ladeada—. Me van a comer los lobos. Qué muerte más horrible.

—Bueno —digo, ya incapaz de contener la sonrisa que me cubre toda la expresión—. Quédate.

Solo que Roble alza una ceja.

—No sé si lo dices en serio, parece que lo dices por educación y ya está.

Pasa por encima del riachuelo y se mete las manos en los bolsillos, como si se preparara para el largo y peligroso viaje de vuelta a Favorville. Me mira una última vez, triste y desesperado, y cuando no digo nada, se pone a caminar. Entonces me incorporo.

—Roble —lo llamo, todavía sonriendo—, quiero que te quedes… Quédate, por favor.

—¿Estás segura? —Se vuelve para mirarme—. ¿No lo dices por decir?

—Sí, estoy segura. No quiero que te vayas…, necesito que te quedes.

—Vale, vale. —Sonríe y alza las manos—. Si tanto quieres que me quede, vale.

Le hago una mueca y, cuando ha subido las escaleras y se acomoda en el columpio, le doy un empujoncito en el hombro.

—No sabía que tenías tantas ganas de que me quedara —dice con una sonrisa a medias, demasiado apuesto bajo la luz de la luna que se cuela entre las nubes.

—Tienes suerte de que no sea una bruja de verdad, como dicen todos —lo chincho—. Si no, te echaría una maldición y te convertiría en algo muy feo.

—Incluso así querría quedarme contigo.

Nos miramos a los ojos y es como si la gravedad me hubiera soltado. Contemplo cada detalle de su rostro y me niego a mirar a otro lado. Por voluntad propia. Porque quizá yo soy bruja y él es un lobo y no tenemos nada que perder. Porque quizá este momento es lo único que existe y quiero experimentar la cercanía de alguien al que no le doy miedo.

Me llevo las rodillas al pecho y él se echa atrás en el columpio, con lo que el asiento se inclina un poco y hace que el cuaderno que tengo al lado se deslice hasta el borde y caiga al suelo.

Roble se agacha para recogerlo, pero ha quedado abierto y, cuando lo levanta, las páginas aletean y revelan mis bocetos.

—¿Los has dibujado tú?

Asiento despacio con un tirón de angustia en el pecho.

—Vaya... Están muy bien, Lark.

Intento forzar una sonrisa.

—¿Son personas de verdad?

Las páginas se han quedado en un boceto del señor Andrews, nuestro cartero. Un hombre corpulento con cabello rojizo y la nariz torcida, como si le hubieran dado un puñetazo.

—Sí.

—Perdona, tendría que haberte preguntado antes. —Roble se vuelve hacia mí—. Seguro que no quieres que ande fisgoneando —añade, y hace el ademán de cerrar el cuaderno.

—No pasa nada —sonrío—. No me molesta.

Porque, por alguna razón, los nervios que notaba en el estómago han desaparecido. Confío en él, y es algo que no me ha pasado muchas veces, que apenas reconozco. Hojea el cuaderno y ve la cara de mis compañeros de clase, mis profesores y el conductor del bus del instituto mientras yo le digo cómo se llaman y le cuento sus historias. Los fragmentos de la vida de los demás que he observado desde lejos.

El paso del tiempo deja de tener significado. Me roza con un hombro, pero no se acerca más. Hoy no me pasa lo mismo que en el estanque, cuando estaba desesperada por tocarlo, por pasarle los dedos por los hombros. Hoy me noto tranquila y la comodidad de nuestra conversación y nuestras carcajadas me calma la mente, siempre en guardia. Como si esto fuera algo que he hecho mil veces, el estar aquí sentados en el porche, hablando como amigos de toda la vida. Como dos personas que avanzan hacia algo despacio y con cuidado, sin esfuerzo.

Hoy me permito estar aquí con él. Me permito sentirme segura. Sin miedo.

Casi me olvido del último boceto que nos espera al final del cuaderno, hasta que gira la página y se ve a sí mismo plasmado en el papel.

Roble parpadea, sorprendido. Y el corazón me deja de latir.

Me aparto de él y trago en seco mientras pienso qué decir.

Solo que él se me adelanta.

—¿Así es como me ves?

Asiento, pero creo que no se da cuenta. Se ha quedado callado e inmóvil a mi lado.

—Todavía no lo he terminado —digo, preocupada de que vea algo en el dibujo que no le guste. De que vea los pensamientos que esconde cada trazo del lápiz. Las formas en las que el corazón se me ha desplegado en esa página. Me preocupa que no se vea a sí mismo, sino a mí, la verdad de lo que siento cada vez que lo miro—. Sé que no es… —Meneo la cabeza—. Bueno, no suelo enseñarle mis dibujos a nadie, así que seguro que crees que… No es…

No sé qué intento decir, pero estoy nerviosa de repente, intranquila, al verlo clavar la mirada en el boceto. Me siento vulnerable y estoy segura de que ve todo lo que he intentado ocultar. El dolor que me invade el pecho cuando pienso en él. La forma perfecta de sus ojos, de sus labios. Lo he dibujado tal como lo veo en mis sueños.

Y ahora él también lo ve.

Carraspeo, a punto de ponerme de pie, cuando por fin alza la vista para mirarme. No obstante, no es asco ni enfado lo que capto en su expresión, sino otra cosa, algo difícil de describir.

—Lark… —Se queda sin voz y sus palabras pasan a formar parte del viento, de la tormenta.

No puedo respirar.

Quiero acercarme a él hasta que no haya ningún espacio entre nosotros. Hasta que sus latidos suenen más altos que los míos.

Deseo cosas que nunca diría en voz alta.

Aun así, más allá de los árboles, la luz empieza a cambiar. Se acerca el amanecer.

Respira hondo y observo las ideas que le pasan por los ojos. Veo el aire que contiene en los pulmones, capto todas las razones por las que no deberíamos estar tan cerca. Por las que el tiempo parece infinito e imposible de medir cuando estamos juntos.

Solo que las estrellas comienzan a desaparecer en el firmamento.

La noche llega a su fin.

Y, entre el leve rumor del viento, oigo unos pasos dentro de casa.

Seguidos de una puerta que se cierra con fuerza.

Archer se ha despertado y seguramente haya ido al baño desde su habitación. Es solo cuestión de tiempo que acabe en la cocina, en busca de cafeína. Que me descubra a mí en el porche, con un chico al que parece que he embrujado. Como si hubiera empleado la magia de los Goode para hacerlo mío.

Aun con todo, Roble no aparta la mirada y me da la sensación de que flotamos en ese suave estado entre el sueño y la vigilia, como si pudiera volver a soñar con él o levantarme y recordar quién soy de verdad.

Cuando oigo otra puerta cerrarse y el cielo se torna más pálido y amarillento por el primer atisbo de luz, ya no puedo negar que el sueño ha terminado.

—Debería volver dentro —digo.

Roble asiente, aunque ninguno de los dos se levanta.

Porque ninguno de los dos quiere que acabe este momento.

—Gracias… —le digo mientras las estrellas siguen desapareciendo—. Gracias por quedarte conmigo toda la noche.

Me noto ingrávida al obligarme a poner de pie. Me extiende el cuaderno y me lo llevo al pecho, sin apartar la vista de él.

—¿Podemos salir esta noche? —pregunta—. Después de la puesta de sol, me gustaría llevarte a un sitio.

Dudo, con la vista perdida en la puerta principal. Un conflicto se me desata en el interior, por esa parte de mí que sabe que debería irme en un tren hoy. Que no debería desperdiciar más tiempo con este chico. Pero el corazón se me ha vuelto un péndulo en el pecho y me golpea las costillas cada vez que Roble me mira, y es una sensación que no puedo ignorar. Por mucho que lo intente.

Y ahora mismo, si soy sincera, no quiero pasarla por alto.

—Vale —asiento, callando todas las partes de mí que me gritan que termine con todo ya, que le diga que lo mejor es que no nos volvamos a ver. En su lugar, me permito vivir en ese sueño un poco más.

Sonríe y baja por las escaleras del porche antes de cruzar el riachuelo.

—Buenas noches —me dice, aunque ya sea de día, y retrocede de espaldas por la entrada, incapaz de apartar la mirada.

Me da igual adónde me lleve esta noche: el calor que me invade es como un rugido, y lo único que me importa es que voy a volver a verlo. Y esta sensación me empieza a parecer oxígeno, algo que necesito para vivir.

Debería asustarme al ver que pierdo el control.

Sin embargo, al verlo alejarse, lo único que noto es la calidez. Una euforia vertiginosa que debe ser lo que sienten los demás cuando se acercan a un Goode.

NUEVE

Sentada en el suelo de mi habitación (escuchando canciones de Madonna), añado unas doce estrellas al cielo del boceto de Roble. El dibujo ha pasado a ser un diario, un archivo de los momentos que hemos compartido.

Alguien llama a la puerta con un sonido que reverbera por las paredes de la casa y suelto el cuaderno de sopetón para salir corriendo al salón.

Solo que es demasiado tarde.

Archer llega a la puerta antes que yo, con la escopeta ya a un lado.

—Si has venido a por un tulipán… —gruñe mientras abre la puerta—, puedes irte a la mierda.

Se produce una pausa cargada y oigo unos pies que se remueven en su sitio contra la madera podrida del porche delantero.

—He venido a buscar a Lark —responde una voz.

Cruzo el salón a toda prisa, miro por encima del hombro de mi hermano y me encuentro con la mirada de Roble. Ha venido antes de lo que me esperaba (el sol no se ha puesto aún), si no, lo habría esperado al final de la entrada.

Está con las manos en los bolsillos de sus vaqueros oscuros, como si una brisa veraniega errante hubiera cargado con él hasta dejarlo en nuestra puerta, como Dorothy en *El mago de Oz*.

Archer pone mala cara y se tensa.

—No pasa nada, lo conozco —le digo a mi hermano.

Aun así, le dedica una última mirada de advertencia antes de volver a la cocina, donde dejamos de verlo. Roble parpadea como si se le hubiera olvidado por qué ha venido.

—Perdona, quizá no tendría que haber venido hasta la puerta.

—No, tranquilo. Es que mi hermano se pone nervioso.

Oigo que Archer se queja con un gruñido desde la cocina, pero Roble parece relajarse.

—¿Estás lista?

Echo una mirada hacia la cocina, donde mi hermano frunce el ceño y escucha nuestra conversación a escondidas, supongo que preguntándose quién diantres será el chico este. Aun así, miro a Roble y asiento.

En la entrada hay una camioneta gris y oxidada, con el capó desteñido por el sol y medio pelado y el retrovisor derecho arrancado; es vieja, de los años setenta seguramente, un trasto que se debe de romper cada dos por tres. No valdrá ni para chatarra.

—¿Es tuya? —pregunto mientras me abre la puerta del vehículo.

—La compré cuando cumplí los dieciséis y he estado reparándola desde entonces.

Esboza una sonrisa, como si hubiera algo más que contar, pero pasa por delante de la camioneta y se sube al otro asiento. Por mucho que me sorprenda, el motor arranca a la primera.

Bajo una noche despejada y llena de estrellas, nos lleva hasta el límite del pueblo, más allá del aserradero y el hostal Cruce del Conejo. Al ver que gira hacia un camino de tierra dirección oeste, me lo quedo mirando. Sé dónde estamos, adónde me lleva, y se me hace un nudo en el estómago.

Por delante de nosotros, la carretera se abre hasta formar un claro en el que ya veo tres coches aparcados. La Cresta Cutwater, con vistas a la cantera abandonada. Es donde me invitó a venir Cole Campbell cuando los tulipanes acababan de florecer, un lugar en el que los chavales del instituto aparcan para besarse bajo la luz de la luna. Un lugar que seguro que Archer frecuenta mucho.

Estoy a punto de decirle que no quiero estar aquí cuando conduce más allá de los demás coches y se mete en un camino más angosto que nos devuelve a los árboles. No sabía que este camino existía.

—No creías que te iba a llevar a la Cresta, ¿verdad? —me pregunta con una mirada furtiva.

—¿Adónde vamos, entonces?

Como respuesta, se limita a guiñarme un ojo.

Es un camino lleno de rocas, irregular y escarpado, pero acabamos saliendo de entre los árboles y veo dónde estamos. El camino nos ha hecho bajar la montaña y Roble aparca junto a un lago enorme y reluciente. La cantera se ha ido llenando de agua con el paso de los años y hay una orilla de arena en el borde del agua.

—¿Cómo sabes que esto estaba aquí?

—Ya te dije, no duermo mucho por la noche.

Sale de la camioneta y se da prisa para ir al otro lado y abrirme la puerta.

—Es precioso —digo, acercándome al agua, atraída por su superficie tan tranquila que parece un espejo. La luna se refleja en el lago y hace parecer que el cielo se ha hundido en el agua.

Roble se encorva y empieza a quitarse los zapatos.

—¿Qué haces?

—Darme un chapuzón —responde, antes de quitarse la camiseta y desabrocharse los vaqueros.

—No —contesto en un acto reflejo.

—¿Por qué no? Tú me llevaste a nadar al estanque.

—Allí el agua estaba caliente…, aquí… seguro que no.

Se aleja de mí, en ropa interior, con una sonrisa.

—Que no me voy a meter —añado, desafiante, negando con la cabeza.

Hace un puchero, como si le hubiera roto el corazón, y se mete en el lago hasta las rodillas. Se estremece un poco, con una expresión de frío inconfundible, pero sigue adelante.

—Al final te va a gustar —me dice en voz alta—. Te lo prometo.

—Que no.

Se da media vuelta, se zambulle bajo el agua y cuando vuelve a salir, a unos metros de distancia, suelta una exclamación de emoción y se aparta el pelo de la cara, goteando agua fría del lago.

No puedo evitar echarme a reír.

—¡Es increíble, ya verás! —grita.

—¡No he traído bañador!

—El día del estanque tampoco llevabas —señala—. Y eso no te impidió meterte.

Cierro la boca porque me da frío solo de verlo.

—Lark Goode… —sigue, ahora con un tono más serio—, ¡al agua ahora mismo!

Niego con la cabeza.

—Ya verás que está bien.

Suspiro, bajo la mirada y doy unos pasitos hacia delante. Me quito las chanclas para meter un pie en el agua; está heladísima, y me aparto de sopetón.

—¡Que no! —le digo—. No pienso meterme.

Ahora es él el que se echa a reír y camina más cerca de la orilla.

—Ni se te ocurra —le advierto.

—No voy a meterte a la fuerza —dice, alzando las manos. En su lugar, me ofrece una mano, con una mirada brillante y traicionera. Y una sonrisa persuasiva.

Niego con la cabeza, pero mi firmeza desaparece y el miedo se me disuelve en la lengua.

Me desnudo hasta quedarme en ropa interior y me sorprendo al ver que voy a hacerlo. Me voy metiendo en el agua hasta los tobillos, luego las rodillas, pero el agua está más fría con cada paso que doy, por lo que me detengo.

Roble se acerca hasta donde estoy y me tiende la mano otra vez. Se la doy.

—Confío en ti —digo con las cejas arqueadas, con la esperanza de que no me vaya a meter de sopetón.

—Solo cuando estés lista —promete.

Inspiro hondo, contengo el aliento y, cuando lo suelto por fin, asiento. Todavía dándole la mano, me obligo a avanzar y meterme hasta la cintura, hasta que veo que el suelo desaparece un poco más adelante. El agua es oscura e intimidante, pero la luna brilla y ya no estoy asustada.

Le suelto la mano, lo miro una última vez y me zambullo en el agua. El impacto del frío me deja sin aire. Aun así, al salir a la superficie, suelto un grito ahogado; tenía razón..., sea por lo que sea, es una sensación increíble. Como mudarse la piel, desprenderse de una que ya no necesito.

Roble nada hacia mí y me quedo mirando las estrellas, con la sensación (no sé por qué) de que voy a echarme a llorar. De que era algo que necesitaba más de lo que creía. Como si el frío me estuviera arrebatando el dolor, toda la pena que llevaba enredada dentro. Como si Roble me estuviera liberando.

—Gracias —le digo.

Sin embargo, cuando bajo la mirada, le veo algo en los ojos, algo que hace que me entren ganas de besarlo. De flotar hacia delante y olvidarme de que soy una chica que no puede recibir amor. De dejar que la luna se me hunda en el cuerpo y me vuelva alocada y salvaje y temeraria.

Y veo que él piensa lo mismo.

Piensa que tal vez aquí, a solas y en el frío, nuestros errores no nos seguirán hasta casa. Que no tenemos nada que perder.

—¿De verdad no te doy miedo? —pregunto, con los labios rozando la superficie del agua. Niega con la cabeza.

—Sí que tengo miedo —admite, mirándome con los ojos llenos de calor, con algo primordial en cada parpadeo, en cada gota de agua que le cae de las pestañas—. Pero todavía intento averiguar quién eres en realidad.

—Supongo que la villana, ¿no?

—No. Eres una chica que parece creer lo que los demás dicen de ella. Que pretende ser alguien que me debería dar miedo. Pero también eres tan… —Menea la cabeza—. No eres como… O sea, eres… —Vuelve a quedarse sin palabras, parece estar seguro de que dice todo lo que no debería decir—. Entiendo por qué quieres irte de aquí…, porque eres mejor que este pueblo. Mejor que los rumores que cuentan los demás. —Traga en seco y me mira a los ojos—. Este pueblo no te merece. No eres el monstruo ni el mito en el que te han convertido…

El corazón me late desbocado contra las costillas. Es la primera vez que alguien me habla así, como si viera una parte de mí que he mantenido oculta, que yo misma he olvidado.

Alzo una mano, sin pensarlo, para rozarle la cara y llevarme las gotas de agua que tiene en la mejilla. Le paso los dedos por la mandíbula como si fueran pinceladas, me lo grabo a fuego en los recuerdos, lo plasmo sobre el papel. Le encuentro la boca, le resigo los labios y me quedo allí; tal vez es lo más cerca que me permita estar alguna vez. Dejo los dedos quietos y me mira como si se fuera a romper. Como si ninguno de los dos fuera a salir con vida de esta. Cierro los ojos para absorber el frío del agua, la suavidad de los labios de Roble que noto en los dedos. Y me siento más viva de lo que soy capaz de describir.

Vuelvo a abrir los ojos y lo veo cerquísima. Podría darle un beso y saber al fin lo que es. Conocer la calidez, la rendición, el sabor de su piel.

Pero habla y quiebra este momento que casi se ha producido.

—Estás tiritando.

Me lo quedo mirando, porque apenas noto nada, no noto el frío. Aun así, tiene razón: tengo la piel de gallina y me tiemblan los huesos.

—Deberíamos salir —añade.

Si bien todavía le capto la calidez en los ojos, un atisbo de dudas le recorre la boca. Como si en parte supiera que hemos ido demasiado lejos.

Asiento, presa de una tormenta de emociones que se me ha desatado por dentro, y nadamos hasta la orilla.

En el estanque fui yo la que se alejó, la que supo ver el peligro de acercarme demasiado a él. Y hoy es Roble el que ha cortado el momento.

Salimos del agua helada hacia la orilla y recogemos nuestros montones de ropa antes de ir hacia la camioneta.

—He traído toallas —me dice mientras el aire helado me cala en los huesos.

Casi hemos llegado al vehículo cuando oigo unas voces.

En la cresta.

En los árboles.

Cada vez a mayor volumen.

Alguien baja por la montaña.

Un instante después, tres figuras oscuras aparecen de la linde del bosque, hablando en voz alta y riéndose.

Entorno la mirada a través de la oscuridad y distingo a Olive Montagu, Sebastian Marks (con quien compartí una clase de ética en cuarto de secundaria) y Titha Roberts.

Se acercan y noto que nos miran.

Lo único que quiero hacer es meterme en la camioneta antes de que me reconozcan.

—¡Que no, que estará helada! —oigo que exclama Titha. Deben de haber estado en lo alto de la montaña y han decidido bajar al agua.

—Yo no pienso mojarme el pelo —añade Olive.

Roble llega al maletero de la camioneta y saca dos toallas de playa de rayas amarillas.

—Estás tiritando —dice, poniéndome una sobre los hombros.

Sin embargo, ya no sé si es el frío lo que me hace temblar o si es culpa de los nervios que crecen en mi interior. Me acerco a la puerta del copiloto con la intención de meternos para poder irnos ya.

Roble pasa la mirada por el grupito al verlos cerca de la camioneta y no parece preocuparse, como si no hubiera nada que temer. Me los quedo mirando en lo que se dirigen al agua y creo que nos hemos librado, que seguirán andando. No me han visto. O tal vez no me distinguen con el pelo mojado y el agua del lago cayéndome de la piel.

Solo que Olive se vuelve en mi dirección y le noto en la mirada que me ha reconocido.

—¡Mierda! —suelta, antes de sujetar a Titha del brazo. Los otros dos se paran y se vuelven y ya sé que es demasiado tarde: me han reconocido.

Roble se pasa la toalla por el pelo y pasa por delante del capó de la camioneta para ir al lado del conductor.

—Deberías tener más cuidado, amigo —le dice Sebastian—. ¿Sabes que esa es Lark Goode?

Me sienta como un puñetazo en el estómago. El corazón me late desbocado.

Roble frunce el ceño y da un paso atrás hacia mí, para taparme en parte.

—Puede que parezca inofensiva, pero ya te digo yo que no. Será mejor que la dejes aquí tirada y te salves.

Aunque Titha se echa a reír, es la mirada de Olive la que me incomoda. Se nos acerca un paso y luego otro. Sebastian estira una mano para pararle los pies, solo que no llega a tiempo: Olive se nos acerca a grandes zancadas.

—¡Por favor! —me suplica, con la mirada centrada solo en mí—. Solo necesito uno, uno y nada más. Solo para que vuelva conmigo. —Recuerdo la desesperación de Olive aquella mañana delante del instituto, el dolor que le vi en los ojos cuando me arrinconó. Quería un tulipán para recuperar a Tobias. Experimentó el mal de amores que un solo tulipán es capaz de causar y, aun así, todavía quiere uno—. Te pagaré lo que quieras. ¡Por favor!

Me siento paralizada al ver que se me acerca más y más y odio que Roble lo esté viendo todo, odio la mirada que tiene Olive. Quiero hacer cualquier cosa para hacerle ver que un tulipán no le dará lo que quiere, que solo lo empeorará todo.

—Lark —me dice Roble, y lo miro—, métete en el coche.

Ha abierto la puerta y me insta a entrar. Subo al asiento, tiritando, con la toalla todavía en los hombros. Cierra la puerta a mis espaldas y corre hacia el otro lado de la camioneta, entra y mete la llave.

Olive llega al vehículo y pega las manos a la ventanilla.

—¡Lark! —me suplica—. Sé que los tienes, si no ese chico no habría venido contigo. Solo necesito uno. ¿Para qué los quieres todos?

Sus súplicas me suenan mucho, porque son las mismas de aquel día en el patio. Me quedo mirando esos ojos azules y muy abiertos que tiene y me entristezco por el dolor que le han causado los tulipanes. No obstante, antes de que le dé tiempo a abrir la puerta, Roble se inclina por encima de mí para darle un golpe al cierre y asegurarse de que no pueda colarse.

Pone la marcha atrás y en un instante ya nos alejamos de Olive, quien se queda sola en la luz de los faros, con el lago reluciendo detrás de ella. Roble cambia a primera, pisa el acelerador y nos vamos hacia la linde del bosque. Conduce como si huyéramos de una amenaza de verdad, de un monstruo de las profundidades del lago, de una chica con mal de amores en los labios.

Guardamos silencio durante todo el viaje de vuelta y, cuando aparca delante de mi casa y apaga el motor, me noto vacía por dentro, muy segura de cómo va a acabar todo. Puede que Roble no les haya hecho caso a los rumores que cuentan sobre los Goode, pero es muy distinto ver cómo mis compañeros de clase reaccionan a mi presencia, oír sus advertencias. Ver cómo me persigue Olive.

—Lo... —Niego con la cabeza, con la mirada clavada en la pila de ropa que tengo en el regazo—. Siento lo que ha pasado. No es... —Aparto la vista a la ventana, hacia mi casa triste y torcida, y me siento más tonta que nadie por haber llegado a creer que esto que hay entre Roble y yo podía llegar a ser más que un delirio. Más que un par de días en los que pretendía poder ser como cualquier otra chica del pueblo—. Gracias por lo de esta noche. —No me permito mirarlo a los ojos. Quito el cierre de la puerta y me dispongo a abrirla.

—¿Por qué te disculpas? —dice. Le devuelvo la mirada—. Si eran una panda de idiotas. No tienes que disculparte por lo que dicen o hacen los demás.

Le veo los ojos suaves y amables, pero sigo avergonzada. Sigo con la sensación de que debería despedirme, salir de la camioneta, volver a casa y no mirar atrás.

Nunca.

Solo que me sigue mirando y se niega a dejarme marchar.

—¿Puedo llevarte a otro sitio, ya que lo de hoy no ha terminado como esperaba? —Suelta el volante—. Quiero enseñarte algo, aunque no podrá ser hasta dentro de un par de días, o tal vez más. Tiene que ser en el momento perfecto.

El aire que tengo en los pulmones me parece atascado, atrapado entre una inhalación y una exhalación.

—¿Qué es?

La sonrisa que me dedica me destroza. La forma en la que se le curva la boca, torcida de un lado.

—Es un lugar al que nunca he llevado a nadie.

Creía que después de lo sucedido esta noche no iba a querer volver a verme, pero es un chico que le pide a una chica si pueden volver a quedar…, con timidez, con el brillo de la esperanza en los ojos.

—Vale.

Roble asiente.

—Puedes quedarte con la toalla.

Abro la puerta de la camioneta y salgo al aire nocturno.

—Gracias.

—Buenas noches, Lark Goode.

DIEZ

«Que los demás nos quieran si así tiene que ser, pero nosotros a ellos no». Eso nos decía mamá a Archer y a mí cuando éramos pequeños. Vio a nuestro padre marcharse tan solo unos días después de que ella le contara que estaba embarazada. La temporada de tulipanes había terminado (y, con ella, el verano) y el amor que sentía por ella se había desvanecido al mismo tiempo. Ya no se acordaba de por qué había seguido a Alice Goode por todo el pueblo como si fuera el oxígeno que necesitaba para vivir. Volvió para vernos nacer, por obligación, porque se veía forzado por el deber, y se marchó de nuevo poco después. Era un hombre que acabó enredado en una maldición de la que no sabía nada.

Sus sentimientos no le correspondían.

Es por eso que, en nuestra familia, el amor no es de fiar.

Transcurren tres días y empiezo a creer que Roble no va a venir.

Aunque no me extraña.

Cuando volvió a su casa y tuvo tiempo de pensar en lo que ocurrió en la cantera, seguro que decidió que no vale la pena correr el riesgo solo para estar conmigo. Soy demasiado lío, peligrosa, desconcertante..., hechizante.

Soy una chica a la que no puede llevar a casa a presentarle a sus padres.

Una chica con la que nadie querría que la vieran, no vaya a ser que lo sigan, lo persigan o le adviertan de que no debería acercarse tanto. Una chica a la que siempre tendría que defender, una que, con el tiempo, dudaría de si es de fiar. Si todos los rumores son ciertos.

No vale la pena pasar un día más conmigo.

Sin embargo, el cuarto día, una hora antes de la puesta de sol, oigo una camioneta que pasa por la entrada. Si bien estoy segura de que no puede ser él, cuando abro la cortina de la ventana de mi habitación veo la camioneta gris detenerse cerca del porche delantero.

Me pongo una sudadera y las sandalias y salgo corriendo por la puerta antes de que Archer tenga tiempo de preguntarme adónde voy... o quién me espera en el vehículo.

Llego al lado del copiloto antes de que a Roble le dé tiempo a abrir su puerta siquiera. Me subo al asiento y me mira.

—Perdona que no te haya llamado, pero... no tengo tu número. No tenía cómo avisarte de que iba a venir.

—No tengo móvil.

Sonríe como si le gustara la respuesta.

—¿Me das alguna pista sobre adónde me llevas? —pregunto, mirándolo de reojo con la esperanza de notarle algo en la mirada.

—A mi casa —responde, arrancando.

—¿Vamos a tu casa?

—Espero que no te moleste.

No puedo evitar sonreír.

—No, claro... No me molesta.

Mil veces me he intentado imaginar dónde vive, su habitación, su vida en Favorville, y nunca he conseguido conjurarlo todo en mi mente. Y ahora voy a verlo en persona.

Con las ventanas bajadas, el viento veraniego se me cuela por el pelo según vamos por la carretera Swamp Wells. Me gusta esta noche a pesar de que acaba de empezar, con esa sensación del aire que me pasa entre los dedos. Incluso Roble parece más relajado que otros días, con un codo apoyado en la ventana abierta y una mano en el volante, con una mirada clara y reluciente en la luz nocturna.

El límite del condado va de norte a sur a través de un bosque de olmos y lo cruzamos para llegar a las afueras de Favorville. El ambiente me huele distinto, como a lilas y helechos y al barro de la primavera, pero solo avanzamos un poco hasta girar hacia una entrada pavimentada que escala por una colina.

Vive justo al otro lado del límite del condado, no muy lejos de casa; un trayecto lo bastante fácil bajo las estrellas de la medianoche.

Sin embargo, no me esperaba encontrarme con la casa que acabo viendo, encaramada en lo alto de la colina llena de hierba, al final de la entrada. Es de dos plantas, iluminada por el sol y enorme, con un arco de piedra gris por encima de una puerta, un tejado metálico inclinado y de estilo moderno, paredes de hormigón y tablones de madera: parece haber salido de una revista de arquitectura. Me quedo con los ojos muy abiertos para verlo todo a través de la ventana de la camioneta, para reseguir todos los ángulos y superficies. No me entra en la cabeza que exista un lugar así en Favorville.

A la derecha de la casa hay un garaje independiente con cuatro puertas de cristal enormes, un espacio para una flota de coches entera, mucho más lujosa que la camioneta que tiene Roble.

Aparca en el costado más alejado de la entrada circular y, cuando salgo, me quedo mirando la hilera de ventanas de la segunda planta y trato de averiguar cuál es la de Roble, cuál da a la habitación en la que se crio, con la ropa bien organizada en un armario demasiado grande, una cama con sábanas blancas recién puestas y con las esquinas metidas a la perfección. Tal vez tenga fotos en la pared, recuerdos de sus amigos de infancia, fichas de carnavales itinerantes o entradas de cine. El mapa que compone una vida normal.

Un hogar como este forma a un chico con planes, con el paso por la universidad ya pensado, con una carrera proyectada y un futuro predestinado. Aun así, él no me ha comentado nada al respecto.

Me quedo boquiabierta y tengo cien preguntas para él, porque quiero que me dé todos los detalles, pero se pone delante de la camioneta y me hace un ademán.

—Por aquí.

Lo sigo por el lateral de la casa, por encima de un césped recién cortado, hasta un río que serpentea por los olmos de más abajo, cuyas aguas relucen por el sol del anochecer.

—¿Es el río Cruce del Conejo? —pregunto.

—Es el mismo que hay detrás de tu casa. —Me mira con suavidad.

Las mismas aguas que pasan por mi casa recorren dos condados y acaban serpenteando detrás de la suya, aunque el terreno detrás de mi casa es un pantano bajo y este está lleno de hierba y de árboles, con vistas a todo el valle.

Vuelvo a mirar hacia la casa, muerta de ganas de entrar (por la curiosidad sobre las pistas que me esperan entre sus paredes y que me dirán quién es Roble), pero en su lugar, me lleva hasta la ribera del río, donde hay un pequeño bote a remos volcado en la orilla de arena, verde y con una raya blanca pintada en un lado.

Arrastra el bote hasta el río pacífico, con los músculos tensos por el esfuerzo, y me tiende una mano.

Si bien sé que no deberíamos tocarnos (tanta cercanía es peligrosa y me da miedo no querer soltarlo), me permito darle la mano y me ayuda a subir al bote, rozándome las costillas y la columna con una mano. El roce me complica eso de respirar al ver que me mira.

No obstante, cuando ya estoy sentada en el banquito de madera, me suelta y empuja el bote el tramo que falta hasta el río, se sube con facilidad y empuña los remos. Respiro hondo y me vuelvo a recitar las advertencias que llevo tantos años recalcándome, pero no surten ningún efecto. Me pierdo en el ritmo constante de los brazos de Roble al mover los remos a través del agua cristalina. Es un movimiento que conoce de memoria, para guiar el bote hasta el centro del río.

—¿Sales mucho a remar? —pregunto para distraerme, aferrada al banco de madera en el que estoy sentada, con el corazón ligero y sin aliento conforme nos alejamos de su casa y seguimos la corriente lenta del río.

Inspira el aire cálido del bosque y la luz tenue que se cuela entre los árboles le motea la cara.

—Todas las mañanas, antes del amanecer.

Me gusta esa imagen: se despierta cuando la luz sigue siendo pálida y suave, rema por el río y vuelve, con la frente empapada de sudor y el torso y los hombros tonificados un poco más con cada esfuerzo.

Me apoyo contra un costado del bote y paso los dedos por la superficie del agua, perdida en un sueño que tira de mí cada vez más río abajo, solo que es un sueño que me gusta demasiado como para querer despertarme. Me encanta este día imposible con él, con el río cada vez más ancho a nuestro alrededor para tallar un sendero en el bosque verde mientras el sol del anochecer se asoma entre los árboles de estas riberas tranquilas y llenas de hierba, sin una sola ráfaga de viento. Podría pasarme horas flotando así, viéndolo remar con cada gesto practicado y una sonrisa cómoda en sus ojos cada vez que lo miro.

Me parece algo que no se me permite tener. Es un momento robado de una vida distinta, de otra chica. Solo que soy codiciosa y egoísta y pienso quedármelo tanto como pueda.

Un banco de pececitos plateados pasa por nuestro lado y por debajo del bote para seguir río abajo.

—Mi madre decía que, si te comes los ojos de un pez, podrás ver bajo el agua —digo.

Roble frunce el ceño.

—No lo he intentado nunca, claro. —Vuelvo a bajar la mirada al río—. Así era ella, no dejaba de inventarse historias y acertijos, como un folclore propio. Cuando era pequeña me encantaba. Ahora… —Meneo la cabeza—. Ahora me doy cuenta de que casi todo era mentira y ya.

—Tal vez sus mentiras eran una forma de darle sentido al mundo.

Alzo la mirada hacia él, pero tiene una expresión ilegible.

—Puede ser. —Aun así, pienso en la mentira que me contó la mañana que se marchó, la que estaba escondida en su silencio. Que se negara a contarnos la verdad: que se iba para no volver—. Era un misterio, incluso para mí.

Roble se me queda mirando como si entendiera lo que quiero decir.

Aparto la mano del río, por lo que unas gotitas se me aferran a la punta de los dedos, y suelto una risa incómoda.

—¿Qué pasa? —pregunta.

Niego con la cabeza y mantengo la mirada fija en la ribera.

—Es que… —Trago en seco—. No me creo que no tengas ni un poco de miedo. Que no estés aterrado, vaya.

Mete los remos en el agua para pasar a través de una serie de rocas que sobresalen de la ribera.

—¿De qué?

—De estar tan cerca de mí. De una Goode.

Esboza una sonrisita y me encantan las arruguitas que se le forman en las comisuras de esos ojos verdes que tiene. La forma en la que se le curva la boca cuando piensa algo, una idea secreta que está decidiendo si compartir o no.

—No me voy a enamorar de ti... —dice con decisión, como si ya se hubiera decidido, aunque le noto un temblor en los ojos, un tirón en la comisura de los labios—. Si es que es eso lo que estás pensando.

—¿Ah, no? —pregunto con una ceja arqueada.

—No soy como los demás de tu pueblo.

Y es precisamente eso lo que me confunde, lo que no entiendo. ¿Por qué no es como los demás? ¿Por qué los tulipanes no le afectan? ¿Por qué no le afecto yo? Intento volver a centrarme, pero tiene unos ojos demasiado intensos, una boca demasiado perfecta. «Mi boceto no le hace justicia».

—Lo que de verdad importa —sigue, con una sonrisa despiadada que hace que se me quiera hundir el pecho— es si tú puedes impedirte enamorarte de mí.

Quiero echarme a reír, con un temblor nervioso que casi me llega a los labios; si bien sé que lo dice de broma, noto una presión contra las costillas por lo ciertas que son sus palabras, y no sé si soy lo bastante fuerte. No sé si puedo impedirme caer de cabeza en algo de lo que no voy a poder salir. Porque cuando me mira como me mira ahora, sé que es posible. Sé que podría permitir que se me desatara el corazón y no volver la vista atrás nunca.

Y sé que cada momento que paso con él lo empeora todo.

Sé que puede que ya sea demasiado tarde.

El río se vuelve más angosto y nos sumimos en un silencio inestable, cómodo y tranquilo. Flexiona los músculos al remar con más fuerza para que el bote no choque contra la orilla. El agua se sacude a nuestro alrededor, salpica por un lado y me moja las piernas desnudas, pero luego se calma y se vuelve más llano. Desvío la mirada al cielo tranquilo, con los árboles que se mecen por encima de nosotros. Ningún momento de la existencia, ningún río a través de un bosque, tiene derecho a ser tan perfecto, a tener tanta belleza que duele en el pecho.

Ningún chico debería ser como él, ningún chico debería decir lo que dice él y, aun así, sentarse a pocos metros y no perder la cabeza ante la obsesión que aflige a los demás. Me mira con algo más en la expresión…, algo simple e instintivo, un escalofrío errante y lejano. Algo que todavía no he descifrado. Por Dios, me muero de ganas de descifrarlo.

—¿Por qué te llaman Roble?

Le brillan los ojos y un recuerdo se le alza detrás del verde.

—Cuando era pequeño…, mi madre me llamaba «bellotita». —Sonríe un poco, con el más leve atisbo de vergüenza—. Pero decía que tenía los huesos de un roble dentro y que un día, cuando creciera, iba a ser más fuerte, que resistiría las peores tormentas. Que nunca me podrían arrancar ni tirar del suelo.

—Me cae bien —digo, intentando imaginarme a una madre que pudiera decir algo así en serio.

—A mí también. —Miro hacia la extensión de agua en calma en la que el bote se queda flotando cuando él relaja los brazos y unas ondas se van alejando de la proa—. Murió cuando yo tenía diez años. Estuvo enferma mucho tiempo. —Tensa la mandíbula, con la mirada fija—. Se resistió…, hasta que ya no pudo.

Sin pensármelo, me inclino hacia delante, más cerca de él: quiero tocarlo, ponerle una mano sobre la suya, tocarle la mandíbula hasta que se le relaje. Sin embargo, me limito a negar con la cabeza.

—Lo siento mucho.

Ojalá tuviera algo más que decirle, y, cuando me devuelve la mirada, le veo los ojos anegados en lágrimas, hasta que parpadea para contenerlas.

Percibo que me ha contado algo más de lo que suele revelar. Son recuerdos que no suele permitir que salgan a la superficie.

Me acomodo de nuevo en el banco mientras la luz del día se desvanece a nuestro alrededor, según el sol desciende más allá de los árboles, y me pregunto si duele más perder a un padre por la muerte o por una traición. ¿Su situación es peor que la mía? Mi madre sigue viva, pero escogió irse a una vida que no nos incluye a nosotros. Que no me incluye a mí.

Papá también se fue, solo que no fue culpa suya. Fueron los tulipanes.

Tal vez no importe: el dolor es el dolor. Hinca sus garras de todos modos, sea cual sea el método, el arma. Los dos estamos heridos por dentro, con un vacío donde antes llevábamos el corazón.

El río se ensancha más aún y se vuelve tranquilo y hondo, casi tan pacífico como el estanque en el que nadamos. Roble dirige el bote hacia la orilla y lo arrastra hasta la hierba.

—¿Dónde estamos? —parpadeo a través de la luz dorada de la puesta de sol y veo una colina llena de hierba.

—Sígueme.

Le doy la mano otra vez para salir del bote, pero esta vez no me suelta. Me da un apretón y es como si lo que sujetara fuera mi corazón, tenso y con la amenaza de poder destruirme en cualquier momento.

El sol ya ha desaparecido del cielo y el ambiente se torna oscuro y cálido según recorremos la hierba alta por una colina poco empinada hasta donde una fila de árboles crece hacia el firmamento nocturno.

En la fila de abedules, el terreno se abre y un prado de flores silvestres se extiende hasta donde alcanza la vista, suaves y meciéndose bajo la luz de la luna. Aun así, no son las flores lo que me dejan sin aliento, sino los miles (tal vez millones) de insectos que aletean en la noche.

Luciérnagas.

Orbes de luz diminutos con sus pulsos dorados y rítmicos en la oscuridad, tantos que me parecen velas flotantes, un espectáculo sobrenatural.

Me echo a reír, y la carcajada resuena entre los árboles hasta que me llevo una mano a la boca.

—¿Qué hacen todas aquí? —pregunto, volviéndome hacia Roble.

—No sé. No deberían vivir en esta parte del mundo, no tiene sentido. Pero todas las primaveras se pasan por este prado. Mi madre me lo enseñó cuando era pequeño.

Veo lo especial que debe de ser este prado para él. Yo le mostré mis lugares secretos (el vagón abandonado, la granja y el estanque) y ahora él me muestra los suyos.

—Me decía que el mundo está lleno de magia, pero que no toda tiene origen o explicación. Existe sin más.

Este lugar, con todas las luciérnagas aleteando a nuestro alrededor, me parece la magia más real, un conjunto de criaturas aladas que solo deberían poder ver los reyes y las reinas, un ritual muy poco común que otorga una suerte eterna a quienes lo ven antes de que desaparezca.

—Es precioso —me oigo decir.

Roble me da otro apretón en la mano y me lleva al prado, al corazón latiente de las luciérnagas. Las alas suenan como trocitos de papel frotándose y parecen confeti flotando en el cielo sin viento, un caleidoscopio de luz danzante. Me echo a reír otra vez, con una sonrisa de oreja a oreja, y le suelto la mano para girar sobre mí misma, embriagada y etérea, con las luciérnagas a nuestro alrededor.

Sin embargo, cuando vuelvo a mirar a Roble, veo que me está observando a mí, con una expresión suave y tranquila, como una noche, como si tuviera mil pensamientos atrapados en la cabeza y le diera miedo ponerlos en palabras. Seis luciérnagas se le han posado en los hombros con su luz incandescente que pulsa despacio, como latidos. Estiro una mano y uno de los insectos alza el vuelo desde su camisa para posárseme en el dedo índice. Sonrío, sosteniéndolo entre nosotros, como una baliza, un faro de ritmo hipnótico.

—Es como si estuviera soñando —murmuro.

Se queda callado y de verdad me da la sensación de que me estoy alejando más y más del mundo de la vigilia.

—Si estás soñando… —dice, formando cada vocal con cuidado—, no te despiertes, por favor.

Nada me parece real: las pestañas de Roble, las luciérnagas que flotan a nuestro alrededor como estrellas fugaces, el aire que respiro.

—No… —La voz de Roble es un susurro, una tormenta. El peso de las palabras se le acumula detrás de los ojos—. No sabes… —Respira y respira y respira—. No sabes lo difícil que es apartar la mirada de ti. —Traga en seco y parece asustarse por sus propias palabras, como si supiera lo peligrosas que son. Pero no se retracta.

—Es por los tulipanes… —empiezo a decir, para disolver el significado de lo que acaba de decir. Sin embargo, Roble niega con la cabeza.

—No…, no es eso.

Aprieta la mandíbula y tiene los ojos claros e intensos. Cuando me mira así, no me fío de mí misma.

La luciérnaga alza el vuelo desde mi mano, aleteando, y desaparece entre las demás. Roble da un paso más y se me olvida cómo respirar. Me pasa la mano por la mía, me acaricia la palma con los dedos. Me rodea la muñeca. La cara de Roble es un poema que nadie ha escrito; los labios, una pregunta que solo yo puedo responder. Está a un suspiro de distancia, y lo único que quiero en este mundo tan horrible es hundirme en él, dejar que su mirada me atraviese hasta los huesos, que me destroce.

—Ya te he dicho que besar a Lark Goode es mala idea —susurro, al recordar la vez que le dije esas mismas palabras en el estanque.

Se acerca más aún, demasiado, hasta que casi no queda distancia entre sus labios y los míos. Solo nos separan unos centímetros de aire, de alas, de un latido que me arremete contra las costillas. Tiene un efecto en mí que desafía la lógica. La magia.

—¿Quieres que te bese? —me pregunta, sin aliento, sin pensamientos, sin razones por las que no debería preguntármelo.

—Eh…

Lo único que escapa de mí es aire, porque sé lo que quiero, lo que noto que se me enrosca en lo más hondo del estómago. Pero también sé que no debería quererlo, que no debería quererlo a él.

No puedo fiarme de esta sensación, de este momento.

No puedo fiarme de nada.

Tiene la boca cerquísima y noto el roce suave y apenas perceptible de sus labios. Huele a flores silvestres y a cien años de palabras sin pronunciar. Antiguo y vivo. Como los robles y el sudor sobre una piel acalorada por el verano.

Me parece el destino. Aquello que me podría salvar. Y destruir. Y recomponerme.

Abro la boca, con la palabra «sí» suspendida con tanta delicadeza en la lengua que es como la más diminuta esquirla de cristal: fría, perfecta, peligrosa. Sin embargo, antes de que pueda pronunciarla, una fracción de segundo antes de que le acerque la boca y le diga todas las formas en las que no debería querer esto y aun así lo quiero..., una voz resuena en el ambiente.

Una voz alta, un estruendo.

Una voz que no es la de Roble.

Aparto la mirada hacia el origen y, al otro lado del prado, logro distinguir una silueta entre los árboles. Y nos está gritando.

—¿Quién...? —empiezo a preguntar, pero Roble ya me ha dado la mano y tira de mí para irnos del prado.

Corremos entre la bruma brillante que son las luciérnagas y estas se apartan de nosotros, hechas un mar de orbes relucientes como el sol. En la linde del bosque miro atrás y veo que la silueta sigue persiguiéndonos y gritando, aunque no entiendo nada con tanto aleteo.

—¿Qué dice? —pregunto.

—No lo oigo bien —responde Roble, mirando hacia atrás—. Pero entiendo lo que quiere decir.

—¿Estamos en propiedad privada?

Se le alzan las comisuras de los labios con una sonrisa salvaje y sin aliento y sigue tirando de mí hacia el río.

—Mierda, Roble —digo mientras corremos, rodeados del cálido aire nocturno.

Sin embargo, cuando me mira, todavía sonriendo, no puedo evitar echarme a reír. ¿Será esto lo que sienten los demás cuando tocan un tulipán por primera vez? Una emoción delirante, borrachos por algo que casi parece amor. Como una cuba. Pronto me llegará la resaca, pero ahora mismo, corriendo de la mano con Roble, me siento más viva que nunca.

En la ribera, mete el bote en el río de un empujón y chapoteo en la parte poco profunda hasta subirme. El hombre está en lo alto de la colina y nos grita algo sobre «allanamiento», solo que Roble ya se ha puesto a remar río arriba.

Una sonrisa le cubre la cara y a mí se me saltan las lágrimas por tanta carcajada alocada y emocionada.

Remar contracorriente es mucho más difícil que río abajo y a Roble se le tensan los brazos con cada movimiento, se le contraen los hombros. La cabeza me da vueltas por haber corrido por el prado, todavía vibrando por la niebla estrellada de las miles de luciérnagas, perdida por la sensación de los labios de Roble apenas rozando los míos. Me siento flotante, atrapada en el viento, descabellada.

—¿Sueles hacer eso? —pregunto, todavía sin aliento—. Colarte en casa de los demás.

—Solo en primavera.

La sonrisa le llega a los ojos y echo la cabeza atrás, con el aire nocturno rozándome el rostro, y ojalá pudiera sentirme así cada segundo de cada día: descubierta e imprudente. Sin nada que se interponga en mi camino. Roble me hace sentir como si pudiera ser otra persona. Como si ya lo fuera.

Bajo la mirada y, al observarlo meter los remos en el agua, pienso en una pregunta, una que me ha dado curiosidad desde que lo vi en el aparcamiento del instituto. El último detalle del boceto que no he llegado a terminar.

—¿Qué libro lees?

Sé que el libro está ahí incluso ahora mismo: se lo he visto metido en el bolsillo de los vaqueros cuando íbamos al río y cuando huíamos por el prado.

Sin decir nada, deja de remar, suelta uno de los remos para llevarse una mano al bolsillo, saca el libro y me lo da. Me agarra desprevenida, porque no me esperaba que fuera a dejarme verlo así sin más, pero paso la mano por la cubierta doblada mientras él vuelve a remar río arriba. Está claro que no es parte de la colección de libros poco comunes de su padre: parece que es de una librería de segunda mano barata y sé que hay una o dos en Favorville, unas tiendas en las que hay montones de libros polvorientos por cincuenta centavos que van desde el suelo hasta el techo. La mayoría de ellos se quedan en el olvido, pudriéndose durante décadas, y ni siquiera los propietarios saben qué libros hay escondidos entre tantas filas.

Este es igual que esos: tiene una esquina arrancada y las páginas dobladas, como si alguien lo hubiera enrollado alguna vez para espantar una mosca. Aun así, todavía alcanzo a leer el título: *Viajero solitario*, de Jack Kerouac. La ilustración de la cubierta es una acuarela poco común que muestra a un hombre con un bastón para caminar. O eso me parece, porque cuesta distinguirlo. Está tan desgastado que casi se me deshace en las manos.

Me quedo mirando a Roble, pero está centrado en el agua, en el ritmo constante de los remos, para no perder avance por culpa de la corriente que empuja en dirección contraria. Puede que el libro parezca un cliché en manos de cualquier otra persona: un chico misterioso que lee a Kerouac en carreteras solitarias entre dos condados, solo que con él no me lo parece. Es algo más genuino, es un chico que busca algo y espera encontrarlo en las páginas amarillentas de un libro.

—¿Y está bien? —pregunto.

—Sí, está bien. —Se pone más serio por un momento—. Ya nadie escribe como él.

Le extiendo el libro para devolvérselo y lo acepta con suavidad, rozándome los dedos, antes de metérselo en el bolsillo.

—¿Solo lees libros de tapa blanda?

—Así son más portátiles —responde con una sonrisa—. Y más baratos.

Me noto fruncir el ceño: vive en un casoplón precioso encima de una colina bañada por el sol, así que dudo mucho que tenga que escatimar gastos con los libros, y menos aún si su padre los colecciona. Está claro que hay algo más, algo que todavía no entiendo.

Aferra los remos con fuerza, con la mirada apartada, antes de preguntar:

—¿Dónde irás cuando te vayas de Cutwater?

Me da a mí que intenta cambiar de tema. El río ondea a nuestro alrededor, con unas cintas de luz de la luna reflejadas en la superficie.

—Al mar. —La única persona a la que se lo he contado es Archer—. Hay un pueblecito del que me habló mi padre, una comunidad pesquera y poco más. Pero hay una tienda de pasteles cerca del paseo marítimo, y suena tranquilísimo y perfecto, un lugar en el que nadie habrá oído hablar de mi familia. A lo mejor puedo alquilar una habitación donde sea, con vistas al mar.

Me lo imagino con muchísima claridad, como si ya estuviera allí, en ese lugar que me espera.

Lo único que tengo que hacer es subirme a un tren y no mirar atrás.

—La verdad es que me da igual dónde sea… —añado—, siempre que esté lejos de Cutwater.

—¿Y el mar será lo bastante lejos?

Me encojo de hombros y la calidez se me expande en el pecho al pensar en irme. Tan solo hablar de ello ya me llena de tanta esperanza que me mareo.

—Si pudiera permitírmelo, cruzaría el océano Pacífico. Me compraría un barquito y aprendería a navegar para no tener que estar atada a ningún sitio mucho tiempo.

—Si quieres te enseño yo.

—¿Sabes navegar?

—Un poquito. Me enseñó mi padre.

Un pequeño escalofrío me recorre la piel. Me parece absurdo e imposible estar hablando así, como si pudiéramos hacerlo de verdad. Los dos en un barco, mostrándome con sus manos diestras cómo enderezar la vela y navegar de noche mientras el viento nos sopla por la espalda y nos empuja al mar profundo e infinito que tenemos delante, sin nada en nuestro camino.

Me vuelvo a hundir en el bote y meto la mano en el agua para notar la corriente en los dedos. Porque sé que es un futuro que nunca se hará realidad. Allá adonde vaya, siempre estaré sola, porque no puedo fiarme de una vida con otra persona. El amor no es más que una mentira cruel.

—¿Dónde irás después de graduarte? —le pregunto, porque ahora soy yo la que quiere cambiar de tema.

—Mi padre quiere que vaya a la universidad... —Le cambia el tono de voz de forma casi imperceptible y noto la tensión, la fuerza extra, mientras sigue remando con ese movimiento que casi es de meditación, algo que hace para tranquilizar sus zozobras—. Pero no puede decidir lo que voy a hacer..., ya no.

—¿Vive aquí contigo?

Recuerdo esa casa grande y preciosa con vistas al río Cruce del Conejo y me pregunto si tiene a su padre esperándolo dentro, tal vez sentado a un escritorio en su despacho, con una lámpara encendida al lado. O quizá esté en la cocina, preparando la cena. Pasta y pan de ajo. Con las ventanas abiertas para que entre la brisa nocturna.

Hasta que Roble me pisotea la imagen mental.

—No —responde, hundiendo los remos en el agua, con los ojos ensombrecidos por la luz de la luna, como si una tormenta se le hubiera puesto encima—. Hace tiempo que se fue. Dudo mucho que lo vaya a volver a ver.

«Se fue». Un concepto que conozco demasiado bien.

Irse es un concepto que puede significar muchísimas cosas distintas.

Como un padre al que aprendes a odiar porque se marchó, el mismo padre al que imaginas volviendo algún día para que puedas decirle todo lo que tienes guardado, todas las palabras viles y llenas de odio que podrían salirte de los labios.

Perdió a su madre.

Y a su padre también.

Tiene una vida destrozada, como la mía. Y, si bien sé que me está ocultando algo, que hay una historia escondida tras la curva de sus ojos, no insisto. Porque conozco muy bien el dolor de hablar de lo que uno ha perdido, y cuando veo que la mandíbula le forma una línea tensa, sé que me he acercado demasiado a un tema que le duele.

Rema con más fuerza todavía, contracorriente, jadeando, ya sin nada de suavidad en el rostro. Llegamos a la orilla que hay bajo su casa y conduce el bote hasta la arena antes de salir y arrastrarlo hasta que está en tierra firme por completo.

El corazón me late con fuerza en el pecho cuando salgo a la orilla, porque sé que algo va mal. Que todo en él ha cambiado.

Se queda inmóvil unos segundos, con la mirada perdida en el río, y yo me quedo mirando su casa, solitaria y vacía.

—¿Vamos a entrar? —pregunto en voz baja.

—Hoy no.

Me mira como si intentara forzar una sonrisa, pero está lleno de tensión, de miradas frías.

Nos vamos de su casa en la colina y conducimos de vuelta por el límite del condado, con la camioneta traqueteando durante la última subida de la carretera Swamp Wells, sumidos en un silencio cada vez más grande.

Quiero preguntarle qué le pasa, qué ha cambiado, por qué hablar de su padre lo ha convertido en piedra. Solo que me imagino que preguntárselo no va a solucionar nada, sino que solo conseguiré que se encierre más aún en su coraza.

Nos detenemos al final de mi entrada, con el motor todavía al ralentí, y me quedo quieta unos segundos, esperando a que me diga algo. Sin embargo, se queda con las manos firmes en el volante, sin parpadear, con la mirada clavada en el parabrisas.

—Gracias por lo de hoy —le digo, pero la boca me sabe a metal. El corazón se me encoge y se me cierra.

Asiente sin mirarme.

Me lo quedo mirando otro segundo más, con la boca entreabierta, como si se me fueran a escapar las palabras correctas, pero no sucede. Abro la puerta y salgo a la entrada.

Da marcha atrás antes de que llegue al porche siquiera y oigo el rugido de la vieja camioneta al acelerar por la carretera, de vuelta a su lado del límite entre condados.

Y empiezo a tener dudas, a temer… que no vaya a volver a verlo nunca más.

ONCE

Así que por eso no te has ido aún —me dice Archer cuando paso por su lado en el porche delantero—. Mi hermanita ha encontrado a un chico al que torturar durante el verano.

—No lo estoy torturando.

—Pues estoy seguro de que al revés no es. Eres una Goode, son los demás los que acaban con el corazón roto por nuestra culpa. Dejamos los restos destrozados de su locura de amor lastimera a nuestro paso.

Pongo los ojos en blanco en lo que abro la puerta principal.

—Eso lo haces tú —le digo—, no yo. —Entro en casa y cierro la puerta antes de que le dé tiempo a contestarme.

En mi habitación, me quedo mirando la maleta, cuyas prendas se desparraman por el suelo.

Debería irme.

Debería ir a la estación de tren, esperar a que abra a primera hora de la mañana, comprar un billete e irme de aquí de una vez por todas.

Sin embargo, tengo el cuerpo adormecido, vibrando por un agotamiento que no he experimentado en la vida. Me quito las sandalias y me dejo caer entre las sábanas de la cama. Permito que el sueño me lleve de aquí y sueño con el río, con las luciérnagas aleteando entre Roble y yo.

Sueño que los labios de Roble encuentran los míos, poco a poco, con cuidado. Sueño que no me deja ir.

Por nada en el mundo.

Archer debe de notarme la tensión en la cara cuando salgo de la habitación, bajo el sol matutino que se cuela entre los árboles de lado hasta llegar a esta casa torcida, porque me da una taza de té de lavanda y limón y asiente en silencio. No me vuelve a preguntar sobre el chico ni sobre si me voy a ir de Cutwater.

Me concede el silencio que necesito para reordenar mis ideas.

Transcurren tres días.

Debería irme de aquí. De hecho, no sé por qué no lo hago, por qué me desplazo por casa como si estuviera sonámbula mientras mi hermano se queda nervioso en las ventanas, con la escopeta inútil apoyada junto a la puerta principal. Cada vez que un coche pasa despacio por la carretera o alguien paseando se detiene para quedarse mirando la casa como si estuviera pensándose si recorrer la entrada y pedirnos un tulipán, Archer se hace con la escopeta y corre al porche para gritarles que se larguen de nuestra casa.

Hace lo mismo que hace siempre que cree que hemos perdido el control de la vida: cumple el papel de padre, de guardián, de protector. Aferra el timón de nuestra vida como si pudiera volver a encaminarnos por buen rumbo. Solo que yo ya sé que es demasiado tarde: esta familia lleva muchas generaciones hundiéndose y lo único que podemos hacer es irnos, buscar un bote salvavidas y huir como alma que lleva el diablo antes de que la tierra húmeda nos engulla a todos.

Aunque a lo mejor es por eso por lo que me quedo.

Mi hermano está nervioso e inquieto, no está como siempre, y me parece mal dejarlo ahora mismo.

Me digo a mí misma que esperaré un día más.

Me digo que no tiene nada que ver con Roble. Que no estoy esperando a que venga por la entrada, llame a la puerta y se disculpe conmigo. A que me diga por qué se puso tan frío y distante aquella noche en el río.

No estoy esperando a ningún chico.

Podría irme cuando quisiera.

Me siento en el borde de la cama y miro el boceto de Roble. Ya está terminado, con la cubierta del libro ya dibujada, pero sigo sombreando los árboles que le rodean la cara y añado luciérnagas doradas y diminutas en el fondo. Me paso el rato con el lápiz sobre el papel, lo desgasto e intento entender qué ocurrió. Qué le cambió en los ojos.

Y no encuentro ninguna respuesta en el trazo gris del lápiz.

Archer se ha quedado frito en la vieja butaca que hay junto a la chimenea apagada, con la cabeza hacia atrás, la boca abierta y roncando un poco. Ahora ha pasado a dormir así, en breves intervalos, y se despierta de un sobresalto ante el más mínimo ruido. Abro la puerta principal despacio y salgo al porche, porque necesito aire fresco, pero también espero… espero ver a Roble por la entrada, libro en mano.

Y con la mirada llena de arrepentimiento.

Me siento en el viejo columpio, donde repaso todos los segundos que pasamos juntos con la intención de desenterrar alguna pista, algún fragmento que haya pasado por alto. Una razón que me explique por qué me duele el corazón cada vez que pienso en él. Por qué el suyo parece no sentir nada.

Tras una hora, empieza a soplar un viento fresco y una sombra aparece al final de la entrada...

Me pongo recta de golpe.

Sin embargo, al entornar la mirada a través de la penumbra, sé que no es Roble.

La señora Thierry se detiene al final de nuestra entrada, con su perro Peebles (un gran danés enorme) tirándole de la correa. Vive a poco menos de un kilómetro de casa, en una vivienda de dos plantas de estilo victoriano medio escondida entre vides y zarzamoras que se niega a podar. Se queda mirando la entrada, y la luz del atardecer (de tonos anaranjados y como a helado de frambuesa) se mezcla entre los árboles que tiene detrás. Parece que está echando una maldición, que condena a los que vivimos en esta casa a una plaga malévola.

Solo que ya estamos condenados de antemano.

Murmura algo, escupe en nuestra entrada y echa la cabeza atrás para que su voz temblorosa resuene hasta donde estoy.

—Nos vais a maldecir a todos con esas flores. —La voz le suena a papel de lija, a gravilla—. Como el asqueroso de Fern Goode cuando se mudó aquí. —La señora Thierry conoce la historia de nuestra familia mejor que nadie, porque es mayor que la mayoría y, además, tiene peor carácter. También sospecho que la mayoría de los rumores sobre mi familia nacieron de ella: le encantan los chismes y las historias disparatadas, así que me imagino las que se inventa detrás de esos ojos grises que tiene—. Estáis provocando lo que no deberíais al dejar que los del pueblo lleven esos tulipanes.

—Los robaron —le grito, en vano, porque a lo mejor da igual cómo se hicieron con ellos, lo importante es que sí, los tulipanes van a desenterrar una magia antigua y horrible.

Nos quedamos mirando un largo rato, a sabiendas de que quiere lo mismo que yo: que los Goode nos marchemos de este pueblo para no volver. Sin embargo, acaba rechistando y se da media vuelta para cojear por la calle. Tiene la mala costumbre de acercarse demasiado al centro de la carretera, por lo que los coches pitan y pasan por su lado, pero es una mujer a la que ni siquiera la muerte puede tocar: es imperturbable y seguro que nos sobrevive a todos.

—¿Qué quería la señora Thierry? —me pregunta Archer cuando vuelvo a casa. Está despierto, en la cocina, con la mano en un tarro de granola casera, uno que le dejó en el porche una chica de pelo color fresa y ojos azules y tristes la semana pasada.

—Recordarnos lo perdidos que estamos.

Suelta un resoplido, como si le pareciera gracioso, pero entonces se le ensombrece la expresión porque sabe que es cierto y se queda en silencio.

La casa se sume en la oscuridad y me quedo despierta en la cama, con el corazón hecho de papel triturado. Quiero verlo y preguntarle qué ocurrió, aunque también sé que lo mejor es dejar el tema.

Lo mejor es que no vuelva a verlo.

De hecho, no debería haberme permitido acercarme tanto a él, haber dejado que tuviera los labios a milímetros de los míos, suaves y cautos…, pero también temerarios. Fue un momento desesperado y doloroso en el que el deseo me subió por el pecho como las luciérnagas que aleteaban a nuestro alrededor. Quería que me besara, lo quería todo, que todos los segundos del momento se destrozaran y se quemaran como un cuento al desatarse.

No obstante, estas ansias me hacen imposible alejarme de él, relajar el dolor retorcido que noto entre las costillas cada vez que pienso en él.

Necesito borrarlo de mi memoria. Necesito olvidarme.

Tengo que irme de aquí.

Transcurre una semana en la que no dejo de repetirme que mañana me iré.

Mañana haré la maleta otra vez, me despediré de mi hermano y me iré caminando hasta la estación de tren.

Me prometo que solo me quedo porque mi hermano todavía parece nervioso, porque le preocupa que se vuelvan a colar en el jardín. Y no quiero dejarlo solo.

Me juro que, para el siguiente amanecer, ya no estaré aquí.

Y, aun así…

Me quedo mirando la entrada. Noto la sensación de la espera pesada entre las costillas.

Y Roble no se pasa por casa, no me deja libros en el alféizar, no se pasea por la carretera Swamp Wells bajo la noche. Noto el corazón hecho un nudo, con un dolor antinatural, y lo odio.

No lo entiendo.

Porque no tiene sentido.

Escondo el libro que me dio, *Peter Pan y Wendy*, con el boceto de él metido entre las páginas, en lo más hondo de mi armario, apretujado contra la pared, tras unas prendas húmedas y olvidadas y una muñeca hecha a mano de cuando era pequeña.

Intento alejarme de él, arrancármelo de la mente como si fuera un apéndice podrido y gangrenoso.

Pero…

No funciona.

Camino por las vías hasta el vagón olvidado y me tumbo de espaldas, me quedo mirando las estrellas y me imagino a Roble tumbado a mi lado. Cada una de sus exhalaciones mece las constelaciones del firmamento y reordena la noche. Cuando el otro tren ruge por las vías, me pongo de pie para notar el viento en la cara, solo que esta vez Roble no está ahí para evitar que me caiga por el borde. De modo que me voy al estanque, me quito la ropa y me hundo bajo la superficie, con ganas de que el agua tenga el mismo peso que sus manos.

Con ganas de tener otra oportunidad.

«Qué cosas más absurdas quiero».

* * *

—No va a materializarse de la nada —me dice mi hermano tras verme en el porche delantero, con la mirada perdida en la entrada vacía y la carretera oscura. El sol se ha puesto hace una hora.

—No buscaba a...

—Y yo me lo creo, hermanita —me corta él, arqueando una ceja.

Me llevo las rodillas al pecho, sentada en el columpio.

—Tendrías que haberte ido hace tiempo, después de graduarte, pero aquí sigues. Lo estás esperando.

Frunzo el ceño. El odio que le tengo a este pueblo, a esta casa, siempre ha formado parte de mi núcleo, siempre ha sido el eje del que parten todas mis decisiones. Mi razón para irme. Y, aun así, en contra de lo que dicta la lógica, ahora dependo de otro centro de gravedad, de uno más resistente y peligroso que el primero.

Un chico. Al que tengo que olvidar.

—Aunque viniera ahora mismo por ahí, ¿podrías fiarte de lo que diga? ¿Puedes confiar en lo que siente?

—No lo espero a él.

—A lo mejor puedes mentirte a ti misma —me mira a los ojos y esboza una sonrisita—, pero a mí no me engañas. Sé por qué te quedas aquí sentada todas las noches, sin dejar de mirar la carretera. Esperas que venga el chico ese.

Suelto un suspiro y aparto la mirada de mi hermano. Sé lo que me quiere decir y no tengo ganas de oírlo.

—No pasa nada, lo entiendo. Pero al final vas a tener que decidir qué prefieres, si librarte de este pueblo o a ese chico.

Se sienta en el columpio a mi lado y se pone a pelar cacahuetes que se saca del bolsillo. Tira las cáscaras por encima de la valla hacia el riachuelo, que se las llevará bajo la casa y por el jardín de tulipanes hasta desembocar en el bosque.

Me pongo de pie.

Ya no lo soporto más: esta conversación, la espera, el agujero que me va carcomiendo el músculo suave del corazón.

—¿Adónde vas? —pregunta Archer.

—Fuera.

—¡Pero si va a llover! —exclama.

Sin embargo, bajo las escaleras a pisotones, cruzo el riachuelo y recorro la entrada sin decir ni una sola palabra más.

No solo siento la desesperación de librarme de esta casa, de mi hermano, de mi habitación y de mi cuaderno lleno de bocetos de personas a las que nunca podría acercarme, sino que también noto un golpeteo en el cráneo por todos los días y horas de más que he pasado aquí. Debería estar contando los kilómetros que me separan de este pueblo.

Solo que no puedo, no hasta que lo vea y entienda qué sucedió.

Esa es la verdad.

No me he quedado aquí por mi hermano.

Ha sido por Roble.

Camino bajo el cálido aire vespertino en dirección oeste, hacia Favorville.

Sé que es una mala idea.

Y me da igual.

El tiempo se desata a mi alrededor mientras cruzo el límite entre condados, donde el terreno se vuelve pendiente y el ambiente parece fresco, suave y menos húmedo, hasta que llego a la larga entrada de la casa de Roble.

No sé qué le voy a decir, no lo he ensayado para mis adentros. No tengo ningún plan. Igual le digo que es un cabrón por haberme enseñado el prado, por haberme llevado al río y haber estado a punto de besarme y luego dejarme en casa sin decir nada.

O a lo mejor me quedo muda al verlo y se me olvida por qué me he enfadado.

Porque tengo un corazón indomable.

Y no puedo fiarme de él.

Me voy quedando sin aire conforme más me acerco y, cuando llego a su casa, construida en lo alto de una colina de hierba, bajo un cielo sin luna, miro hacia atrás. Podría irme ahora mismo y no se enteraría de que he estado aquí. Sería el espectro de una chica que se vuelve a fundir en una noche estrellada, silenciosa, horrible. Solo que volvería a casa y seguiría dándole vueltas a las mismas preguntas.

No solucionará nada.

De modo que pisoteo las dudas que me invaden y recorro la entrada de piedra hasta la puerta principal. Llamo con un par de golpes y espero, pero no oigo pasos al otro lado. Llamo al timbre y oigo la suave sintonía que resuena por toda la casa. Veo un par de luces a través de una ventana angosta: una lámpara en un rincón y otra en un pasillo. Sin embargo, el resto de la casa está a oscuras. Es tarde, podría estar durmiendo. O paseando por carreteras desoladas con la intención de sumergirse en una historia.

Cruzo los brazos en el pecho por el frío de la noche, por el frío de la sensación que me invade: he venido hasta aquí para nada. En lo alto, el cielo empieza a llenarse de nubes, oscuro y siniestro, con una tormenta de verano que va hacia el oeste. Aun así, no me doy media vuelta para marcharme..., al fin y al cabo, soy una Goode, testaruda y persistente. Me dirijo a un lateral de la casa.

Quiero asegurarme.

Al final de la pendiente, veo el bote en la orilla.

Y no es la única silueta de la oscuridad.

Hay alguien sentado al lado, encorvado encima de un libro que tiene en las manos, a pocos metros de la ribera.

El corazón se me sube a la garganta y, antes de que pueda convencerme de que ha llegado el momento de irme, las piernas me llevan hasta el río por su propia voluntad.

Me da miedo parpadear por si desaparece en medio de la noche, por si solo es un recuerdo, una sombra que he conjurado con la mente. Sin embargo, cuanto más me acerco, más real me parece. Tranquilo, reposando, con las rodillas dobladas, leyendo a oscuras. Noto un dolor en el pecho que no tiene nombre, que no se puede describir.

No me oye acercarme ni alza la mirada hasta que estoy a pocos metros de él. Entonces aparta los ojos de la página de golpe.

Veo pestañas oscuras.

Una boca tensa que forma una línea.

Es precioso de noche, bajo las estrellas. Enigmático, tenue. Aun así, la calma que le he visto en la expresión ha desaparecido.

Cierra el libro y se pone de pie deprisa.

—¿Qué haces aquí, Lark? —Tiene una voz como la cera derretida y me quema la piel.

—Eh... —Me faltan las palabras, pierdo la voz y aparto la mirada hacia la carretera lejana por la que he venido. «Mi vía de escape».

—No tendrías que haber venido —añade, aunque capto la duda que le tiñe la voz, esa indecisión momentánea. No cree lo que dice.

Lo miro a los ojos y recurro a la parte de mí que no piensa irse de aquí sin respuestas. Hasta que lo entienda.

—No sé qué pasó el otro día, en el río —digo con firmeza—. Pero sé que cambió algo. Solo necesito que me cuentes por qué... Necesito que hables conmigo.

Se queda mirando el suelo y un silencio aberrante le cubre la cara, como si recordara aquel día en el bote, las palabras que intercambiamos y que hicieron que se cerrara, que se arrepintiera de llevarme por el río hasta el prado.

—Tengo que contarte algo... —Me vuelve a mirar y los círculos verdes que son sus ojos parecen capaces de atravesarme, son una daga y un bálsamo al mismo tiempo—. Debería habértelo dicho antes.

Se pasa una mano por la nuca, con la mirada llena de miedo, de un dolor que no comprendo. Y me asusta lo que va a decirme.

Que todo ha sido un error.

Él y yo. La posibilidad sin cumplir que flota entre nosotros.

Me planto en mi sitio e intento no venirme abajo.

Sin embargo, el cielo se parte, con un manto de nubes de tormenta que roza el horizonte y lo torna todo negro, y un segundo más tarde nos cae una lluvia de verano. Me estremezco por el ruido ensordecedor de las gotas que estallan contra el suelo y rebotan en el bote y me sorprendo cuando Roble me da la mano y tira de mí hacia su casa.

El aire me tiembla en los pulmones mientras corremos y ya estamos empapados para cuando abre una puerta trasera y nos metemos en una sala tranquila y oscura: un recibidor lleno de botas y deportivas en una pared y de abrigos en percha en la contraria. Todo está organizado y recogido. Limpio.

La lluvia me gotea del pelo y de la ropa hasta caer al suelo.

—Espérate aquí —dice en voz baja, antes de soltarme la mano y meterse en otra sala.

Enciende una luz y veo una cocina iluminada delante de mí. Entro en ese espacio enorme, con suelo de hormigón y encimeras blancas, con paredes color crema y un olor a limón. Parpadeo e intento asimilarlo todo. Es una de esas casas que conozco solo por los libros y que no había llegado a imaginar que iba a ver en la vida real.

Roble aparece detrás de mí con una toalla blanca y grande.

—Toma —dice, ya con otra voz, una sin tensión. Me pone la toalla sobre los hombros, pero no basta; me tiembla el cuerpo entero y el frío me cala en la piel—. Necesitas ropa seca —añade, dándome las dos manos, antes de dar media vuelta y perderse en otra parte de esta casa enorme.

Percibo que no quiere que esté aquí: su hogar es un lugar que quiere que siga siendo privado. Secreto. Una parte de su vida que no comparte.

El frío me cala aún más y me da la sensación de que los huesos me tiritan bajo la piel. Me arrebujo en la toalla y entro en el salón despacio, en busca de una fuente de calor. No obstante, la estancia me parece un museo, como si nadie viviera allí, y todo está formado por líneas limpias y modernas y paredes frías. No es el lugar en el que una familia se despierta un día de cumpleaños, con el olor de los gofres en el ambiente y el sonido de las carcajadas por los pasillos. Es un hogar lleno de fantasmas. De un pasado abandonado a su suerte.

Hay una chimenea en la pared del otro lado y encuentro un interruptor a la derecha que enciende el fuego. Una ráfaga de luz rauda ilumina esa estancia enorme y acerco las manos a las llamas alimentadas por el gas mientras el calor empieza a secarme.

La repisa de la chimenea está llena de cuadros de fotos, el primer indicio de que una familia vive en esta catacumba. Les echo un vistazo a todas y veo fotos de Roble de pequeño, con ojos verdes y cálidos y su cabello oscuro más corto. Su madre está en varias de las fotos, una mujer de piel cálida, melena oscura y larga y ojos brillantes y preciosos. Veo a Roble en ella, en el gesto amable y suave que tiene en el rostro. Veo fotos de su familia en la playa, en un parque de atracciones, donde Roble saluda desde una noria. Unas cuantas de ellas los muestran con disfraces de Halloween y en otras la familia está junto al río Cruce del Conejo, donde Roble y su madre se sientan en el mismo bote verde en el que me llevó hace unos días. Su padre solo aparece en un puñado de fotografías, imagino que porque siempre era el que las hacía. Es alto, como Roble, de espalda ancha y ojos grises. Es apuesto y le noto una cualidad enigmática y atrapante, la misma característica indescriptible que veo en Roble.

Al final de la hilera de fotos hay una pila de libros. Son antiguos y pequeños y la mayoría de los lomos están tan desgastados que resultan ilegibles. Parecen volúmenes de poemas. Sin embargo, no son los libros lo que me llama la atención, sino la esquina de algo aplastado bajo la pila.

Una fotografía suelta. No sé por qué me la quedo mirando ni por qué me dan ganas de sacarla de debajo de los libros: noto unos latidos en las sienes, un pinchazo de curiosidad que me surge de un lugar desconocido de mi interior.

Saco la foto y la sostengo con cuidado entre dos dedos.

La luz de la hoguera danza por la imagen y la mente me da tumbos, confundida, desequilibrada, sin entender lo que veo.

El padre de Roble está en un muelle del puerto, delante del mástil de un velero, y el sol vespertino le ilumina los rasgos.

Y la mujer que está a su lado... no es la madre de Roble.

Es otra persona.

Una mujer de cabello azabache y ojos oscuros y cautivadores. Una mujer con una sonrisa traicionera, una mujer que abandonó todo lo que conocía y destrozó su familia sin decir ni una sola palabra.

La mujer no es la madre de Roble.

Porque es la mía.

Examino la foto una y otra vez e intento asimilar todos los detalles: el padre de Roble abrazándola por la cintura, ella apoyándose en su hombro.

Me palpita la cabeza.

El corazón me grita en los oídos.

El día que mamá se fue de casa, huyó de Cutwater sin decir nada. Tenía un secreto dentro, una mentira, un engaño. Aun así, siempre me he preguntado si se fue porque había conocido a alguien, a un hombre que no nos había presentado. Un hombre incapaz de resistirse a una mujer con el apellido Goode. Un hombre que por fin la ayudó a huir del pueblo.

Y ahora, con los dedos temblando, me pregunto si este era el secreto.

Las lágrimas se me acumulan detrás de los ojos, heladas, pero la furia me quema el pecho. Cuando alzo la vista, Roble está en el final del pasillo, mirándome.

Lleva un par de vaqueros secos y va sin camiseta. Solo que entonces baja la mirada y ve lo que tengo en la mano. Y su expresión se queda en blanco.

—¿Lo sabías? —le pregunto.

No me responde y el pecho le sube deprisa con cada inhalación.

—¿Sabías que mi madre estaba con tu padre?

Se le tensa la mandíbula y le veo todas las mentiras reflejadas en la cara.

—Quería contártelo —dice—. Iba a contártelo… —Deja la frase en el aire, sin apartar la mirada de mí.

La cabeza me da vueltas y no sé qué pensar. Mamá nunca nos habló del padre de Roble, aunque casi nunca hablaba de los hombres de su vida. Iba de flor en flor sin inmutarse. Como Archer, nunca se tomó en serio el amor, nunca se paró a pensar en los corazones rotos que dejaba a su paso. Lo único que tenía en mente era la supervivencia y le daba igual quién sufriera por ella.

—Mi madre se fue con tu padre… —murmuro mientras intento atar cabos— y tú lo sabías. ¿Lo sabías desde el principio? —La foto que aún tengo en la mano me parece más pesada, como si se me fuera a escapar de los dedos y caer en la hoguera hasta reducirse a cenizas—. ¿Por eso me seguías? ¿Por eso fuiste a mi insti aquel día? —Intento recordar cómo se respira, pero el aire me sabe a polvo. Como todo lo que me ha dicho él—. ¿Era porque sabías quién era mi madre?

Se le tensa la garganta y se mece un poco, plantado donde está.

—Hace tres años que se fue mi padre… Y yo esperaba que volviera —susurró—. Pero no volvió. —Guarda silencio un largo momento, respirando, como si buscara la mejor forma de explicármelo—. Por fin tomé fuerzas..., porque quería verlo por mí mismo. —Menea la cabeza—. Quería ver a la familia que destrozó a la mía. —Le veo el dolor en los ojos, una pena cruda que nunca he visto en él, y me entremezcla todas las emociones—. Quería odiarte... —Los ojos verdes de Roble me atraviesan entera—, pero, cuando te vi fuera del instituto, noté algo... Como si... —Hace una mueca—. Como si algo me quemara por dentro.

Me tiemblan las manos y no tengo ganas de oír nada más.

Notó lo que los tulipanes querían que notara. Amor. Un tirón que lo empujaba hacia mí, algo inexplicable y peligroso. Un dolor, unas ansias y un deseo que no eran reales.

Nunca lo han sido.

Trago en seco, y lo que noto yo es una tormenta abrupta, un mar que se estampa contra las rocas de la orilla, una inundación violenta y terrible.

Todo lo que ha habido entre nosotros ha sido mentira desde el minuto cero.

Se arriesga a dar un paso hacia mí.

—Quería saber si podía estar a tu lado... sin sentir nada. Quería demostrarme que era más fuerte que mi padre, que podía resistirme a una Goode.

Me dan ganas de vomitar. Creía que era inmune, que los tulipanes no le hacían efecto. Pero a lo mejor es que yo quería creerlo. Lo necesitaba. Fui tonta, cómo no, y me equivoqué. Notó lo mismo que todos los demás, solo que se resistió y se contuvo tanto tiempo como pudo.

Es por eso que ha intentado mantenerse al margen, que se distancia cada vez que se acerca demasiado, porque ve que se rinde ante las ansias de estar conmigo. El embrujo le clava las garras. El otro día, en el bote, cuando le pregunté por su padre, debió acordarse de por qué fue a buscarme, la pregunta le recordó la promesa que se hizo a sí mismo, la promesa de que no iba a enamorarse ni a repetir lo que hizo su padre.

—Mi padre se lo compró —dice, señalando con la barbilla la foto que tengo en la mano—. Tan solo unos meses después de conocerse, le compró ese velero. Estaba muy enamorado de ella.

Contengo el dolor que me quiere estallar en las costillas y me convierte el corazón en una piedra negra y marchita.

—¿Alguna vez vino a esta casa?

Paso la mirada por el salón e intento imaginármela sentada en el sofá gris y bajo, cómoda dentro de estas paredes frías.

—No —niega Roble—, nunca la trajo aquí, porque sabía lo que opinaba yo. Había oído hablar de los Goode en el instituto, me llegaron los rumores. Le dije que no podía fiarse de ella, y le entró por un oído y le salió por el otro. —Baja la barbilla, con la mirada en el suelo, y respira hondo. Roble creía que los Goode no éramos de fiar…, pero ha sido él el que me ha mentido—. Una mañana —sigue—, me dijo que iba a irse de viaje con ella, que iban a salir con el velero desde la costa. Eso fue hace tres años. Y no volvió nunca más.

«Tres años». Sé lo mucho que pesan esos mismos años.

—¿Sabes algo de él?

Necesito saber… Necesito saber si a su padre le importa lo suficiente como para escribirle, porque nuestra madre no se ha molestado en mandarnos ni una triste postal.

—A veces me llama —asiente Roble—, aunque no dice mucho. Hace un par de meses estuvieron en Europa, en España, si no me equivoco. Sé que se siente culpable por haberse ido y creo que oírme hablar lo hace sentirse peor. —Suspira y lo veo agotado, enfadado y roto—. Pero también me parece..., no sé..., feliz, supongo. Como si la quisiera de verdad.

Me estremezco porque sé que mi madre es más culpable de todo esto que su padre. Puede que quiera de verdad al padre de Roble o puede que solo se esté aprovechando de él; en cualquier caso, se valió de los tulipanes, del embrujo de nuestra familia, para convencerlo de llevársela del pueblo que siempre ha odiado.

Lo convenció de que abandonara a su hijo. De que no volviera nunca.

La villana es ella.

Sin embargo, si su padre todavía cree estar enamorado de ella, eso significa que el encantamiento no se ha disipado, no ha desaparecido de la piel de nuestra madre. La ha seguido incluso más allá de Cutwater. Con el tiempo lo acabará perdiendo, se le acabará el embrujo y se desgastará la atracción, porque no puede durar para siempre. Aun así, cuando suceda, ya habrá hecho daño a todos los que la rodean.

Roble me mira a los ojos y, aunque no quiera admitirlo, sé que los dos hemos sufrido el mismo dolor. Los mismos años de espera. La misma pérdida.

A los dos nos han abandonado por amor, por un amor equivocado.

Por una mentira.

Los dos nos hemos jurado que no terminaremos como nuestros padres.

Y ahora... aquí estamos.

Las lágrimas se me deslizan por las mejillas, ya incapaz de contenerlas. Roble da un paso hacia mí, como si fuera a enjugármelas, pero le dedico una mirada que le deja muy claro que no quiero que me toque.

—Me has mentido —le digo—. Lo sabías desde que nos conocimos y no me dijiste nada.

—Lo siento. No debería habértelo ocultado. —Los ojos de Roble son unos puntitos de luz acuosa, lucecitas de dolor—. He metido la pata. Solo quería creer que podía verte sin sentir nada. —Noto la angustia que lo carcome, las lágrimas que amenazan con escapar—. Tenía que demostrármelo. Pero cada vez me era más difícil no pensar en ti, no querer…

Niego con la cabeza, porque no quiero oír nada de esto, y me arrebujo más en la toalla contra el pecho.

—He intentado mantenerme al margen… —dice con voz ronca, como si esas palabras fueran una carga que lleva consigo desde hace demasiado tiempo, y me parece que le tiemblan los labios. Se le nota el dolor en todo el cuerpo—. Creía que iba a poder resistirme, pero… —Se le hincha el pecho. Y a mí el corazón me late a toda prisa contra las costillas, por el miedo a lo que puede decir a continuación, pero también porque necesito oírlo, necesito saber qué pensamientos lo atormentan. Necesito saber por qué no debería irme sin más y pasarme la vida odiándolo—. Fui al vagón abandonado al que me llevaste aquella noche. Me quedé en el techo y me puse a pensar en las razones por las que debía olvidarte, pero eran las razones equivocadas…, porque no… porque yo no quiero… —Menea la cabeza y exhala como si fuera la última vez que va a respirar—. Me dije que no volvería a verte y que, con el tiempo, me dolería menos. Aunque no creo que eso sea cierto tampoco, porque al verte ahora… —Intento dejar de mirarlo y no lo consigo. Tengo los ojos atrapados en los suyos—. No creo que sea posible olvidar a una chica como tú. No de verdad. Y menos para siempre.

Sus palabras hurgan heridas ya cerradas y me rompen los huesos otra vez.

—Solo piensas en mí porque soy una Goode y no puedes evitarlo. Lo que sientes no es real.

Por mucho que me duela decirlo, y ojalá no fuera cierto, sé que no puede fiarse de lo que siente. Todas esas ideas imposibles de evitar que ha pensado sobre mí… son mentira. Lo que siente al verme es mentira.

El monstruo soy yo. La hija de la mujer que se llevó a su padre.

—No —dice con la mandíbula tensa y la mirada fija en la chimenea—. A mí no me parece que sea eso. No es… No es por tu apellido. No es por el pueblo ni por nada que brote detrás de tu casa. —Se pasa una mano por el cabello oscuro que tiene, como si no le salieran las palabras que quiere. Vuelve a mirarme a los ojos y el centro oscuro de sus pupilas está lleno de dolor—. Lark, dime que no sientes nada… y te creeré. Si solo soy yo, debe de ser por los tulipanes y he sido un idiota desde el principio porque me lo he imaginado todo. Pero si sientes algo… no es por tu familia ni por las flores…

He dejado de respirar y me da la sensación de que un cuchillo roto me destroza cada centímetro del corazón hinchado que tengo y va dejando los cachitos en el suelo de esta casa tan bonita. Y Roble no aparta esa mirada peligrosa, salvaje y dolorosa.

—No puedo… —«No puedo permitirme… No puedo admitir cómo me hace sentir».

Porque me ha mentido. Y me siento traicionada; no solo por él, sino por mi madre. Por todo lo que ha sucedido. Mi familia ha roto a la suya y no puedo solucionarlo.

Hay demasiado dolor entre nosotros como para que haya espacio para algo bueno.

Aun así, se me acerca. Ordeno a mis piernas que se aparten, que salgan corriendo, pero los músculos se me han vuelto inservibles, como si Roble emanara una gravedad de la que no puedo huir.

—Dime algo, Lark, lo que sea —insiste—. Dime que me odias. Dime que nunca has sentido nada por mí. Dime que no quieres volver a verme.

Quiero enfadarme. Quiero decirle que no lo voy a perdonar por lo que me ha hecho, por el secreto que no me ha contado, solo que no es eso lo que siento. Es como si el cuerpo se me convirtiera en polvo, en nada; noto todas las ansias de mi interior cada vez más descontroladas. El corazón me late desbocado en los oídos.

—No... No... —tartamudeo, con los pulmones hundidos—. No siento nada por ti —miento. Porque lo siento todo. Porque quiero mantenerme al margen, porque no entiende lo que ocurrirá si me permito hundirme demasiado en algo de lo que no podemos volver. En algo de lo que no nos podemos fiar.

Suspira, pero no deja de mirarme.

—He visto las vidas que han arruinado esas flores, igual que han hecho contigo —le digo en su lugar, para intentar hacer que lo entienda. Que vea la verdad de la que no puedo escapar—. Me dijiste que los del pueblo quieren los tulipanes porque tienen miedo de que nadie los quiera sin ellos. Pero no te dije lo que me da miedo a mí. —Me laten las sienes y las palabras se me acumulan contra los dientes—. Me da miedo que los tulipanes sean la única razón por la que alguien me quiere.

«Me da miedo ser una chica que solo conocerá un amor falso». Conjurado por una planta que florece cada primavera bajo la ventana de mi habitación. Me da miedo ser una chica imposible de querer. Y, por encima de todo..., me da miedo lo que ocurrirá si me permito enamorarme de él.

Lo acabaré perdiendo.

Igual que mi madre perdió a mi padre en cuanto terminó la temporada de tulipanes.

Un corazón roto es lo único que me espera al final del verano. Cuando los tulipanes se marchitan y mueren, el delirio del amor que despiertan desaparece con ellos.

—¿Vas a vivir con miedo a dejar que alguien te quiera? —me pregunta con el ceño fruncido.

—Si eso me mantiene a salvo, si impide que me rompan el corazón una y mil veces, sí.

Da un paso valiente hacia mí y noto el dolor que rompe contra la orilla que son sus párpados.

—Lo que te da miedo no es que te quieran... —dice, lleno de desafío y misterio—. Te da miedo enamorarte y ver que todo lo que creías era un error. Te da miedo que el amor sea lo único capaz de salvarte. Que el amor sea lo único que quieres de verdad.

Suspiro y la furia y el dolor se unen en algo que me parece ser la verdad.

—Tú también tenías miedo —señalo—. Te daba miedo yo. Y me mentiste —le recuerdo—. Solo viniste a mi ventana aquella noche, en mi cumple, para ver cuánto podías acercarte a Lark Goode sin enamorarte. Y te ha salido mal la jugada. Eres tan débil como los demás. —Uso palabras que le vayan a escocer, pero me duelen contra la lengua.

«El monstruo soy yo», me recuerdo.

—No soy como los demás y tú tampoco —me dice, más cerca de mí, sin afectarse por lo que le he dicho, y quiero gritarle que mantenga las distancias si no quiere que nos destruyamos mutuamente. Así somos los Goode, así hemos sido siempre—. No creo en la maldición, Lark. He pasado mucho tiempo culpando a tu familia, a tu madre, por lo que pasó. Pero fue mi padre el que decidió irse, el que creyó que ella era más importante que quedarse aquí conmigo. —Exhala y se le deshincha el pecho—. A lo mejor tu familia quería culpar a los tulipanes por todo lo que les ha sucedido y tal vez el pueblo quería una razón para explicar lo que sienten por los Goode, porque no podían aceptar verse tan atraídos por una familia como la tuya. Los tulipanes son una excusa. Una historia que nos contamos para intentar entender lo que sentimos. —Se me ralentiza la respiración, y una tranquilidad extraña me invade. Su voz hace que todos los nudos que tengo dentro se deshagan y que el corazón se me relaje en un ritmo que solo conoce cuando estoy a su lado—. Lo que siento cuando estoy contigo no tiene nada que ver con el jardín de tu casa. Y no quiero despertarme un día y arrepentirme de no habértelo dicho. No quiero despertarme y preguntarme dónde estarás, qué habría pasado si te lo hubiera dicho.

El aire cálido de la chimenea me parece demasiado caliente de sopetón.

—No debería haberte mentido —me dice, tenso desde las sienes hasta la mandíbula—. Sé que te he hecho daño, que te he apartado, y lo siento. —Veo las lágrimas que se le acumulan en el borde de las pestañas. El arrepentimiento en forma líquida—. Debería habértelo contado todo antes. Debería haberme quedado en tu ventana y decirte que era culpa mía. Y sé… Sé que a lo mejor ya es demasiado tarde.

La confusión se apodera de mí. Quiero creerlo. A lo mejor nunca ha sido culpa de los tulipanes. Tal vez queríamos creer en una maldición para darle sentido a lo que ocurría, a esa fiebre que se nos aferra a la garganta y hace que nos cueste respirar. Quizá no hay nada que temer en el jardín que tenemos detrás de casa y solo ha sido una historia que nos contamos para entender el mal de amores y la mala suerte que siempre nos persiguen. Queríamos creerlo y por eso lo hemos hecho. Y los del pueblo han hecho lo mismo. La única enfermedad que existe en realidad es lo que creemos. Una fábula, una historia popular de la que no podemos zafarnos.

Quizá lo único en lo que puedo confiar es en lo que siento ahora mismo.

Aquí.

Con él.

—Lark... —me llama en voz baja, tan cerca de mí que huelo el agua de lluvia que le moja la piel—. Si no quieres volver a verme, dímelo.

Me está dando otra oportunidad y me quedo con la boca abierta. «Te odio» es lo que debería decirle. «Te odio por este secreto que no me has contado». Sin embargo, esa mentira ya no tiene peso. Ya no significa nada.

Ninguno de los dos se ha fiado nunca del amor.

Ninguno de los dos sabe cómo fiarse.

Así que hago lo que no debería hacer: estiro una mano en su dirección.

Encuentro el calor de su clavícula con la punta de los dedos que tengo helados y le noto el pulso en el cuello. Es el río y el aire de medianoche que le empapa la piel cuando lee bajo las estrellas.

Quiero creer que tiene razón.

Lo necesito.

Roble alza un brazo, con lo que se le tensan los músculos del pecho, y me acaricia un mechón de pelo mojado. Es lo más cerca que se atreve a estar. Pero no basta, nunca está lo bastante cerca, y me da igual que haya una parte de mí que me grita que salga de aquí, me dan igual las promesas que me he hecho, porque ahora mismo el corazón se me ha vuelto un pistón fuera de control, a punto de romperme las costillas en mil esquirlas de hueso.

Me lo quedo mirando a esos ojos imposibles que tiene y le suplico algo que tengo por seguro que solo él puede darme: alivio, esperanza. Un propósito en la tortura de sus manos al tocarme.

Tengo ganas de odiarlo... y, en lugar de eso, estoy sin aliento y desesperada y solo quiero una cosa.

«Esta sensación me romperá, estoy segura de ello».

—No eres solo tú —admito.

Me pasa el pulgar por la mejilla, por la barbilla, por el labio inferior, y me mira como si se le hubiera olvidado todo lo que ha sucedido antes de este momento, todas las palabras que hemos intercambiado, todas las veces que hemos estado al borde del abismo y nos hemos apartado.

Quizá no tenemos que solucionar los errores de nuestros padres. Quizá no tenemos que castigarnos por ello, no tenemos que resistirnos a lo que sentimos por miedo a acabar como ellos. Tenemos que cometer nuestros propios errores.

Tenemos que arriesgarlo todo para poder sentir algo.

Para poder vivir.

Me pongo de puntillas y le rozo los labios con los míos: aire y lluvia y las mil horas que he pasado resiguiendo la forma de su boca en el dibujo, que he imaginado su aliento suave contra el mío. Y ahora…

Ahora…

Inspira de golpe y le clavo los dedos en la nuca para notar el calor que le desprende la piel. Me noto temblar en el momento en el que me besa y me resigue la delicada curva de la boca, que nadie ha tocado nunca. El agua de la lluvia nos gotea de la piel, se nos seca y se evapora como mi corazón. Le rozo el cabello mojado con los dedos mientras él mete las manos bajo la toalla y me encuentra la cintura y las caderas. Me da la sensación de que nos caemos de espaldas, con el calor, el aliento y todas las mentiras entre nosotros. Pero ya no importa. Me besa el cuello, el punto suave bajo el lóbulo de la oreja.

Me noto flotar otra vez, perdida en la calidez de las manos de Roble cuando me resigue el paisaje de una piel que nadie ha tocado hasta ahora. Le devuelvo el beso y noto el sabor del agua de lluvia; lo beso tan desesperada que me preocupa que nos vayamos a romper los dos. Me acaricia las costillas con una mano, bajo mi camiseta de tirantes empapada, y juro que el corazón me late con tanta fuerza que va a hacer temblar las paredes de la casa.

Me vuelve a besar el cuello y traza todas las pecas con una mano apoyada en mi vientre. Inhala hondo y se queda quieto; yo cierro los ojos y caigo de bruces en un sueño del que no quiero despertar. Me besa, desesperado, y los dos nos perdemos en lo que sea esto: pasión, amor o locura.

—Lark —me susurra contra la piel, y noto algo profundo y peligroso que se me desata en el interior. Algo que se me quiebra detrás de los ojos, la sensación de querer llorar y reír al mismo tiempo. Un sentimiento en el centro de mi ser, algo que siempre he temido, algo de lo que siempre me han advertido.

El amor.

Me sube por la base de la columna, en silencio y con cuidado, como si fuera a perdérmelo, como si no fuera más que un susurro, como si casi no estuviera. Un bandido. Un ladronzuelo.

Sin embargo, cuando me aterriza en el pecho, me resuena por todos los músculos y huesos y me parte todas las células… y no tengo cómo negarlo.

Es lo que llevo toda la vida intentando evitar.

Cuando se me asienta detrás de los ojos, me noto achispada, del revés, a punto de irme flotando. Me siento inhumana, una mota de polvo estelar. Un misterio, una brizna de hierba. Estoy en todas partes y en ninguna.

Me siento como una chica que tiene su primer beso.

Una chica que se ha enamorado de un chico durante un verano peligroso y no ha mirado atrás.

Me permito sentirlo todo. Tomo aire con la respiración entrecortada, con la piel en llamas, y lo miro a los ojos, temblando. A lo mejor Roble tiene razón y la «maldición» nunca ha existido. Solo era una historia, algo que nos contaban a Archer y a mí, una fábula que creía mi madre, un rumor de lo más absurdo.

Pongo los labios sobre los de él y me devuelve el beso. El frío que me ha recorrido la piel cuando hemos estado bajo la lluvia ya ha desaparecido y solo queda calidez. Me vuelve a pasar las manos por las costillas y lo beso, a sabiendas de que nunca lo voy a volver a perder. Lo beso por todas las veces que he querido y no he podido. Lo beso sin miedo y tiro de él hacia mí, rozándole la clavícula con los dedos. Quiero llegar a todos los sentimientos que me he negado. Quiero compensar el tiempo perdido. Quiero saber lo que es despertarme entre sus brazos, con el sol del amanecer rozándonos la piel desnuda. Quiero perder todas las partes que me componían hasta ahora.

Me enreda las manos en el pelo y me da la sensación de que el corazón me va a estallar. De que me va a atravesar la piel y me va a matar al instante.

Sin embargo, lo que me destruye… es otra cosa.

Algo muy distinto.

Es su voz contra la parte blanda de mi oreja, que me vibra en el tímpano, delicada y suave. Solo que con el peso de un martillazo.

—Hueles a flores —murmura.

Son unas palabras que suenan distantes, como si las hubiera pronunciado bajo el agua, susurradas contra un viento frío que baja desde la cima de una montaña.

Aparto la cabeza y lo veo parpadear, confuso, como si no hubiera pretendido decir eso. Como si lo hubiera dicho otra persona.

—¿Qué has dicho?

—No… —Niega con la cabeza y frunce el ceño—. No quería decir que…

—Has dicho que huelo a flores.

—Me refiero a que… No tendría que haber dicho…

Meneo la cabeza y me aparto de las manos de Roble. Es que lo sabía. Huelo a flores porque soy una Goode. Porque el aroma de los tulipanes se me entremezcla con la piel como si de un veneno se tratase: vive en mi cabello, el polen me motea las pestañas con el perfume del amor y de un deseo del que es imposible huir. Y, con tan solo unas pocas palabras por su parte, me confirma la verdad. Me resigue la piel con las manos solo por unas flores peligrosas que brotan a su antojo junto a un riachuelo maldito.

Aunque no se lo crea, aunque me haya convencido por un breve momento de ensueño de que los tulipanes solo son una historia que se cuenta para entender el pasado, su voz ha roto la ilusión.

Nunca podré escapar de la mentira que los tulipanes cuentan por mí.

Me desea porque soy una Goode. Y nada más.

—Lark… —empieza a decir.

Sin embargo, me alejo de él, con la sensación de que me caigo por un precipicio.

—No es real… —me oigo decir, pero tengo la mente destrozada, deshaciéndose.

—Sí que lo es… —insiste—. Siento haber dicho lo de las flores, ha sido una tontería. No lo decía en serio. No sé ni por qué lo he dicho, me ha salido sin más.

Me permito mirarlo a los ojos.

—Lo has dicho porque no decides lo que piensas. Tu mente no te pertenece. Todo esto es… —Niego con la cabeza—. No debería haber venido.

—Lark, no. —Intenta acercarse a mí, pero doy otro paso atrás y luego otro.

No me puedo creer que me haya permitido confiar en este sentimiento, en él, en este momento.

El amor es una mentira. Y siempre lo será.

Pero no es culpa suya…, sino mía.

Soy una Goode. El monstruo soy yo.

—Lo siento —le digo—. Entiendo por qué me mentiste con lo de tu padre y mi madre. Pero debería haber sabido que no podía acercarme a ti. Debería haberme quedado al margen.

Las piernas me llevan lejos de Roble, quien se queda petrificado, con unas cintas de luz y oscuridad que le cruzan el pecho por la luz de la chimenea. El dolor que tiene en los ojos es tan pesado que no puedo mirarlo.

—Por favor, Lark, no te vayas. Quédate conmigo.

Me arriesgo a mirarlo a los ojos y noto las lágrimas que amenazan con salir.

—No tienes la culpa de cómo te sientes —digo. Son palabras que me queman, que me destrozan—. Pero deberías intentar olvidarte de mí. De lo que hemos pasado este verano. Para cuando llegue el invierno ya ni te acordarás de por qué pasaste un solo día conmigo siquiera. Te parecerá tiempo perdido.

—No —murmura.

Me obligo a apartar la mirada. Abro la puerta y vuelvo a salir a la tormenta.

* * *

Las gotas de lluvia estallan contra el asfalto. El ambiente se llena de su aroma cálido y ambiental. En vez de corazón, tengo cenizas.

Oigo la advertencia de mamá en mis adentros: «Nunca te fíes de tu corazón, no te fíes del amor».

Corro con el viento en la cara y el aire ardiéndome en los pulmones, descalza contra el asfalto. Todavía noto las partes en las que Roble me ha tocado la piel. Su aroma pegado a mí: ese olor al río de detrás de su casa, a tierra mojada, a una carretera larga y serpenteante.

Me he dejado las sandalias junto a la puerta trasera de casa de Roble, pero no pienso volver. No puedo arriesgarme, no puedo confiar en que no vaya a volver a lanzarme a sus brazos. En que no se me vaya a olvidar por qué me he ido.

El miedo que vive en mi interior, las advertencias que me he repetido toda la vida («Nunca te acerques demasiado, no hagas contacto visual, no permitas que se enamoren de ti»), me obligan a correr más deprisa aún. El corazón me late en los oídos.

Llego a nuestra entrada y corro hasta casa, cruzo el riachuelo y me quedo recobrando el aliento en el porche delantero, antes de entrar. Archer está apoyado contra la encimera de la cocina, con una taza de café y la escopeta al lado, como si pretendiera pasarse la noche en vela.

—¿Qué ha pasado? —me pregunta, dejando la taza en la encimera.

Paso por su lado sin contestar y salgo al jardín, donde los tulipanes se mecen con inocencia. Hay una sección sin flores, arrancadas de cuajo de la tierra, pero la mayoría están intactos.

Con el paso del tiempo, varios de mis antepasados han intentado destruir los tulipanes: el tío Sergie cortó el jardín entero con un cortacésped una noche de borrachera y mi bisabuela Pip intentó desenterrar los bulbos con una pala y consiguió sacar a la mayoría con la esperanza de que un criador de caballos del otro lado del pueblo dejara de quererla. Y no funcionó. Los tulipanes siempre vuelven durante la primavera siguiente y los de Cutwater siguen enamorándose de nosotros. Todo es obsesión, desesperación, miseria.

Me meto en el cobertizo para sacar unas tijeras de podar grandes y oxidadas. Son pesadas y llevan una década sin usarse, pero me dirijo al jardín más decidida que nunca. En la primera fila, los tulipanes se mueven como si captaran algo, la malicia de mis intenciones, y uso las tijeras para cortar tres tulipanes preciosos y ver las flores caer al suelo, decapitadas.

—¿Qué demonios haces? —grita Archer desde el porche de atrás.

—Lo arruinan todo —contesto, antes de cortar otros cinco más.

Aunque oigo los pasos de Archer en las escaleras, sigo cortando tulipanes, cuyas flores ruedan por el suelo y llenan el ambiente con esa fragancia terrible. Sin embargo, antes de que pueda cortar otro grupo, Archer me quita las tijeras de un solo movimiento.

—¿Crees que deshacerte de los tulipanes será así de fácil?

—Tengo que intentarlo —respondo mirándolo, con un latido en las orejas.

Sostiene las tijeras a un lado y las miro de reojo, lista para quitárselas, pero me dedica una advertencia con las cejas enarcadas. Los dos sabemos que no se las voy a poder quitar: él es más fuerte y ganaría la batalla de alguna forma u otra, igual que cuando éramos pequeños y me quitaba mi conejito de peluche favorito de la cama y se iba corriendo al bosque, porque sabía que no iba a poder atraparlo.

Entorna la mirada e intenta desenterrar la verdad que esconde su hermana.

—¿Qué te ha pasado? ¿Has ido a ver al chico ese? —Me mira y se le curva un poco el labio superior, como si hubiera dado en el clavo. Como si hubiera descubierto lo que intento ocultar—. Has empezado a enamorarte de él, ¿no?

No respondo.

—Mierda, hermanita. Sabes que no podemos hacer eso.

Suspiro y echo la cabeza atrás para quedarme mirando el cielo sin luna, con todas las estrellas intensas y brillantes, como agujas.

—Me gustaba mucho —confieso en un hilo de voz, con un calor que me sube detrás de los ojos—. Creía que... No sé, que tal vez era real.

—Primera regla de los Goode: nunca creas en algo que parece amor.

Bajo la cabeza y me quedo mirando el montón de tulipanes que tengo a los pies, asustada de repente de que nunca vaya a poder irme de esta casa, igual que Archer. De que todos mis planes sean imposibles. Improbables. Y nunca seré mejor que cualquiera de los demás que no lograron salir de Cutwater.

Me da miedo quedarme aquí para siempre.

Archer usa las tijeras para señalar hacia un punto del jardín.

—Sin los tulipanes, ¿qué es lo que tenemos? Solo somos dos huérfanos en una casa de mierda de un pueblo de mierda, sin futuro. Pero estas flores nos dan poder, nos dan control.

—Pero nunca tendremos amor. Amor de verdad, digo.

Aparta la mirada un instante, como si ocultara algo, una idea o un recuerdo que no quiere que vea yo. Luego vuelve a mirarme.

—Prefiero el poder al amor.

Empieza a volver hacia el porche, solo que se detiene y se vuelve para mirarme de nuevo.

—Si cortar las flores acabara con la maldición, ya lo habría hecho alguien de nuestra familia. Este jardín..., esta es nuestra vida. Es lo único que hay. Cuanto antes lo aceptes y lo aproveches a tu favor, menos sufrirás. —Se le suaviza la mirada y le noto una expresión de pena. Le doy lástima—. Sé que es difícil. Pero tenemos que ser más duros y resistir más que el resto de este pueblo si no queremos que esta vida nos destroce.

Me quedo mirando el suelo. La temporada de tulipanes terminará y llegará el invierno, pero seguiremos siendo Goode. Y la maldición seguirá viva en nosotros. Nunca nos libraremos de ella, porque la siguiente primavera volverá a renacer.

Mi hermano me deja en el jardín.

La puerta mosquitera se cierra a sus espaldas.

He tenido una vida llena de mal de amores: me crie viendo a mamá alejarse del amor que no quería, mientras nos sonaba el timbre a altas horas de la noche y se nos presentaban hombres en casa que le suplicaban que correspondiera su amor. Me despertaban sus voces.

Me crie metida en una tormenta de amor prohibido. Y, cuando echo un vistazo al jardín, veo lo mismo que los demás: la belleza de cada flor poco común, de los pétalos blancos atravesados por un embrujo rojo y ancestral. Pero también sé que los tulipanes están hechos de oscuridad. Son una plaga. Y nos llevarán a la ruina de un modo u otro.

Paso por la puerta trasera y recorro el pasillo. Tengo el corazón hecho un nudo, con el cuerpo lleno de recuerdos de Roble, y me quito la ropa.

En la familia Goode, el amor implica destrucción. Y dolor.

Me meto en la ducha y pongo el agua tan caliente como pueda. Necesito quitármelo del cuerpo. Necesito que desaparezca. Me he permitido creer, por absurdo que sea, que tal vez a Roble no le afectaban los tulipanes. Que estaba atraído por mí como cualquier chico corriente por una chica corriente.

Y ahora sé la verdad.

Me froto la piel. Echo la cabeza atrás y dejo que el agua me caiga por la cara, se me entremezcle con las lágrimas y me quite de encima la chica que era antes. Pero no sirve de nada.

Todavía noto todas las partes que me ha recorrido con las manos, los dedos en las caderas, la boca junto a la oreja. Me toco los labios y recuerdo la sensación de sus besos. Y quiero volver a sentirla.

No.

Soy una chica maldita.

No puedo desprenderme de mi nombre, no puedo dejar de ser quien soy. Esa parte de mí no puede irse por el desagüe sin más.

Salgo de la ducha y me meto en la cama, con las rodillas en el pecho, desnuda, con la esperanza de que mañana ya no me acuerde de quién es. De poder olvidarme de que un chico llamado Roble me tocó como si yo fuera su gravedad, lo único que impedía que se fuera volando, que desapareciera. Un chico con el que tengo tantas ganas de estar como antes de meterme en la ducha.

El sentimiento ha echado raíces.

Es un dolor en el estómago, un latido detrás de los ojos.

Algo que ha clavado sus garras en mí y no piensa soltarme.

DOCE

El desamor debería ser mortal.

Solo que no lo es. Mantiene a sus víctimas con vida y las tortura hasta que no tienen nada más que una cavidad vacía entre las costillas.

¿Es así como se sienten los demás cuando se enamoran de un Goode? ¿Este es el tormento que Archer y yo (aunque más que nada él) hemos infligido en los demás?

Me despierto ante el aroma de las tostadas y el sonido de Archer maldiciendo en la cocina.

Abandono el reconfortante peso de las sábanas, me pongo un jersey y unos pantalones cortos y recorro el pasillo, todavía con la sensación de estar enredada en los brazos de Roble, en su traición. En la mirada atormentada que me dedicó cuando me alejaba en dirección a la puerta. Para huir.

—Buenos días —me saluda Archer con voz amable, un tono muy distinto al de ayer.

La mesa de la cocina está puesta con dos vasos de zumo de naranja, un plato de tostadas francesas (con los bordes quemados) y una jarra de sirope de arce.

—¿Has preparado el desayuno?

No recuerdo que esto haya pasado en algún otro momento. Él se encoge de hombros y pone dos tenedores en la mesa.

—No celebramos nuestro cumple.

Me siento en una de las sillas, a la espera de que mi hermano desvele sus verdaderas intenciones, porque estoy segura de que se trata de una broma de mal gusto, pero pincho un trozo de tostada francesa con el tenedor.

—¿De dónde has sacado todo esto?

—Fue un regalo —responde, guiñándome un ojo.

Pues claro que lo era. Lo más seguro es que alguna chica enamorada haya recogido una docena de huevos de las gallinas de su familia y haya preparado una hogaza de pan para dejársela en el porche delantero a Archer Goode.

Aun así, no me quejo. Tal vez un buen desayuno llene el agujero que ha quedado donde antes había un corazón.

Mi hermano se sienta en la otra silla con una mueca.

—Entiendo por qué lo hiciste —me dice con sinceridad—. Por qué intentaste cortar los tulipanes. —Se queda mirando la ventana delantera con una suavidad en la expresión que anoche no hizo acto de presencia—. Siempre hemos sabido que el amor es algo peliagudo en nuestra familia. Debes tener más cuidado, Lark.

«Peliagudo», como si fuera tan poco importante como darse un golpe en un dedo del pie o clavarse una astilla. Como si no fuera que un corazón entero se hace añicos. Un órgano vital.

Aprieto la lengua contra los dientes para contener el dolor que se me quiere escapar por los ojos.

—Ya ha terminado —le digo—. No lo volveré a ver.

No le cuento lo del padre de Roble, lo de la foto de nuestra madre junto a un velero. Porque a lo mejor da igual con quién se fuera y lo importante es que se fue y ya, que nos abandonó y que lo más seguro es que no vaya a volver nunca más.

Mi hermano estira una mano para dármela encima de la mesa, con un apretón, y noto varias lágrimas descarriadas que me resbalan por las mejillas.

—Somos fuertes —dice—. Tenemos que serlo.

Ahora mismo no me siento muy fuerte que digamos. De hecho, estoy segura de que nunca podré desprenderme del aroma de Roble que me cubre la piel.

—Sé lo que se siente... —Archer me suelta la mano y baja la mirada al plato que tiene delante—. El verano pasado me... —Se queda callado y da golpecitos en el suelo con un pie, incómodo—. Fue Stella Lu, nos cruzamos fuera de la cafetería Lone Pine. Bueno, no, no fue así. Yo me crucé con ella. —Deja de menear el pie y una sonrisa le tira de la comisura de los labios—. La vi paseando cerca de allí y fue como... Me parecía... no sé. —Niega con la cabeza—. Hemos sido compañeros de clase desde que éramos pequeños, pero la vi ese día y me moría de ganas de hablar con ella, de hablar de verdad. La acompañé a su casa y, cuando me sonrió, fue como si alguien hubiera encendido una luz. Como si llevara años a oscuras, tanteándolo todo, y de repente apareciera por ahí, una linterna en un sótano. —Desvía la mirada a la ventana y sonríe hacia la luz matutina—. Pasamos todos los días juntos durante casi un mes.

Pienso en el verano pasado y sí que recuerdo haberlo visto con Stella varias veces, pero no le di mucha importancia. Me pareció igual que cualquier otro cuelgue temporal de los que tiene mi hermano, más breves de lo que deberían. Aun así, por cómo lo describe ahora, veo que fue distinto.

—Un finde nos fuimos de acampada, nos llevamos la camioneta de su padre y fuimos hasta el lago Jackjaw. Hacía calor y dormimos bajo las estrellas. Tuve cuidado y guardé las distancias tanto como pude, porque sabía... Notaba que... —Se le rompe la voz y aparta la mirada.

—Te estabas enamorando de ella.

Asiente, todavía mirando por la ventana.

—Con ella era distinto, yo me sentía distinto. Me hacía querer ser alguien que... no sé. Alguien mejor, supongo. Sé que suena absurdo.

—No es absurdo —niego.

Asiente para sí mismo y vuelve a acomodarse en la silla.

—Esa noche..., la besé y noté que pasaba. Fue como si el pecho se me hubiera expandido y me estuviera convirtiendo en otra cosa. Como si estuviera más despierto. Me sentía... —Los ojos se le anegan en lágrimas—. Me había enamorado de ella. Y creía que no iba a pasar nada, que ella todavía me iba a querer cuando terminara la temporada de tulipanes. —Se pasa una mano por los ojos—. Pero esa noche, aunque no lo sabía, los tulipanes se marchitaron. Y, cuando se hizo de día, me desperté y vi que ya estaba recogiendo sus cosas fuera de la tienda de campaña. Se despertó, me miró y no sintió nada. Seguro que ni se acordaba de por qué le gustaba.

Noto una tensión en el pecho, porque sé de primera mano cómo acaba esa historia. Mi hermano se queda cabizbajo.

—Después de esa noche, me dolía demasiado verla. Tenía una mirada vacía, como si no hubiéramos pasado tanto tiempo juntos, como si no significara nada para ella. Fui un error y ya está.

Caigo en la cuenta de que es por esto que se salta las clases, por esto no quiere ir. Por ella. Por la chica de la que se atrevió a enamorarse.

—No me lo contaste —digo—, ni siquiera me la mencionaste. Me imaginé que era... —Me interrumpo antes de decir algo peor—. Lo siento, Archer. Perdóname por no haber visto lo triste que estabas.

Mi hermano guarda silencio un buen rato y noto que el corazón se me retuerce en el pecho, al saber que ha contenido toda esta tristeza sin decir ni mu. El riachuelo discurre bajo los tablones y se lleva la tierra, las generaciones de dolor y pérdida enterradas en las paredes de esta casa. El destino del que no podemos escapar.

—No pasa nada —dice, antes de respirar hondo—. No me voy a permitir sentir lo mismo otra vez, desde luego. Tengo el corazón bien enterrado y dejo que me quieran, pero nunca al revés. —Veo el cambio en la expresión de mi hermano, la dureza que se le asienta detrás de los ojos—. Es más seguro así.

Quiero decirle que se equivoca..., solo que ya no sé si hay alguna alternativa. Es mejor no querer a nadie que notar el dolor de perder el amor un instante después. Así es la vida para los Goode: nada perdura, el amor es profundo y embriagador para todos los que nos rodean y a nosotros no se nos permite sentir nada.

Y yo me permití sentir algo que no debía haber sentido.

Me levanto de la mesa, sin apetito.

Archer me mira en silencio y parece entender lo que siento mejor de lo que me imagino.

—No dolerá así siempre —me dice—, pero tampoco te voy a mentir: las vas a pasar canutas un tiempo.

Miro hacia la ventana de atrás, hacia el jardín, donde los tulipanes que quedan se mecen al viento, altos y frágiles. Antinaturales. «Nunca nos libraremos de este sitio», pienso. Si de verdad me voy de Cutwater, ¿me seguirá la maldición? ¿El amor siempre será una mentira?

Aunque me marche lo más lejos que pueda, hasta donde nadie haya oído hablar de la familia Goode, donde los rumores y las historias no me encuentren, tal vez no baste para librarme del polen que me cubre la piel.

¿Cómo de lejos tengo que irme?

Me da un escalofrío cuando el frío se me cuela en la piel.

Me dirijo a mi habitación, porque necesito el silencio y la oscuridad de debajo de las sábanas..., y entonces alguien llama a la puerta de casa.

Desvío la mirada a mi hermano, mientras que él mira la escopeta que está apoyada contra la pared.

Estoy segurísima de que no es Roble el que aguarda en el porche delantero, pero podría ser alguien que esté desesperado por hacerse con un tulipán, alguien embriagado por el amor. Veo que mi hermano se pone de pie y se acerca a la puerta para abrirla despacio.

El viento matutino se cuela por la puerta abierta, pero Archer se queda quieto.

Me acerco hacia él e intento mirar hacia el otro lado para ver quién es.

Sin embargo, Archer se queda mirando el suelo, sorprendido, y se agacha para recoger algo.

Se vuelve y veo que tiene un periódico en las manos.

La gaceta de Cutwater.

—¿Qué hace un periódico tirado en el porche? —pregunto en un hilo de voz.

Archer no me responde, de modo que me acerco para leer el titular y la sala empieza a darme vueltas.

ALUMNOS DEL INSTITUTO CUTWATER AFLIGIDOS POR MISTERIOSA HISTERIA

Leo el artículo por encima y varias palabras y frases me captan la atención, unas que noto como espinas afiladas que me rozan los huesos.

«Los lugareños culpan a la familia Goode...».

«La causa del extraño fenómeno podría ser una plantación de tulipanes».

«Los síntomas son fuera de lo común... Incluyen delirios de amor».

Me aparto de Archer, porque ya no quiero saber nada más.

—Lo llaman una tulipomanía moderna —dice, alzando la mirada del artículo.

—Pues no se equivocan. —Me vuelvo a sentar en la silla de la cocina, delante de mi tostada sin comer—. ¿Quién crees que nos lo ha dejado?

Archer dobla el periódico por la mitad y lo deja caer en la mesa de la cocina.

—Cuando he abierto, la señora Thierry estaba al final de la entrada.

Los dos guardamos silencio y nos quedamos mirando el periódico. Aunque hemos pasado la vida entera rodeados de cuchicheos y rumores sobre nuestra familia, esta es la primera vez que aparecemos en el periódico del pueblo.

—Es un periódico de mierda, qué más da —dice Archer.

Puede que sea un periódico diminuto de un pueblo diminuto, pero sigue siendo el apellido Goode plasmado en tinta negra en una portada a la vista de todo el mundo.

Suelto un suspiro y miro a mi hermano.

—Los recuperaremos.

—¿Qué dices? —pregunta frunciendo el ceño.

—Los recuperaremos —repito—. Todos. Encontraremos los tulipanes robados y pararemos lo que esté pasando.

Se vuelve a sentar y ladea la cabeza.

—¿Cómo?

—Intercambiándolos.

* * *

Mi hermano y yo vamos caminando al pueblo y nos valemos de los callejones para que no nos vean.

La señora Thierry me dijo que estábamos «provocando lo que no debíamos» al dejar que los demás tuvieran tulipanes, sean robados o no.

Pues voy a solucionarlo.

Llegamos a la floristería de Aubrie en la calle Segunda y recogemos todos los tulipanes corrientes dispuestos en jarrones de cristal antes de preguntarle a la dependienta que nos traiga los que tenga en la trastienda. Nos mira con sospecha, recelosa, pero le digo que son un regalo para un familiar enfermo y asiente, como si no pretendiera cuestionar nuestro motivo. Solo quiere que salgamos de su tienda lo antes posible.

Archer paga por las flores con dinero que yo no sabía que tenía y, para cuando salimos de la tienda, cargamos con al menos cinco docenas de tulipanes.

De camino a las afueras, nos mantenemos en las sombras y nos aseguramos de que nadie nos vea en lo que recorremos la carretera Swamp Wells.

Archer arrastra la carretilla roja y oxidada que tenemos a un lado de la casa y la deja al final de la entrada. Si bien tiene la rueda pinchada y apenas gira, la llenamos con los tulipanes que hemos comprado y saco un trozo de cartón del cobertizo para escribir un cartel:

CAMBIA TU TULIPÁN ANTIGUO POR UNO NUEVO.
GRATIS.

—¿Crees que lo harán? —pregunto, porque no sé yo si se van a tragar la mentira.

Archer se sienta en una de las dos sillas de jardín que ha arrastrado hasta el porche.

—Ya lo veremos —dice guiñándome un ojo. Está lleno de confianza. Y espero que tenga razón.

Porque esto me parece una redención.

Si logramos encontrar todos los tulipanes robados, si conseguimos recuperar las flores que jamás tendrían que haber salido del jardín, a lo mejor solucionamos algo. Como si volviéramos atrás en el tiempo hasta antes de que Clementine y sus amigas se colaran en el jardín y se llenaran los bolsillos de tulipanes. Antes de que Roble me dejara un libro en el alféizar.

A lo mejor si deshacemos todo lo que ha ocurrido podremos solucionar todo lo que ha salido mal.

Me sanará la herida que tengo bajo las costillas.

Pasamos una hora allí sentados, mientras Archer se pasa la púa de guitarra entre los dedos y me cuenta historias sobre la vez que se quedó encerrado en la biblioteca de Favorville con una tal Shelly Shellington. Me habla de cuando se cayó en el rosal que hay debajo de la ventana de la habitación de Layla Black y dice que se pasó dos días quitándose espinas del trasero. Nos reímos y casi se me olvida que me duele todo.

—Gracias —le digo— por ayudarme con esto. —Señalo las flores con la barbilla—. Aunque no funcione.

Mi hermano, que siempre me ha parecido una sombra pasajera con la que comparto un hogar maldito por casualidad, no se aparta de mí. Y pienso que a lo mejor esta es la única forma de sobrevivir: rodearme de aquellos que entienden lo que es quedar aplastado por el amor.

Pasan varios coches por la carretera que aminoran la marcha para leer el cartel, pero siempre siguen adelante.

—No se fían de nosotros —digo—. Quizá porque cualquiera que se haya intentado acercar a casa estas últimas semanas se ha encontrado con una escopeta en los morros. —Le dedico una mirada burlona a mi hermano—. Seguro que creen que es una trampa.

—Puede que sí. —Archer se encoge de hombros—. Pero también están desesperados.

Tan solo un minuto después, resulta tener razón.

Un todoterreno aparca a un lado de la carretera y Cole Campbell baja de un salto con algo en la mano. Aunque no dice nada, cuando llega hasta nosotros abre la mano y nos deja ver un tulipán muerto y aplastado.

—¿Puedo llevarme uno nuevo? —Tiene la boca tensa y una mirada febril.

—Escoge el que quieras —responde Archer, y Cole no tarda nada en tirar el tulipán marchito al suelo para cambiarlo por uno de la carretilla. Sale corriendo a su coche como si le diera miedo que fuéramos a cambiar de parecer y pedirle que nos lo devuelva.

Cole acaba de incorporarse a la carretera cuando otro coche pasa por delante de la entrada y frena en seco. Olive Montagu sale de su Honda blanco y casi se tropieza con sus sandalias de cuero para llegar hasta nosotros. Me suelta tres tulipanes aplastados en el regazo, con una expresión salvaje, los ojos como platos y rojos en los bordes, como si hubiera estado llorando.

—¿Me juráis que no tengo que pagar nada?

—Ni un centavo —responde mi hermano.

Por mi parte, me la quedo mirando y me acuerdo de aquella noche en la cantera, cuando me persiguió y me suplicó que le diera un tulipán. Me acuerdo de Roble presenciando la locura en su mirada mientras nos alejábamos a toda prisa en la camioneta.

Sin embargo, ahora solo me mira un instante antes de sacar tres tulipanes de la carretilla y volver a su vehículo.

En cuestión de unos pocos minutos más, la entrada se nos llena de vehículos al ralentí mientras nuestros compañeros de clase se deshacen de sus tulipanes viejos y marchitos y se hacen con los nuevos, presos de la codicia.

El boca a boca ha dado frutos y todos vienen a por su nuevo suministro de amor inducido por los tulipanes.

Lo que no parecen ver, lo que ninguno de ellos señala, es que los nuevos tulipanes no se parecen en nada a los de los Goode. La carretilla está llena de un surtido de flores de color amarillo sol, rosa pálido, rojo intenso e incluso algunas muy blancas.

Está clarísimo que no son tulipanes Goode, aunque tal vez es esa desesperación que sienten, esa codicia, lo que los hace querer creer que son de verdad. Además, ¿qué sabrán ellos de nuestros tulipanes? No han visto los que tenemos plantados en el jardín hasta este mismo verano. Tal vez las flores de la carretilla sean de una variedad distinta, de un color diferente, sí, pero siguen siendo tulipanes Goode. Porque si los mellizos Goode los están dando es que son los de verdad.

La única que se extraña es Lulu Yen, quien se planta delante de nosotros con unos pétalos arrancados e inútiles y, al preguntarnos si podemos darle uno nuevo, frunce el ceño y añade:

—¿Por qué lo hacéis? ¿Por qué los dais así sin más?

—Hemos pensado que estaría bien repartirlos —responde Archer, encogiéndose de hombros—. De nada nos sirve quedárnoslos todos.

Nos entrega los pétalos y saca un tulipán rosa intenso de la carretilla.

—Podríais venderlos y os haríais ricos.

Por un momento, Archer se queda mirando el tulipán que tiene en la mano, como si se lo estuviera pensando, pero luego carraspea.

—Solo queremos repartir amor —contesta, por estúpido que sea, como si estuviéramos regalando pulseras de la amistad en una feria de verano.

Lulu asiente y aferra con fuerza el tulipán nuevo antes de alejarse.

Menos de una hora después ya hay menos gente y los últimos tulipanes robados han vuelto a donde deben estar, por lo que acabamos con unas pocas decenas de tulipanes

Goode marchitos y secos. A pesar de que no podemos saber a ciencia cierta si los hemos recuperado todos, tras contar los tallos sin punta del jardín, sabemos que al menos nos acercamos mucho al total.

Nuestros compañeros de clase no se han dado cuenta de que han cambiado unos tulipanes genuinos y malditos por unos que no sirven de nada.

El delirio que había clavado las garras en ellos, la locura del amor, no volverá.

No sentirán nada.

Archer arrastra la carretilla hasta casa otra vez mientras yo recojo los tulipanes Goode marchitos del suelo.

Creía que me iba a sentir de otra forma al saber que hemos recuperado las flores robadas, que volvemos a tener lo que nunca debería haber estado en manos de los demás.

Aun así, lo único que noto es un vacío.

Tal vez hayamos podido impedir que la locura se propague, que la situación vaya a peor, pero no he remediado el origen de mi dolor.

Tal vez esta historia no iba sobre una maldición, sobre tulipanes robados y amor descarriado.

Tal vez trataba de otro tema.

De algo más simple.

Era una historia de amor diminuta.

Una historia de amor perdido.

De un verano al que no puedo volver.

Cuatro días se evaporan como si nada.

Los lugareños ya no se pasan por casa para suplicarnos que les demos tulipanes. Ya tienen uno gratis. Y, aunque deben de haberse imaginado que es un tulipán incorrecto, una flor carente de magia y que no puede transmitirles deseo ni afecto, nadie ha venido a quejarse de ello.

Tal vez ahora puedan empezar a recomponer el corazón roto, a desprenderse de ese mal de amores febril, un poco trastocados y con resaca tras un verano lleno de delirios. Aunque no ha sido culpa suya. Ha sido una enfermedad, un veneno que ha asediado a un puñado de alumnos del Cutwater, un embrujo del que la mayoría no querrá volver a hablar.

Un verano en el que quisieron a la persona equivocada. En el que les invadió una euforia salvaje y antinatural cada vez que sostenían uno de esos tulipanes tan poco comunes, con una línea de sangre.

Y todos saben lo que ha sido en realidad...

Culpa de la familia Goode.

Y, con el miedo renovado, se mantendrán al margen, cuchichearán sobre nosotros en la cafetería Lone Pine y en sus jardines y cruzarán al otro lado de la calle al ver que Archer o yo nos acercamos.

Porque la culpa de lo que ha ocurrido este verano es nuestra.

Me quedo mirando el jardín, muerta de ganas de que los tulipanes se marchiten por fin. Tal vez entonces me dé la sensación de que puedo marcharme, de que el verano ha llegado a su fin. Como si no hubiera nada por lo que valga la pena quedarme.

Ningún rescoldo de esperanza. Ninguna última oportunidad.

Sin embargo, ahí siguen, bajo el sol abrasador que brilla en Cutwater, bajo el calor vespertino que convierte el terreno húmedo en barro seco y resquebrajado. No se marchitan ni cuando el riachuelo que pasa por debajo de la casa se vuelve tan solo un ligero goteo.

Los tulipanes, desafiantes, se niegan a morir.

* * *

Oigo pasos en el porche delantero.

Ya son las tantas de la noche y estoy sentada en el suelo del salón, dibujando un boceto de la señora Thierry (sombreando las arrugas marcadas que tiene en torno a los ojos, con su perro, Peebles, a su lado con el hocico hacia arriba) y perdida en el dibujo, como si estuviera tapando el recuerdo de Roble.

Fue una lección. Una mentira. Una que aprendí a las malas, a las peores, tal como me advirtió mamá. Lo que tuvimos fue tan solo el inicio de algo. Esos primeros momentos tan frágiles, el casi, lo que podría haber sido y no fue. La promesa de algo. Y tal vez eso es lo que hace que sea tan difícil, el no saber qué podría haber sido.

Con el tiempo, se me pasará.

Sin embargo, el roce repentino de unos pasos me provoca un aterrador atisbo de esperanza.

Archer me mira y echa mano de la escopeta en un solo movimiento fluido mientras va hacia la puerta. Abre la cortina de la ventana delantera y mira hacia fuera.

—¿Quién es? —pregunto, y me imagino a un chico alto y cubierto por las sombras en el porche delantero, con los ojos llenos de tristeza y mil promesas en los labios. Un chico que podría abrirme en canal otra vez.

Mi hermano no contesta, sino que vuelve a echar la cortina y abre la puerta con fuerza, con lo que deja pasar la brisa fresca de la noche.

Miro más allá de Archer y veo la silueta de un chico.

Solo que no es Roble, sino Randy Ashspring, de primero de bachillerato, con el cabello castaño claro muy corto y unos ojos verdes de expresión suave y suplicante. Es alto, más que Archer, y está con los brazos cruzados y las piernas separadas, listo para pelearse. Creo que va a pedirnos un tulipán, a suplicarnos, pero no.

—Cree que te quiere… —Mira fijamente a Archer y no tardo nada en entender a qué ha venido. No es el primer novio o novia enfadado lo bastante valiente como para encararse a mi hermano—. Ha cortado conmigo y cree que va a huir contigo.

Veo que a Archer se le relajan los hombros: ha pasado por esto tantas veces que ya no es nada del otro mundo.

—¿Quién? —pregunta en tono desinteresado.

—Gabby Pines —repone Randy con voz aguda, ofendido por que Archer no lo supiera ya.

Mi hermano suelta un largo suspiro, como si por fin se estuviera cansando de sus jueguecitos, del amor que fomenta y que luego tiene que quitarse de encima.

—Dale un mes, amigo —dice, dándole una palmadita en el hombro a Randy—. No tardará en perder el interés por mí y volver contigo.

Veo que Randy se queda boquiabierto, a punto de decir otra cosa, pero Archer le cierra la puerta en las narices. Se da media vuelta, renegando, y no puedo evitar sonreír un poco. Randy se ha quedado tieso; tal vez creyera que iba a tener que pelearse con Archer por el amor de Gabby o a lo mejor estaba dispuesto a ponerse de rodillas para suplicarle que la dejara en paz y no se ha imaginado que a Archer le importan un bledo la mayoría de las personas que se enamoran de él. Y, cuando los tulipanes se marchiten al fin, la atracción que sienten los demás se desvanecerá. Mi hermano seguirá siendo un Goode, un poco más irresistible que los demás del pueblo, pero el encanto estará lo bastante diluido como para que alguien como Gabby vuelva con su novio. Con quien se supone que debe querer.

Me acomodo en el sofá y Archer va a la cocina, hasta que oímos otro ruido fuera. En esta ocasión es un coche que se acerca por la entrada. Mi hermano frunce el ceño y me mira antes de volver.

—¿Quién demonios...? —empieza, antes de abrir la puerta.

Me levanto del sofá para ver mejor.

Y veo lo mismo que él: una camioneta Chevrolet blanca que levanta polvo al acercarse a casa y se detiene de golpe junto al riachuelo.

Se me seca la garganta.

El corazón me deja de latir.

Papá... ha vuelto.

Me quedo mirando sin parpadear cuando nuestro padre sale de la camioneta, con el rostro moreno y aspecto cansado, como si llevara toda la noche conduciendo, y cuando mira hacia la casa, noto que me quedo sin aire.

Vemos a nuestro padre pasar por encima del riachuelo crecido y subir por las escaleras. Tiene el cabello castaño despeinado y las mangas de su camisa de cuadros verde remangadas hasta el codo, con lo que deja ver una piel oscura y desgastada por las largas horas que se pasa trabajando en un barco pesquero en la costa del Pacífico. Llega a la puerta principal y deja caer los hombros con un suspiro.

—He visto el artículo —dice, arqueando una ceja—. Uno de mis compañeros de trabajo lo vio en internet y me lo enseñó, porque se acordaba de que vivía en Cutwater.

Nos mira en busca de una respuesta, pero tanto mi hermano como yo nos hemos quedado mudos, uno al lado del otro como si volviéramos a tener diez años y nos acabaran de descubrir sacando las galletas de mantequilla de cacahuete de mamá de la alacena a hurtadillas en plena noche.

—Desembuchad —dice él.

* ✶ *

Archer se lo explica todo, hasta el último detalle de las flores robadas, y que intercambiamos los tulipanes Goode de verdad por los falsos.

Papá se queda callado, con los ojos medio cerrados, y parece agotado. Aun así, acaba pasándose las manos por la nuca, abrasada por el sol, y se va a la cocina a por un vaso de agua. Parece que lleva tiempo en alta mar, siempre encorvado para recoger las redes, con el pelo lleno de agua marina y los pulmones, de aire salado.

—Es tarde —nos acaba diciendo, con la mirada fija en el suelo— y estoy cansado.

Mi hermano va a su habitación de buena gana, pero yo me quedo y miro a papá salir al porche de atrás, donde se queda junto a la valla e inspira el húmedo aire veraniego. Lo sigo y me apoyo contra uno de los postes de madera podridos que sostienen el tejado. Se me hace raro verlo aquí, en esta casa que tanto intenta evitar. Antes nos venía a ver una vez al año, cerca de nuestro cumpleaños, pero desde que se fue mamá, viene más a menudo. Supongo que se preocupa por nosotros, aunque no lo suficiente como para quedarse, como para salvarnos de esta casa. De esta vida.

Tiene tantas ganas de irse como yo. Y se asegura de pasar mucho más tiempo lejos que aquí.

—Parece que se han llevado unos cuantos —comenta, con un ademán hacia los tallos sin flor.

—Puede que yo haya cortado alguno que otro también —admito.

Asiente como si me entendiera. Debe de haber pensado en destruir el jardín un par de veces también.

Carraspeo y miro a ese hombre que me parece más desconocido con cada vez que lo veo.

—Podríamos venderla —digo, pues es una idea a la que le he ido dando vueltas desde hace tiempo. Una forma de salir de aquí—. La casa entera. Así nos libraríamos del problema.

El jardín nos ha hecho todo esto, nos ha roto y nos ha separado. Él también fue una víctima de esta casa, de la mujer a la que quiso durante un verano porque se apellidaba Goode.

Una mujer a la que quiso por culpa de un engaño, por culpa de los tulipanes.

Sin embargo, si vendiéramos la casa y la parcela, podríamos irnos de aquí. Todos.

Clava la vista en el suelo e inhala hondo.

—A veces es difícil discernir entre lo que está bien y lo que está mal. Entre el destino y el libre albedrío. —Se queda mirando las filas de flores perfectas, de esas plantas que nos han llevado a la ruina—. No sé qué es este jardín ni por qué esos tulipanes se las arreglan para destrozarlo todo, pero sé que este hogar os pertenece a ti y a Archer. Y tiene que seguir siendo así.

Quiero decirle que se equivoca, quiero recordarle que mamá permitió que se enamorara de ella, por mucho que supiera cómo iba a terminar todo cuando se marchitaran los tulipanes. El caso es que mencionar a mamá me duele tanto como a él, así que guardo silencio.

—Lo siento… —empieza a decir—. Siento mucho no estar más tiempo aquí. Y siento haberme ido, es que es demasiado difícil para mí estar… —Los ojos se le anegan en lágrimas.

—No es culpa tuya —le digo.

Se estremece al oírme, como si la culpa ya no fuera algo que se puede señalar exactamente. Cuando pienso en Roble, me siento igual. Es culpa suya que me mintiera, que no me contara lo de su padre, pero es mi familia, mi madre, lo que lo llevó todo a la ruina. Son los tulipanes los que han causado todo lo que ha sucedido entre nosotros.

Al final todo acaba señalándome a mí... y a este jardín.

En esta familia, el amor es una maldición, una plaga que afecta al corazón.

Y Roble quedó atrapada en ella, igual que papá.

No puedo culpar a ninguno de los dos por cómo empezó todo.

Y es por eso por lo que nuestro padre se mantiene al margen, por eso le duele tanto cruzar la puerta principal y verme a mí y a Archer. Nosotros somos los fantasmas de su pasado, de una época en la que no podía controlar de quién se enamoraba.

En eso se centra todo: en el libre albedrío. En el derecho de decidir a quién queremos, de confiar en que nuestro corazón sepa diferenciar entre lo que es real y lo que no.

Eso es lo que nos arrebata este jardín.

—Odio las flores —digo entre dientes.

Papá guarda silencio, pensativo, mientras una ráfaga de viento mece el jardín, una rana croa desde el riachuelo enfangado y las estrellas se asoman desde unas nubes finas.

—No puedes culpar de todo a los tulipanes. —Me mira y me siento estrujada, un caparazón vacío abandonado para marchitarse bajo el sol—. Puede que no te guste quién eres... —añade con voz amable— ni la vida que te ha tocado vivir, pero siempre hay lecciones que aprender del pasado..., de los errores que has cometido. —Contengo las lágrimas y me siento como si mi padre fuera capaz de ver los restos hechos añicos de mi corazón, aunque no sepa cómo ha sucedido—. Y espero que llegues a cometer muchos a lo largo de la vida. Yo lo he hecho.

Las lágrimas se me asoman por los párpados y papá me rodea con los brazos fuertes que tiene. No recuerdo la última vez que mi padre me dio un abrazo y me preocupa que me vayan a ceder las piernas, que todo lo que me atormenta por dentro salga a la vez.

—Esa es la única manera de convertirte en quien debes ser —dice, con el pecho temblando por la emoción—. No tengas miedo de quien eres, Lark. —Me suelta, pero me sigue apoyando las manos en los hombros—. No todos los Goode son malos.

Me enjugo las lágrimas que ya me llegan a la barbilla.

—¿Puedo ir contigo? —le suplico en un hilo de voz, y siento que vuelvo a ser una niña pequeña, ya sin fuerzas.

Suspira y veo que baja la mirada como si se lo estuviera pensando. Sin embargo, cuando vuelve a alzarla, ya sé lo que va a decir.

—Lo siento, cariño. He encontrado trabajo durante unos meses más al norte, en Alaska, y no es lugar para ti. —Me suelta los hombros y me tambaleo. Se lleva una mano al bolsillo de atrás, saca la cartera y echa mano de todos los billetes que lleva encima. Unos pocos cientos de dólares, supongo—. Me había hecho a la idea de que te ibas a ir en cuanto os graduarais.

—Yo también —respondo.

Me tiende el fajo de billetes.

—Mereces ver cómo es la vida más allá de Cutwater para que puedas decidir cuál es el lugar que te corresponde.

Dudo y me quedo mirando el dinero.

—Pero te advierto que el mundo no es más fácil fuera del pueblo. La vida es dura estés donde estés.

Asiento y me pone los billetes en la mano. Solo que, cuando lo miro a la cara, la suavidad que tenía en los ojos ha desaparecido. Se ha vuelto rígida. Parece estar a punto de caerse por un precipicio, como si una sombra se cerniera sobre él de nuevo, los recuerdos de su pasado, que se vuelven tan pesados que ya no los soporta más. Esta casa es un recuerdo de lo que se ha esforzado tanto por olvidar, de esa sensación que no va a volver a sentir. Y creo que ha estado huyendo de este pueblo, de nosotros, al aceptar encargos cada vez más lejos, con la esperanza de que, con el tiempo, el pasado se deshaga y sea como si nunca hubiéramos existido.

—Me iré por la mañana —añade con una sonrisa tensa—. Solo quería ver cómo ibais y asegurarme de que no habíais quemado la casa antes de irme para el norte. —Posa la mirada en los tulipanes con una ceja enarcada.

La luz le ha desaparecido de los ojos, pero me acaricia la mejilla y noto que ha llegado el momento de despedirnos. Lo más seguro es que se marche antes del amanecer.

Cuanto más tiempo pasa aquí, más parece sufrir.

Dudo que vaya a poder pegar ojo; se va a pasar la noche dando vueltas en una cama que en otros tiempos compartió con una mujer a la que creía querer. Hasta que no fue así. Y, a primera hora de la mañana, oiré el traqueteo de su camioneta al pasar por la entrada.

Huirá de aquí y desterrará la casa a su retrovisor.

Y no lo culpo por ello.

Me quedo en el porche de atrás y observo el vaivén de los tulipanes ante la brisa, agitada por un muro de nubes nocturnas. Pienso en toda la tragedia que ha sacudido a esta familia.

Y sé que jamás voy a permitirme acercarme a alguien de nuevo como hice con Roble.

Me siento en una de las mecedoras, con las rodillas en el pecho y la cabeza apoyada en la pared de la casa. Escucho el discurrir del riachuelo Olvidado bajo los tablones hasta que sale al jardín. Observo las nubes cargadas de lluvia que se dirigen al oeste y dejan a su paso un cielo tranquilo y repleto de estrellas.

Y busco algo.

Una forma de sanar este vacío que se ha hecho un hueco en mi interior. Una forma de repararme. Solo que no está aquí en el jardín, bajo este sombrío cielo veraniego.

Está en otro lugar.

TRECE

Ya no puedo esperar más.

No quiero ser la chica que deja pasar otro día, otro mes, otro año. Otra chica que se olvida de que quiere irse de Cutwater y que acaba como los demás. Amargada y llena de remordimiento, sin dejar de soñar con la vida que podría haber tenido si hubiera sido lo bastante valiente como para irse.

La mañana siguiente, después de que se vaya nuestro padre, vuelvo a meter todo lo que compone mi vida en la maleta.

Le echo un vistazo al armario para asegurarme de que no me he dejado nada... y ahí lo veo.

Había intentado olvidarme, apartarlo de mi mente, pero el ejemplar de *Peter Pan y Wendy* sigue bajo un jersey viejo y carcomido por las polillas. Me siento en el borde de la cama y abro la cubierta para ver el boceto de Roble que guardé en el libro.

Cierro los ojos con fuerza y pienso si debería hacer una bola con el dibujo para tirarlo a la basura y destruir lo que me queda de él. Sin embargo, acabo resiguiéndole el contorno de la cara con el pulgar y me asfixio en cada detalle: la mirada que me dedica desde el papel, con esos ojos peligrosos y llenos de pena. Inolvidable. Imperdonable. En ellos veo todas las palabras que se han quedado por pronunciar entre nosotros.

Los días que nadie me va a devolver.

Doblo el boceto por las líneas de lápiz que le trazan la cara y lo sigo doblando por la mitad hasta que me quedo con un cuadrado de papel diminuto en la mano. El papel está manchado de lágrimas y contiene mi dolor en sus bordes doblados. Lo vuelvo a meter entre las páginas del libro para esconderlo y me prometo que no voy a volver a mirarlo.

Archer pasa junto a mi puerta, se asoma y ve la maleta.

—¿De verdad te vas a ir?

Asiento.

—Vale —dice, como si supiera que esta vez va en serio—. ¿Cuándo?

—El tren sale a las diez de la noche. Es el último del día.

Me iré de Cutwater sumida en la oscuridad y, cuando el sol ilumine el firmamento, el océano Pacífico me estará dando la bienvenida.

—Estoy orgulloso de ti. —Suspira, se saca la púa de guitarra del bolsillo y le da unos golpecitos con el pulgar—. Despídete antes de irte, anda.

—Claro —le prometo.

A solas en mi habitación, sé lo que tengo que hacer.

Saco el cuaderno y un lápiz que está en las últimas y salgo de casa.

Al final de la entrada me detengo para mirar la casa que he odiado desde hace tanto tiempo. Abro el cuaderno por una página en blanco y pongo el lápiz encima para dibujar las paredes hundidas, el tejado con los aleros en curva y las ventanas que parecen ojos llorosos por culpa de la humedad que no se despega del cristal.

La plasmo sobre el cuaderno, donde acompaña a todas las caras que he dibujado a lo largo de los años. El rostro de todas las personas que me ha dado demasiado miedo conocer. Tengo el cuaderno lleno de recuerdos, de espectros, de mi pasado. De un pueblo llamado Cutwater.

Eso es lo que me voy a llevar conmigo.

Para no tener que volver nunca más.

—¿Qué, te vas a ir? —pregunta una voz a mis espaldas.

Me doy media vuelta y veo a la señora Thierry a pocos pasos de mí; debe de haber salido a su paseo matutino, porque su perro, Peebles, está olisqueando las flores silvestres altas que crecen junto a nuestro buzón.

Cierro el cuaderno deprisa para que no vea el dibujo.

—El único motivo que hay para dibujar la casa esa —señala con la barbilla nuestra vivienda— es si tienes pensado no volver a verla.

No respondo.

Suelta una carcajada ronca como si ya supiera la respuesta.

—Todo el mundo dice que se va a ir de Cutwater —alza una ceja gruesa en mi dirección—, pero nunca va en serio. Todos acaban volviendo.

Peebles se me acerca y me olisquea los zapatos antes de apartar la mirada sin interés.

—Yo no voy a volver.

Las cejas se le suben por la sorpresa y le tiembla la mano por la correa, porque Peebles intenta tirar de ella para seguir adelante.

—¿Y el chico tuyo ese, el que tiene nombre de árbol?

Casi me ceden las piernas, aunque quizá no debería sorprenderme que conozca a Roble. La señora Thierry está al tanto de casi todo lo que ocurre en este pueblo, de los besos robados y las parejas secretas, de las chicas que huyen y prometen no volver nunca más.

—No es mi chico —respondo.

La señora Thierry suelta una risotada que le aparta los labios finos que tiene para revelar unos dientes manchados por el café.

—Claro que lo es. Va para tu casa casi cada noche, se para al final de la entrada y luego sigue adelante. Hasta un idiota sabría ver que ese chico tiene el corazón roto.

«¿Y quién se preocupa por mi corazón roto?», quiero gritarle. ¿Y los bordes afilados que se han quedado conmigo, los restos que me traquetean por las costillas? ¿Eso no lo ve? ¿No ve la sangre que pierdo con tanta herida?

—Ese chico anda buscando algo que ha perdido —añade, enarcando una ceja.

Echo un vistazo por la carretera hacia el límite del condado, rumbo a un hogar que pertenece a un chico de ojos verdes y tristes que tiene demasiadas mentiras en la lengua.

La señora Thierry me mira como si estuviera calculando algo, intentando ver el dolor que me carcome.

—Es mejor que te vayas, sí. Ya ha llegado el momento —dice. Me pregunto si ella también ha intentado irse de aquí, si ha ansiado una vida distinta—. Yo también me enamoré de un Goode —añade, asintiendo poco a poco—. De tu tío abuelo, Albert Goode. Y todavía..., cuando miro esa casa —señala detrás de mí—, me duele el corazón en lugares que se niegan a sanar. A tu familia nunca se le ha dado bien el amor. Os las apañáis para arruinarlo para vosotros y para todos los demás. No se le puede hacer nada.

Me tambaleo un poco; no sabía nada de lo de la señora Thierry con mi tío abuelo Albert, a quien no recuerdo. Tal vez sea por eso por lo que arrastra los pies delante de nuestra casa cada día, como una mujer a la que nuestra familia ha agraviado. Cometió el craso error de enamorarse de un Goode.

—Lo siento —le digo, porque poca cosa más puedo decirle—. Siento mucho que mi familia le haya arrebatado tanto a tantas personas. —«A mí, por ejemplo, me lo ha quitado todo», pienso.

Me mira con los ojos entornados y una mueca.

—Tu familia sufre una maldición más profunda que la tierra en la que crecen esas dichosas flores, es una maldición que cala hasta los huesos. —Me mira desde más cerca—. Vete lo más lejos que puedas de esta casa, de este pueblo. —Se vuelve hacia el horizonte, hacia el sol matutino que se alza entre los árboles—. Sabes... —Vuelve a mirar hacia nuestra casa—, la gente solía tirar monedas y baratijas al riachuelo que pasa por debajo de vuestra casa. Le tenían miedo, pero también creían que contenía magia de hace mucho tiempo. Que concedía deseos. —Carraspea en lo más hondo de la garganta—. Fue una casualidad muy desafortunada que vuestro antepasado, Fern Goode, comprara ese terreno pantanoso y construyera la casa justo encima del riachuelo. —Suelta otro gruñido y señala la línea de agua que serpentea hacia la vivienda—. Sí, muy desafortunada. Aunque a algunos les atrae la mala suerte..., los llama, como una mano que amenaza con agarrarlos del pescuezo. Y tu familia lo ha pagado muy caro desde entonces.

El peso de mi vida entera se me hunde en el estómago y me quedo mirando la casa en la que nací. Hemos estado embrujados por el amor: lo perseguimos, huimos de él y nos gustaría no haberlo probado nunca. Estamos enredados en él y siempre nos deja heridos y solos.

Nos llena de amargura. Nos convierte en monstruos.

Sin embargo, también ha atormentado a este pueblo. A esos que han tenido la desgracia de afirmar que Cutwater es su hogar. Les ha arrebatado trozos del corazón, se los ha arrancado del pecho para no devolvérselos nunca. La señora Thierry ha sufrido; es una mujer con recuerdos de un hombre que le robó el corazón y que nunca correspondió a su amor.

Y ahora la veo de verdad, veo la tristeza que contiene su ceño fruncido. Veo lo que le hemos hecho.

Los tulipanes. Los Goode. El riachuelo y el pantano.

Todo eso tiene la culpa.

—Dice que todo el mundo vuelve a Cutwater después de irse —le digo entre dientes, volviendo a mirar la casa—. Pero yo no. Cuando me vaya, no pienso volver.

«Las maldiciones y los cuentos populares son para el Viejo Mundo, no para este». Eso solía decirnos la abuela Georgie cuando seguía viva, con los ojos relucientes como una hoguera en la oscuridad. Recuerdo muy pocas cosas de ella: el tintineo de sus pendientes de candelabro baratos que llevaba, sus carcajadas que estallaban como una pompa en el aire y que no creía que los tulipanes nos concedieran ninguna magia; decía que no provocaban ninguna atracción, ningún embrujo que nos volviera irresistibles.

«Si había magia en esos tulipanes cuando Fern Goode los trajo desde el otro lado del charco, ya habrá desaparecido a estas alturas».

Era escéptica. Creía que nuestra familia era insensata por contar esas historias, por hablar de los tulipanes como si ejercieran algún tipo de poder sobre nosotros. Y, aun así, la abuela Georgie acabó enmarañada en más revolcones apasionados que Archer.

Tenía fama de poder seducir incluso a los hombres más resistentes del pueblo, aquellos que parecían tan seguros de sí mismos que ninguna mujer iba a poder corromperlos. Solo que la abuela Georgie se salía de lo común y le importaban un bledo las consecuencias de la infidelidad: vivía con el corazón en la mano, a la vista de todos. Corría hacia el amor con los brazos bien abiertos, riéndose con ganas por todo el camino.

Me da envidia. Aunque estuviera un poco loca, un poco demasiado ida como para saber lo que le convenía.

Sin embargo, aquí plantada en la ventana de mi habitación, observando los últimos rayos de luz de la puesta de sol teñir el jardín de rosa y dorado y pensando en una sola cosa, en una persona, ya no sé qué es correcto, qué es lo apropiado ni qué está bien.

Bien para una Goode, al menos.

Debería sentirme aliviada al saber que estoy tan cerca de la libertad, pero no es así. Lo único que siento es arrepentimiento…, por todo lo que no he dicho.

Si pudiera volver atrás en el tiempo, hasta el principio, me diría que no me enamorara de él, y menos de una forma tan salvaje y temeraria como he hecho. Me diría que no es nadie al fin y al cabo. Que no vale la pena quedarse por él, no vale la pena dibujarlo ni recordarlo.

Me contaría todas esas mentiras.

Para ahorrarme el dolor.

Cierro la maleta y la arrastro hasta el salón para dejarla junto a la puerta.

Suena un trueno lejano en el cielo, una tormenta que podría llegar hasta nosotros o pasar de largo. Echo un vistazo por la casa para quedarme con todos los detalles una última vez (el sofá viejo y hundido, la mesita de centro de madera con cera de velas quemada en la superficie, una alfombra que deberíamos haber tirado hace un siglo) cuando aparece Archer desde el pasillo. Nos quedamos mirando, sin saber qué decir, pero entonces cruza la sala y me abraza. No recuerdo la última vez que nos abrazamos y le acabo mojando el hombro con las lágrimas. Huele como los tulipanes, ese olor con el que hemos nacido.

—Te llamaré cuando llegue —digo, apartándome—. Y te diré dónde me quedo.

Se frota los ojos y veo que intenta contener la emoción que amenaza con salir a la superficie.

—Me cuesta imaginar cómo será todo mañana, cuando no estés. —Niega con la cabeza e inhala hondo—. Pero estoy orgulloso de ti. Vete lo más lejos que puedas.

Asiento.

—Iré a verte —me promete.

—Mentira —respondo, porque sé que nunca va a salir de este pueblo.

Se echa a reír y los ojos se le llenan de lágrimas.

—Espero que encuentres lo que sea que estás buscando.

—Y yo espero que encuentres algo positivo aquí.

—Me las apañaré, ya me conoces. —Se encoge de hombros—. De hecho, tenía pensado alquilar un piso en el pueblo, para salir de esta casa.

—¿En serio?

—El señor Sanchez tiene un piso encima de la tienda de guitarras y me dijo que me lo dejaba barato si entraba a trabajar en la tienda.

Le sonrío; puede que no vaya a dejar el pueblo, pero al menos escapará de esta casa horrible.

—Te mereces algo que sea solo tuyo.

Siempre será el chico que persigue el amor de cabeza: sin precaución, sin miedo. Se estrella contra él, con las rodillas y los codos raspados, y deja fuego y humo a su paso, pero sigue adelante. Y no mira atrás. No busca un amor perdido entre los olmos.

Es más valiente que yo. Aunque quizá también esté madurando y tome decisiones que no dicta el destino de nuestra familia.

—Espera... —me dice.

Se da media vuelta, corre a su habitación y sale unos instantes después. Me agarra de las manos y me coloca algo en la palma.

Le echo un vistazo a un fajo de billetes bien doblados.

—¿De dónde lo has sacado?

—He estado ahorrando —me dice, antes de cerrarme los dedos en torno al dinero.

—Archer, en serio, ¿de dónde lo has sacado? —insisto con una ceja arqueada. Porque dudo que se lo haya ganado de alguna forma honesta.

Esboza una sonrisita discreta.

—Llevo un par de años dando clases de guitarra. Cuando estabas en el instituto, yo trabajaba.

Meneo la cabeza, sin dejar de mirarlo.

—¿Qué pasa? No se lo cuento todo a mi melliza —dice, guiñándome un ojo.

—Archer, no puedo aceptarlo. —Le tiendo el dinero de vuelta—. Y papá ya me dio todo lo que llevaba encima.

—Quiero que te lo quedes tú. —Me aparta la mano—. Vas a necesitar más dinero de lo que crees para empezar una vida nueva fuera de aquí. Es tu regalo por conseguir irte lo más lejos que puedas de aquí.

—Muchas gracias.

Noto que las lágrimas están a punto de brotar y casi no puedo mirarlo a los ojos. Me da un empujoncito en un hombro. Echo un último vistazo a nuestra casa diminuta y asimilo todos los detalles.

El hogar en el que me he criado. El hogar que me ha maldecido.

No sé si lo voy a echar de menos. Si lo recordaré con cariño dentro de unos años, si los recuerdos oscuros se terminarán desvaneciendo.

O si siempre me parecerá un lugar entretejido con las peores sombras que existen.

Me doy media vuelta y veo que Archer carga con mi maleta por la puerta. Lo oigo bajar por las escaleras del porche y levantar la maleta para cruzar el riachuelo.

—Tendría que haber alquilado un coche —dice en voz alta desde fuera—. Así podría haberte llevado a la estación.

—No me molesta caminar.

Cuando me dirijo hacia la puerta abierta, le doy un último vistazo a la mesa de la cocina, repleta de cartas sin abrir. Cartas de amor dirigidas a Archer, la mayoría de ellas sin que se las haya leído. Pruebas de la locura que nos aflige cada verano. No obstante, entre las cartas llenas de corazoncitos, veo otra cosa.

Una postal.

Casi la paso por alto, sin prestarle atención. Porque no puede ser. Aun así, me suena la letra. Inclinada sobre sí misma, muy redondeada, despreocupada, escrita por una mujer con mentiras en los dedos.

Me acerco y me la quedo mirando.

Oigo a Archer volver por las escaleras y entrar por la puerta.

Pero veo el remitente, me centro en el nombre.

En el nombre de ella.

—Mierda —susurro.

Es una postal de mamá.

Estiro una mano para recogerla, temblorosa, pero mi hermano se me adelanta y la quita de la mesa.

—¿Qué haces? —Aunque intento quitársela, él se echa atrás y vuelve al salón—. ¡Archer! Déjame verla.

—No —niega.

Entorno la mirada, confusa, pero un recuerdo afilado y doloroso tira de mí: momentos en los que Archer me ha escondido algo así, en los que se ha llevado una carta escondida detrás de la espalda para que no la viera.

Su secreto.

Me abalanzo hacia delante y Archer intenta apartarse, pero lo sujeto de un brazo y le quito la postal.

—Lark —grita mi hermano—. No es… —No llega a terminar la frase, porque debe de ver lo pálida que me he puesto.

Tengo una postal dirigida tanto a Archer como a mí.

—¿Por qué? —tartamudeo, mirándolo a los ojos—. ¿Por qué la escondías?

Aprieta la mandíbula, muy tenso.

—No tiene derecho a mandarnos cartas. No tiene derecho a decirnos dónde está ni a pretender que forma parte de nuestra vida.

La postal me tiembla en los dedos.

—Nos las manda como si creyera que nos importa.

Noto que se me abren mucho los ojos, un peso enorme al darme cuenta de lo que implica lo que me acaba de decir.

—¿Nos ha mandado más?

Mi hermano cambia de postura, incómodo, y el rumor del riachuelo que pasa por debajo me llena los oídos.

—¿Cuántas nos ha enviado?

Aparta la mirada hacia la ventana delantera.

—Nos las ha ido enviando desde que se fue —admite con frialdad, pero no capto ni un atisbo de arrepentimiento en su voz. Solo amargura.

—¿Lleva tres años enviándonos postales?

Asiente.

—Archer, ¿qué demonios te pasa? —Quiero destrozarlo—. ¿Me las has estado escondiendo?

—Te estaba protegiendo. —Cruza los brazos y se encierra en sí mismo, como un niño pequeño—. Nos abandonó, Lark. —Me mira por fin y veo que los ojos se le llenan de lágrimas—. Nos dejó tirados. Y va y nos manda postales como si estuviera de vacaciones, como si tuviéramos que alegrarnos por ella, de que esté viviendo una vida sin nosotros. —Suelta una carcajada, breve y brusca, y es un sonido horrible.

—¿Dónde están? —Aferro la postal con tanta fuerza que se empieza a doblar—. ¿Dónde están las otras cartas?

Se le quiebra la expresión y parece un hermano que sabe que ha hecho algo muy malo y que no puede dar marcha atrás.

—Las tiré —dice, mirando el suelo—. Ni las leí siquiera.

La sangre se me vuelve fuego y el corazón, un ariete. Quiero acercarme a él para darle un buen empujón, quiero liarme a gritos. Tengo demasiado dolor peleándose en mi interior.

Aun así, me quedo mirando la postal que sostengo, la única que sigue intacta.

Así que es por esto por lo que Archer insistía tanto en ir a por las cartas que nos mandaban. Siempre me he imaginado que era porque la mayoría de las cartas de amor estaban dirigidas a él y resulta que es porque me ha estado ocultando un secreto. Durante tres años.

—Debería habértelo contado —dice, aunque ya me estoy alejando de él.

Nunca me ha dejado decidir por mí misma cómo debería sentirme. He pasado años creyendo que no le importábamos lo suficiente ni como para enviarnos una triste carta y eso ha sumado más dolor a la montaña que ya tenía. Y resulta que nos ha estado escribiendo desde el principio.

No se ha olvidado de nosotros…, no del todo.

—Lark —me llama, pero no lo miro a los ojos.

—No quiero hablar contigo ahora mismo. No puedes decir nada para arreglarlo.

Como me bloquea el paso a la puerta delantera, me doy media vuelta y salgo por la que da al jardín de atrás, donde doy una bocanada del aire cálido de la noche. Me quedo mirando la postal, temblando de pies a cabeza.

La luz de la luna se cuela entre las nubes bajas y unos relámpagos iluminan el horizonte, pero no llueve. El cielo está seco, intenso y horrible.

Paso los dedos por el papel suave de la postal y leo las palabras de mamá a través de un dolor salado que me emborrona la vista. Cada letra es un fragmento de ella: las O que parecen bocas abiertas, las T con forma de campanarios altos que se ciernen sobre las demás letras.

Hemos encontrado un puerto en Cerdeña, cerca de la costa de Italia. Hace calor, aunque sopla bastante viento, y Lark, te encantarían los edificios de piedra antiguos y todas las caras que tendrías para dibujar. Archer, ¿todavía tocas la guitarra?

Pasaré dos semanas en este hotel si queréis escribirme. Me encantaría saber de vosotros.

Con todo mi amor, mamá

El remitente indica un lugar llamado Casa Gallasso. Nos ha estado escribiendo con la esperanza de que contestemos, de recibir una carta que nunca llega.

Me siento destrozada por dentro.

Archer me ha negado la oportunidad de escribir a nuestra madre, de decirle que la odio, que la quiero, que quiero que vuelva a casa, que no quiero volver a verla en la vida.

Me lo ha ocultado. No me ha creído lo bastante fuerte como para soportarlo, no ha creído que pudiera ver esas palabras escritas con tranquilidad, tan alegres y despreocupadas, mientras se bebía un expreso en una cafetería pintoresca y el sol vespertino del Mediterráneo le bronceaba su piel tersa. Que pudiera ver que vivía la vida sin nosotros.

Alzo la vista al campo de tulipanes bajo el retumbar de unos truenos que recorren el horizonte lejano.

Oigo la puerta delantera cerrarse y sé que Archer se ha ido, que la culpabilidad o tal vez la furia han podido con él. No lo volveré a ver antes de irme y, la verdad, tampoco quiero.

Todo me parece destrozado.

Me quedo mirando el jardín, ese que tiene la culpa de todo. De que mamá se fuera, incapaz de quedarse más tiempo en esta casa. De que Archer siempre quiera a quien no debe y me haya ocultado las cartas. De que Roble me mintiera y me quisiera a sabiendas de que no debía. De que el corazón se me haya puesto del revés.

Este jardín me ha torturado. Me ha arruinado.

Me acerco a los tulipanes y el puño del dolor me aprieta el corazón marchito que tengo.

Caigo de rodillas al suelo y suelto un sollozo.

¿Y si irme de esta casa no es lo que me va a liberar de verdad? ¿Y si significa que soy igual que mi madre y huyo de aquello a lo que no me puedo enfrentar?

Leo la postal otra vez, enjugándome las lágrimas, pero se niegan a dejar de brotar y humedecen más aún este terreno pantanoso. La tierra húmeda, la casa que se hunde; lo odio todo. Lloro y el cielo me acompaña con unos truenos que recorren las entrañas de las nubes. Clavo los dedos en la tierra para arrancarla y empieza a llover. Y no poco a poco, sino con unas cortinas inmediatas. Con cada jadeo que suelto con los pulmones, un trueno sacude el aire y traquetea en el suelo que tengo debajo. Pienso en el destino, en que Fern Goode escogiera este terreno desdichado para construir un hogar, con lo que maldijo a todas sus generaciones posteriores a sufrir el mismo dolor, el mismo amor imposible, con los tulipanes que brotan junto a la ventana para recordárnoslo día sí y día también. Pienso en la magia de este terreno, en la maldición, la mala suerte que me recorre las venas.

Qué injusto es que la decisión de alguien de plantar unos bulbos en este terreno pantanoso me haya maldecido desde que nací.

¿Por qué no puedo escoger algo distinto?

¿Por qué no hay forma de salir de aquí, de liberarme de esta vida horrible?

¿Por qué no puedo destruir lo que plantó en el terreno? Lo que hizo Fern, para poder empezar de cero.

Las lágrimas me inundan los ojos y me caen por las mejillas. ¿Cuánto dolor puede soportar una chica en un solo día? ¿Y en una sola vida?

El amor es algo más que el deseo: es poder. Engaños. El amor es capaz de liderar ejércitos, de cambiar el mundo. Mientras sea una Goode, por muy lejos que me vaya, los tulipanes seguirán brotando y me maldecirán la sangre. Nunca sabré si el amor que sienten los demás por mí es real o no.

La libertad no es un pueblecito de la costa del Pacífico en el que nadie me conozca.

La libertad es un pantano de tulipanes marchitos que no volverán a brotar nunca más.

Alzo la barbilla al cielo y grito. Le digo a la tormenta que odio esta casa, hasta el último centímetro que la compone. Le suplico a la lluvia que se la lleve, que arranque este terreno del lecho de roca y lo arrastre al bosque, como si no hubiera existido nunca.

Con el corazón roto latiéndome vacío en el pecho, lloro, suplico y ansío que no hubieran construido esta casa encima del riachuelo, que Fern Goode no hubiera cruzado el Atlántico. Que los tulipanes nunca hubieran salido a la superficie, codiciosos y llenos de amor falso. De mentiras. De rencor.

Y, por alguna extraña razón, la tormenta me responde. Por todo lo alto.

Noto las rodillas y los pies fríos y húmedos de repente. El terreno que piso se vuelve blando y embarrado, como si una marea se alzara del subsuelo, un lago que surge a la superficie. Me enjugo las lágrimas y miro atrás para ver que el riachuelo Olvidado se ha desbordado y avanza como una presa que ha reventado.

Me pongo de pie, rodeada del agua que avanza con la fuerza de un río.

Suena otro trueno, acompañado del relámpago que ilumina el horizonte, y la lluvia me cae como piedrecitas que me hacen escocer la piel. Me abro paso por el riachuelo crecido, que ya inunda el jardín, y me dirijo al porche, donde me sujeto a la valla hundida para subir por las escaleras.

Me quedo allí plantada unos instantes, mirando el diluvio sin saber qué pensar. Nunca he visto algo semejante. Casi medio metro de agua recorre el terreno entre los tulipanes y los hace mecerse y doblarse uno contra otro, a punto de partirse.

Sin embargo, no es solo el jardín lo que se sacude por la fuerza del agua: el porche bajo mis pies se tambalea y los postes del suelo empiezan a caerse.

El corazón me va a mil por hora. No es una tormenta normal, es algo muy distinto. Algo violento y antinatural. Un torrente que va a peor con cada segundo que pasa.

«Mierda».

Me vuelvo hacia la puerta y entro en casa deprisa, pero el ruido de la tormenta bate contra el tejado y oigo que el riachuelo, normalmente un suave rumor que pasa por las rocas, se ha convertido en un rugido que arranca el suelo bajo los tablones de la casa.

Corro por el pasillo y me asomo a la habitación de Archer para asegurarme de que no ha vuelto, pero me la encuentro vacía. Las luces del techo parpadean antes de apagarse y oigo un chasquido alto en la cocina que me indica que uno de los circuitos se ha sobrecargado. Nos hemos quedado sin luz. El zumbido constante de la nevera se ha quedado en silencio y, tras volver al salón, lo único que oigo es el rugir del viento, el retumbar de los truenos, el riachuelo de debajo de la casa que se ha vuelto turbulento y enfadado.

Me quedo inmóvil por un momento, sin saber qué hacer.

Solo que la casa no me da tiempo a pensármelo…

Porque tiembla y se sacude bajo mis pies.

Oigo un chasquido de algo que se rompe, seguido de otro.

La casa se está separando de la base.

«Ay, madre». Poso la mirada en la puerta principal, pero la pared se inclina como si fuera a hundirse en cualquier momento. La ventana de encima de la mesa de la cocina estalla y el suelo se llena de cristales. Me doy media vuelta y veo que el jardín se sacude ante el viento, que al otro lado de la ventana todo es caos y tormenta. Sin embargo, no es el mundo exterior el que se mueve, sino la casa en la que estoy. Es como haber vuelto al bote de Roble, inclinándose de un lado a otro conforme la inundación la levanta del suelo. No puedo quedarme aquí. Doy un paso tambaleante y me resbalo hacia atrás, porque la casa está torcida, y el sofá se separa de la pared y se desliza hacia mí. Casi me caigo de rodillas, pero me las arreglo para conservar el equilibrio y recorrer el suelo de madera a trompicones.

Llego a la puerta principal y me aferro al tirador con ambas manos, solo que no se abre. Se ha quedado atascada. Las paredes de la casa se han movido y hundido y me quedo tirando de la manija, presa del pánico.

Y no se abre.

«Mierda, mierda, mierda».

El agua empieza a brotar por los tablones del suelo, fría y agitada.

Me invade el miedo y grito, mirando por todas partes de la estancia. En la cocina, el agua entra por la ventana rota. Me tambaleo hacia allí y el cristal del suelo cruje bajo mis zapatos mojados. Queda una capa afilada de cristal en la parte inferior de la ventana, de modo que, si paso por ahí, me voy a cortar.

Solo que no me queda otra opción; la casa se inclina a un lado y el agua se cuela por debajo. Coloco una silla delante de la ventana y me subo, pero entonces oigo un golpe contra la pared de fuera de la casa. Me detengo a escuchar y lo oigo otra vez, un golpe fuerte.

Se me acelera el pulso por el miedo que me late contra los tímpanos, porque no sé de dónde viene el ruido.

Otro golpe, y otro más... y algo que se rompe.

Me aparto de la ventana, de la pared, por miedo a que la casa se vaya a venir abajo de un momento a otro. El riachuelo suena como un torrente, un río que se expande y crece hasta engullirlo todo.

Miro la puerta principal a tiempo para verla romperse hacia dentro, acompañada de la madera que se parte en la pared. Parpadeo para intentar centrarme a través de la oscuridad y creo ver a alguien en el umbral.

La silueta se me acerca, hecha de sombras mezcladas con más sombras, y casi me aparto, nerviosa, pero tiende una mano hacia mí.

—¡Tenemos que irnos! —dice la voz.

No puedo hablar. No puedo pensar.

—Lark —me llama—. Dame la mano.

Noto que me aferra una mano y tira de mí por la puerta para sacarme de casa. Sin embargo, falta medio porche, porque se ha destrozado. Niego con la cabeza, atontada por la cantidad de agua que nos rodea. La casa se ha echado atrás, más hacia el bosque, y la carretera Swamp Wells me parece más lejos que nunca.

—Tenemos que darnos prisa —dice, y lo miro a los ojos por primera vez.

Es el chico al que creía que no iba a volver a ver.

Abro la boca para decir algo, para preguntarle por qué ha venido, pero ya sale del porche roto para meterse en el agua, que le cubre hasta la cintura.

—No te soltaré —dice, y estira las manos hacia mí.

Me pitan los oídos por el estruendo de la tormenta, de la casa que se parte y se agrieta a mis espaldas; aun así, le doy las manos y me agarra para ayudarme a salir del porche y meterme en el agua. Para rodearme con los brazos. Miro la casa, donde el riachuelo se la lleva, entre los árboles, hacia la oscuridad. Engullida por la tormenta.

Roble me sujeta con las manos para impedir que me tire la fuerza del agua y poco a poco vadeamos el riachuelo profundo hasta que se vuelve menos hondo y llegamos a la hierba de la ribera. Quiero sentarme en el suelo, pero Roble no me lo permite.

—Aquí no estamos seguros —me dice, y me insta a seguir el borde del riachuelo que ya es un río, hasta que llegamos a la carretera Swamp Wells. Tiene la camioneta aparcada en el asfalto mojado y la zanja que hay al lado de la carretera se llena de agua.

Abre la puerta del lado del copiloto y me ayuda a entrar.

El ruido de la tormenta se apaga de inmediato y solo los latidos del corazón me llenan los oídos. Cierro los ojos y me digo que debo respirar hondo. Que todo esto es una pesadilla y que, si me concentro lo suficiente, me despertaré.

Solo que, cuando Roble abre la otra puerta y se mete en el asiento, el ruido vuelve con un rugido: la lluvia contra el techo metálico, el viento que aúlla contra el parabrisas.

Arranca el motor y el calor empieza a salir por las rejillas de la calefacción. Me doy cuenta por primera vez de que estoy temblando. Roble me pone algo sobre los hombros, una sudadera, y abro los ojos para acercar las manos a las rejillas.

Luego miro por la ventana y veo lo que se ha perdido para siempre.

El cielo está gris y empapado. Y, al final de la entrada…, nuestra casa ha desaparecido.

No queda ni un solo recuerdo de ella. El riachuelo se la ha llevado, la ha cargado hasta el río Cruce del Conejo, donde se terminará partiendo, tablón a tablón, año tras año, desmontada por las riberas. Con nuestro pasado dentro. Sin embargo, no es solo la casa lo que ha desaparecido.

El jardín ha quedado arrancado del suelo.

Todos los bulbos, todos los pétalos, se han ido.

El riachuelo se lo ha llevado todo.

Para siempre.

Me cuesta respirar y pensar con claridad. Estoy viendo que lo hemos perdido todo.

—Lo siento —oigo que me dice Roble.

Como si tuviera que sentirme triste, como si fuera a echarme a llorar. Sin embargo, me siento enredada, puesta del revés. Lo que siento es algo intangible, innombrable. Inimaginable.

Lo he perdido todo, sí, pero también…

Aparto las manos de las rejillas de la calefacción, porque ya he dejado de temblar.

—¿Por qué has venido? —le pregunto.

Suspira y guarda silencio, hasta que, distraído, se lleva una mano al bolsillo de atrás, saca el libro que siempre lleva encima y lo deja en el salpicadero antes de volver a acomodarse. El libro está mojado, empapado, con las páginas deformadas. Aun así, el calor del salpicadero acabará secando el papel. Me quedo mirando el libro mientras él carraspea.

—Parecía que iba a llover, así que he pensado en ir en coche, en vez de ir caminando. —Mira la tormenta al otro lado del parabrisas—. He pasado por el límite del condado sin pensármelo... No... No pretendía venir aquí. —Su voz suena tensa, recelosa, como si no quisiera revelar demasiado e intentara esconderse detrás de los bordes suaves de los labios, esos que todavía recuerdo de cuando me rozaron los míos. Aunque ya sé, porque me lo ha dicho la señora Thierry, que pasa por delante de casa cada noche. Es un ritual, una costumbre. Una tortura de la que no puede librarse. Viene aquí cada noche, lo admita o no—. Pasaba por delante de tu casa cuando he visto el agua.

«Las casualidades no existen», como diría mamá. La vida es una serie de momentos predestinados, calculados a la perfección y dirigidos por los hilos invisibles que nos atan al destino.

Aunque ya no sé si creer nada de lo que me dijo.

Cierro los ojos, escuchando la lluvia, e intento darle sentido a todo.

—Mi maleta... —digo, al recordarla de pronto, y me incorporo para mirar por la ventana, por mucho que ya sepa que no estará ahí. El río se la habrá llevado. Lo he perdido todo de verdad. Lo único que me queda es la postal que tengo en el bolsillo de los pantalones cortos que llevo y el dinero de la cartera.

—¿Te vas a ir? —me pregunta, porque sabe lo que implica la maleta.

—Esta noche.

Ladea la cabeza contra el asiento, con la expresión hecha una galaxia de recuerdos, como si viera todos los pensamientos y los momentos que hemos pasado lejos el uno del otro, todas las noches que lo esperé en la ventana y no vino.

El silencio que se extiende entre nosotros es como una aguja contra una herida abierta. Afilada y precisa. Es todo lo que he intentado olvidar y lo tengo sentado al lado.

—Te mereces algo mejor que este pueblo —dice, suspirando, como si se estuviera esforzando lo indecible para mantener la compostura—. Me alegro de que vayas a poder salir de aquí por fin.

Parpadea y casi le noto una sonrisa en los ojos, como si en otros tiempos le hubiera encantado esa parte de mí, mi sueño de largarme de aquí.

—Siempre he pensado que iba a dejar algo atrás cuando me fuera… —me quedo mirando el lugar en el que antes había una casa—, pero ya no queda nada.

Ni una maleta. Ni una triste muda de ropa. Ni un cepillo ni otro par de zapatos. Hasta el Walkman de mi madre ha desaparecido. El riachuelo se lo ha llevado todo.

Ha destruido mi vida entera.

Pienso en Archer, que estará en algún lugar del pueblo, sin enterarse de lo que hemos perdido.

La lluvia pierde intensidad contra el capó y los truenos ya resuenan más al este.

—Tengo que ir a la estación de tren.

—¿No crees que deberíamos esperar aquí? —Roble entorna los ojos al mirarme—. Vendrán los bomberos o alguien. Tu casa… ha desaparecido. Puede que la tormenta vaya a peor.

—No —respondo, con la sensación de poder respirar bien por primera vez—. No va a venir nadie. A nadie le importa esa casa, ni se darán cuenta de que no está. Nadie notaría que no estoy.

Roble se queda mirando por la ventana y capto el dolor en esos ojos verde bosque. Un dolor sin nombre.

—Yo lo notaría.

CATORCE

Roble me lleva por la carretera Swamp Wells.

La peor parte de la tormenta se disuelve sobre nosotros; los rayos tiemblan en el horizonte y tan solo una llovizna sigue salpicando el parabrisas.

Sentada en la camioneta de Roble, con el olor a neumático y sol que tanto conozco, me acuerdo de los días de principio de verano en los que conducíamos con las ventanas abiertas y yo sacaba la mano ante el aire cálido. Me parece que hace mil años de eso. Por un breve momento, finjo que sigo siendo esa chica, inocente y llena de esperanzas. Finjo que somos dos adolescentes enamorados que van a probar suerte con esto en el mundo real. Me imagino que estira la mano para dármela. Que nos vamos juntos de este pueblo.

Que huimos y empezamos de cero.

Soy estúpida.

Aminora la marcha por la avenida Aspen y los segundos transcurren demasiado deprisa. Detiene la camioneta delante de la estación y la pone en punto muerto. Se aferra al volante como si le diera miedo soltarlo, como si no se fiara de sus propias manos.

Me muerdo el labio inferior, porque no sé sentarme a su lado sin tocarlo, sin hundirme en sus brazos e inspirar su aroma. A río, a viento, a zonas silvestres. No sé despedirme de él.

Poso la mirada en el libro que ha dejado en el salpicadero. *Expiación*, de Ian McEwan.

Una historia de amor trágica, si mal no recuerdo.

Roble me sigue la mirada.

—Va de un hombre que pierde a la persona a la que quiere por culpa de una mentira. De un rumor.

—Algunos rumores son ciertos —respondo en un acto reflejo.

Niega con la cabeza y, con una voz tan tenue que apenas la oigo por encima de la lluvia, dice:

—La verdad me importa una mierda.

Otro largo silencio. Observamos la lluvia que salpica el parabrisas.

—Ojalá fuera distinto… Ojalá no…

Quiero decir «ojalá no fuera una Goode», pero no puedo disculparme por lo que soy. Nos hemos hecho esto el uno al otro, nos hemos roto el corazón. Querer cambiar el pasado no sirve de nada.

Asiente con la respiración entrecortada y baja los hombros, como si supiera que ha llegado el final de verdad.

—Espero que consigas todo lo que quieres.

Esto me duele más que ninguna otra cosa. Más que el tiempo que hemos pasado separados.

Retuerce las manos alrededor del volante y sé… que es la última vez que lo voy a ver. Nada de esto me parece justo.

—No sé qué más decir —murmura. Se le tensa la mandíbula. Es un muro de ladrillo sentado a mi lado y ninguna parte de él me suplica que me acerque, que vaya a sus brazos.

—Creo que no hay nada más que decir.

Esas palabras casi bastan para destrozarme. Porque las palabras que yo misma he pronunciado… son mentira.

Porque me quedan mil cosas por decir; quiero que me dé la mano; quiero que me diga que nunca habrá palabras, momentos ni tiempo suficiente entre nosotros. Porque me ha echado tanto de menos que sentía que moría.

Solo que no me lo dice.

Cierra la boca y asiente de forma casi imperceptible, con lo que se queda con la barbilla baja, como si entendiera que ya es demasiado tarde para eso. Que no hay vuelta atrás.

Suspira y habla por fin, pero para decir lo peor de todo, en voz tan baja que casi no lo oigo:

—Solo ha sido un lío de verano…, qué más da.

Lo miro a los ojos y no encuentro nada en ellos. Ningún consuelo, ningún remordimiento. Solo tengo sus palabras y me sientan como una daga oxidada que se me clava hasta los huesos y se retuerce para destrozarme lo que me queda dentro. Para romperme del todo. Aun así, logro asentir, mostrar que estoy de acuerdo, aunque no lo crea de verdad.

Es el final de nuestra historia.

Los tulipanes han desaparecido, se han ido con el río, y tal vez ahora… lo que sintió por mí lo ha hecho también. El encantamiento, el embrujo, se ha desvanecido. Es algo que no puede señalar del todo, una sensación que vivió en su interior y se ha evaporado con la tormenta.

Ya no tiene un corazón que ansíe estar conmigo.

Cuando me vaya, bien lejos de aquí, no me echará de menos.

Casi ni volverá a pensar en mí.

Ojalá yo me sintiera igual.

Ojalá no sintiera nada.

Sin embargo, cuando poso la mirada en él, sé que mis pensamientos están tan destrozados como siempre. Se pasa una mano por el antebrazo y pienso en lo guapo que es; en que, por imposible que sea, ha sido el chico que me ha hecho olvidar, durante unas breves semanas, lo peligroso que es el amor.

Quiero decirle muchísimas cosas, aunque sé que ya da igual.

—Adiós, Roble.

Eso es lo único que me sale. Pongo una mano en el tirador, a punto de salir hacia la noche, solo que Roble estira una mano hacia mí y me sujeta del brazo. Suave pero suplicante.

No me doy cuenta de que estoy llorando hasta que me doy media vuelta y me acaricia la cara, me enjuga las lágrimas y me abraza. A lo mejor es lástima lo que siente, los últimos rescoldos de compasión por una chica, porque en algún momento creyó que no iba a poder vivir sin ella.

Apoyo la cara en el hombro de Roble e inhalo su aroma: el río de noche, el sol contra su piel bronceada. Llevo demasiado tiempo ansiando esto: notarlo cerca de mí, oír sus latidos feroces contra mi oreja.

—Lo siento —me susurra—. Por todo.

Yo también lo siento, pero no se lo digo. No sé cómo.

Aparto la cabeza del hombro de Roble, y esos ojos verdes horribles, preciosos y dolorosos se alzan un milímetro para mirarme... y todas las partes que me componen se rompen en mil millones de fragmentos irrecuperables que se disuelven en el suelo. «No me mires así —quiero gritarle—. No me tengas tan cerca que pueda oler el viento en tu pelo oscuro. No dejes que cada palabra te cuelgue de los labios tan despacio que pueda imaginarme suspendida contra tu boca, cayéndome y destrozándome contra ti».

Mierda. Lo sigo queriendo. Y me odio por ello.

Intento tragar, humedecerme la garganta lo suficiente como para hablar, pero las palabras apropiadas se han convertido en las equivocadas.

«Te echo de menos».

«No te vayas».

«Te quiero».

«Siempre te he querido».

«...Y aún te quiero».

Tiene la boca a centímetros de la mía, tan cerca que podría...

Las lágrimas me caen por las mejillas y quiero ponerme a gritar, quiero irme a un millón de kilómetros de aquí y no moverme al mismo tiempo. Quiero...

Quiero...

—Lark...

Mi nombre le sale de los labios, como una pregunta, una plegaria, un deseo. Una petición.

El calor me ruge en las mejillas. Noto que el corazón le late deprisa debajo de la mano que le he apoyado en el pecho, y la división que nos separa se evapora, como si fuera imposible que existan partículas de aire entre los dos y nada fuera a atreverse a separarnos. El destino es una fuerza más poderosa que el miedo que me invade el pecho.

Los labios de Roble están a un milímetro de los míos y apenas rozan el dolor que contengo, el miedo que nos aferra a los dos. Ninguno de los dos podrá apartarse. Nos perderemos... en un futuro que no podremos tener.

Y tal vez a eso se debe.

Ya no tenemos nada que perder...

Suelto el aliento, incapaz de seguir siendo firme ni un solo segundo más. Le doy un beso profundo, enfadado, roto. Dejo que mis labios se adentren en los suyos, me permito olvidarme de todos los momentos que se han producido antes que este. Me da igual si no debería, si solo va a conseguir que despedirme sea más difícil. Lo beso. Beso al único chico al que me he atrevido a besar y noto su dedo cálido y peligroso cuando me acaricia la mandíbula, detrás de la oreja y la base de la nuca.

Lo beso por todos los minutos juntos que hemos perdido.

Lo beso por cada noche que paso en vela, con ganas de volver a tocarlo.

Lo beso por todas las líneas del rostro que le he dibujado con el lápiz para grabármelo a fuego en la memoria.

Y él me devuelve el beso, feroz, como si supiera que me voy a escapar de su agarre. En algún momento, así será. Para siempre. Como si supiera que lo que siente por mí ha desaparecido y esta fuera su forma de despedirse para siempre.

Porque es mi corazón lo que está destrozado, lo que se enreda en el vaivén de la boca de Roble, en las manos que me desliza por dentro de la camiseta, empapada por la lluvia, para rozarme la espalda. Me siento mareada y borracha y con ganas de cambiarlo todo por estar con él. De sacrificar todos los planes que he hecho. Lo daría todo, absolutamente todo, con tal de aferrarme a esta sensación, de quedarme con él en la calidez de su camioneta, bajo la lluvia, y olvidarme de la vida que me espera lejos de este pueblo.

«Soy estúpida», pienso de nuevo, pero me da igual.

Me busca la garganta con la boca y espero que no me suelte nunca. Que el tiempo se atasque en este instante y se niegue a avanzar. Espero que no sea un sueño. Espero no volver a despertarme. ¿Por qué las manos de Roble me parecen un consuelo al rozarme la piel, como si fueran lo único que necesito?

Abro los ojos un poco; tengo que recordarme que he de respirar…

Parpadeo y me quedo mirando el libro del salpicadero. *Expiación*. Una historia de pérdida, mal de amores y pasión. Pienso en que ha tocado las páginas como me toca a mí ahora. Pienso en las historias que reposan bajo su piel. En que nosotros somos una historia que se sigue entretejiendo.

Una historia ya decidida.

Predestinada.

Condenada al fracaso.

Pienso en que me será imposible olvidarme de él. Me pasa las manos por las costillas y me acuerdo de la primera vez que lo vi, en el aparcamiento, con un hombro apoyado en el árbol y un libro en las manos. Recuerdo el aspecto que tenía al alejarse.

Odié que se fuera. Incluso en aquel entonces, antes de saber cómo se llama.

Odié verlo alejarse de mí, sin saber si iba a volver a verlo, si en algún momento me iba a mirar a los ojos. Supe que tenía que acercarme más a él, incluso en aquel entonces. Por mucho que tratara de borrármelo de la mente.

Ha estado ahí desde el principio, bajo mi piel, como si fuera más fuerte que la maldición.

Como si fuera a ser lo único capaz de salvarme.

Solo que no lo era. Todo era mentira.

Me vuelve a besar y noto que me deshago bajo sus manos, que me olvido del tren, de irme de aquí, de la casa que se ha perdido entre los árboles. Sin embargo, no puedo apartar la mirada del libro, tiene algo... Algo que me mantiene aferrada a sus páginas arrugadas, todavía húmedas por el riachuelo desbordado. Se abren un poco al empezar a secarse, por el calor que sale de la calefacción, y veo algo ahí metido. Aplastado.

Inocente y delicado, guardado entre las páginas.

Escondido.

A salvo.

Entorno la mirada para verlo mejor...

Un tono rojo cruel y traicionero sobre el blanco del papel.

Rojo sangre.

Rojo furia.

Rojo mentira.

Roble deja la boca quieta contra la mía.

—¿Qué pasa?

Estiro una mano, con las de él todavía en las costillas, y tiro de los pétalos sedosos. Está aplastado por haber estado metido en el libro y se ha secado un poco, ha perdido parte de su peso y humedad. Aun así, sigue intacto, de color intenso. Listo para su siguiente víctima.

El tiempo me apretuja y me quedo sin aire.

—Lark… —empieza a decir, con el ceño fruncido y sus labios llenos todavía cerquísima de los míos. Tanto que podría besarlo otra vez.

Pero no, no, no, no puedo.

Me aparto de él en el amplio asiento de la camioneta hasta que toco la puerta fría con la espalda.

—¿Cuánto tiempo hace que lo tienes?

—Lark, es que… No es lo que…

—Que cuánto tiempo hace que lo tienes —exijo saber, con la sensación de que me voy a quedar sin voz. En vez de garganta, tengo un desierto.

Intenta acariciarme otra vez, pero niego con la cabeza.

—¿De dónde lo has sacado?

Veo que contiene el aliento en la garganta y separa los labios para hablar.

—Estaba tirado en la calle…, lo vi y lo recogí. No me pareció importante.

—¿Cuándo? —tartamudeo, con la palabra atascada en los dientes.

—No… No lo sé. Hace un mes, en primavera.

La visión se me pone borrosa antes de que se despeje de nuevo.

—¿En la calle dónde?

—Delante de tu casa. Pasaba por allí. —Le capto la súplica en la mirada y veo que quiere acercarse más a mí, pero se contiene—. Era tarde y oí unas voces, unos cuchicheos de chicas, y las vi salir de tu casa. Llevaban flores y se les cayó una.

«Clementine y sus amigas», pienso. Seguramente fuera la primera noche que se colaron en el jardín para robarnos tulipanes.

—¿Y esa noche pasaste por delante de mi casa?

Asiente, respirando por la nariz.

Intento imaginármelo, a Roble paseando por la carretera Swamp Wells aquella misma noche (tal vez llevaba varias semanas pasando por allí de noche, por la curiosidad que sentía por los Goode, por la familia que destrozó a la suya), hasta que un día vio a un grupito de chicas chillando y riéndose mientras se iban corriendo del jardín, soltando tulipanes de camino al pueblo.

—Te dije que alguien se nos coló en el jardín —insisto—. Te dije que alguien nos robó las flores, ¿y no te pareció lógico decirme algo?

—No sabía quiénes eran. —Menea la cabeza—. Y no me pareció importante, solo eran flores. No sabía... No me di cuenta de que era tan importante para ti.

Me tiembla la mano y me cuesta respirar.

—Pero te lo quedaste —digo—. Encontraste el tulipán y lo has guardado en cada libro que lees... ¿Por qué?

—Me... —Baja la mirada—. Me lo quedé porque, no sé, porque me recordaba a ti. Y nada más. No era... No sabía que...

Rebusca entre sus pensamientos, incapaz de encontrar la razón exacta. Sin embargo, yo sé muy bien por qué se lo quedó: por cómo lo hacía sentirse. Igual que todo el mundo que ha tenido un tulipán en las manos, no podía desprenderse de él, no podía dejarlo sin más.

Solo que eso no es lo peor.

No es lo que hace que la cabeza me dé vueltas como una noria.

Si ha tenido un tulipán (escondido en un libro, en su bolsillo de atrás) desde el principio, desde la noche que Clementine y las demás nos robaron las flores... Si lo ha tenido desde que me salvó de la pelea delante del instituto, desde que nos tumbamos en el vagón abandonado, desde que me dio la mano rodeados de miles de luciérnagas...

Quizá...

Quizá no tendría que haberme preocupado por él.

Quizá nunca se haya sentido embrujado, encantado y engatusado por Lark Goode. Quizá no se ha acercado a mí por una maldición familiar que brotaba detrás de nuestra casa.

Porque el que tenía un tulipán Goode desde el principio era él. Y he sido yo la que se ha sentido atraída hacia él.

Quizá... son mis sentimientos de los que no me puedo fiar.

Nunca hemos sabido qué ocurriría si alguien ajeno a la familia robara un tulipán, se lo quedara y lo escondiera. Nunca hemos sabido qué nos ocurriría a nosotros si nos enamoráramos de alguien que tenía un tulipán escondido.

Y ahora...

Me daba miedo que lo que Roble sintiera por mí fuera mentira.

Pero... ¿y si es mi corazón el que estaba en peligro?

El que ha sentido lo que no debía sentir.

«El amor te aferra el corazón en un puño y no descansa hasta hacerte sangrar».

Mamá nos lo advirtió. Solo que nunca nos dijo qué ocurriría si alguien se quedaba con un tulipán escondido entre las páginas de un libro y nos enamorábamos de esa persona.

Empiezo a dudar de todo.

Los ojos se me anegan en lágrimas y la camioneta me parece demasiado cálida. Sofocante.

Lo que siento por Roble, estas ansias, esta añoranza que he experimentado desde el principio, esa sensación que no podía describir del todo, nunca ha sido real. Ha sido una sensación demasiado grande y demasiado rápida que me ha echado raíces en el interior y ha conseguido que olvidarlo sea imposible.

Me sentía fascinada por él. Hipnotizada. Embrujada. Obsesionada por terminar el boceto. Por volver a verlo.

Niego con la cabeza y la verdad me golpea el cráneo por dentro.

Ha sido el tulipán, el que ha tenido escondido. A salvo, preservado.

«No lo he querido de verdad».

En ningún momento.

Suelto el aire, que me parece una tormenta, un huracán en un mar embravecido que arrasará con todo, y aparto la mirada.

Lo que notaba en el corazón era falso, todo lo que he sentido... ha sido mentira.

Cierro la mano en torno al tulipán y lo aplasto con el puño.

—Lark... —repite, pero me aparto más aún.

No puede decir nada para arreglarlo, no existen las palabras. Todo lo que he sentido ha sido mentira. No importa si pretendía mantenerlo en secreto o no. Da igual.

Todo lo que ha despertado en mi interior hace tan solo unos instantes, al posar su boca sobre la mía, no ha sido real.

Ha sido por el tulipán.

Llevo una mano a la manija.

—Espera... —dice—. Por favor..., no lo sabía. Solo es una flor. No significa nada.

Veo la culpabilidad, el arrepentimiento que esconde detrás de los ojos. En los míos, lo que noto es el escozor de las lágrimas.

—Lo significa todo.

Desde siempre, han sido los demás quienes se han sentido atraídos por Archer y por mí, como insectos a la luz. Mareados y confusos. Y nunca me he parado a pensar qué ocurriría si fuera otra persona la que tenía un tulipán y era yo la que caía en su embrujo.

Niego con la cabeza una vez más, sin soltar el tulipán.

—Como has dicho, solo ha sido un lío de verano. Y no podemos saber si ha sido de verdad o no. Si lo que ha habido entre nosotros… ha sido real. —Abro la puerta de la camioneta y salgo a la acera, donde sigue cayendo una llovizna. Me permito mirarlo otra vez—. ¿Puedes hacerme el favor de decirle a mi hermano que estoy bien? Dile que me he ido en el tren.

Roble asiente y nos quedamos mirando por última vez.

No hay nada más que decir.

No existen palabras que puedan volver a unir estos fragmentos rotos.

De modo que cierro de un portazo y me obligo a marcharme.

Camino bajo la lluvia rumbo a la oficina de la estación y dejo a Roble sentado en su camioneta, a ese chico mancillado por el deseo y el engaño. Dos conceptos tan unidos que nunca seré capaz de distinguirlos.

QUINCE

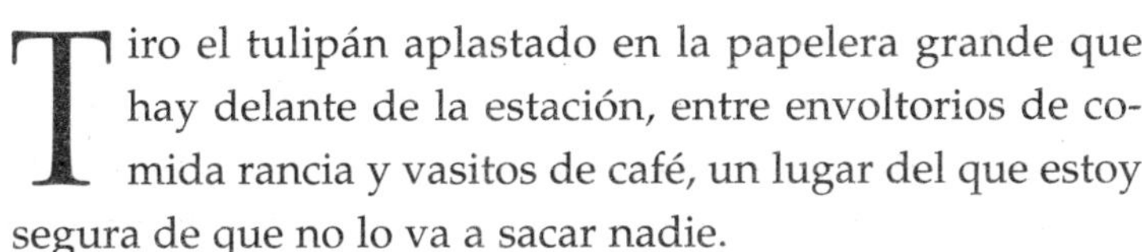

Tiro el tulipán aplastado en la papelera grande que hay delante de la estación, entre envoltorios de comida rancia y vasitos de café, un lugar del que estoy segura de que no lo va a sacar nadie.

Compro el billete a la mujer de aspecto cansado que hay en la ventanilla, quien me dice que el tren va con media hora de retraso por culpa de la tormenta. Me da igual, pienso esperar tanto como haga falta. Me siento en uno de los bancos que hay fuera, bajo el toldo, con charcos en los pies. Todavía llevo la sudadera de Roble, la que me ha puesto sobre los hombros cuando me ha salvado de la tormenta. Quiero tirarla también, dejarla por ahí, porque huele a él, a un corazón roto, pero es la única prenda seca que tengo. De modo que me la abrocho y me prometo que la quemaré en cuanto llegue a mi nuevo hogar. Hay otros pasajeros de pie a mi alrededor, con el rostro lleno de desesperación y ansias de que llegue el tren de la noche.

La camioneta de Roble ya no está y tengo el corazón hecho añicos.

Archer y yo creíamos que habíamos recuperado todos los tulipanes robados, que habíamos enderezado la situación, pero nos equivocábamos. Quedaba uno y estaba en manos de la última persona que me habría imaginado. La persona que necesitaba, la que nunca podré arrancarme de los pensamientos.

Y ahora sé por qué.

Repaso todos los momentos que he pasado con él e intento desentramar cómo me ha hecho sentir, en busca de la verdad. Cuanto más indago, mejor lo entiendo: todo ha sido por el tulipán. Ha sido la razón de que no pueda desprenderme de él.

La razón de que me haya quedado en Cutwater más tiempo de la cuenta.

El verano que hemos pasado juntos era un acertijo con una sola respuesta: el tulipán que se guardó en un libro.

La llovizna empieza a escampar y el cielo se despeja un poco para desvelar un paisaje estrellado.

Creía que iba a ser Roble quien cambiara el curso de mi vida, pero no he dejado de estrellarme contra la fortaleza que es su corazón una y otra vez. Superada por un delirio tan horrible, tan encantador, que podría ser lo bastante insensata como para hacerlo de nuevo.

No me puedo fiar de mí misma.

Alguien se echa a reír y la carcajada resuena a través de la oscuridad; alzo la vista y veo un grupo de sombras que camina por la carretera delante de la estación. Conforme se acercan a la luz de la farola, distingo a Dale Dawson y Chloe Perez. Van de camino al pueblo y Chloe se bambolea un poco, como si estuviera borracha. A lo mejor van a casa de alguien o pasean después de la tormenta. Sin embargo, veo a alguien por detrás de ellos: Jude.

El comecocos de papel se le mueve deprisa en las manos mientras camina y le lee la fortuna a una chica que me parece Lulu Yen, porque es difícil de ver bien según entran y salen de las sombras. Abre una esquina y le lee las palabras a Lulu, quien se ríe y echa la cabeza atrás, con lo que el *piercing* que tiene en la nariz reluce por la luz de la farola. Entonces le da algo pequeño a Jude que no alcanzo a ver, su recompensa por haberle leído la fortuna, y vuelve corriendo hacia Chloe, con la mirada iluminada por el destino secreto que solo conoce ella.

No he visto a Jude desde el día del autocine, cuando me dio la mano y me dijo: «Las lágrimas y la lluvia…, todo se une. El riachuelo Olvidado es la única forma de irse».

Inspiro hondo y ya entiendo que tenía razón.

Antes me he puesto a llorar, de rodillas en el jardín, y las lágrimas se han mezclado con la lluvia y han hecho que el riachuelo se desborde. Tal vez este es el único relato que quiero creerme: que el destino sabía desde el principio cómo acababa la historia. Quizá solo ha sido cosa de la tormenta y la lluvia ha llenado el pantano para llevarse por fin la casa que llevaba décadas amenazando con derrumbarse.

O quizá… los Goode somos brujos de verdad, magos, hechiceros expertos en magia negra. Tal vez descienda de aquellos que llevaron la alquimia desde el otro lado del océano Atlántico, escondida en las células del cuerpo. Tal vez el riachuelo Olvidado sea mágico. Tal vez Fern Goode le echó un embrujo a los bulbos de tulipanes que nos hizo tejedores del destino. Tal vez yo tenía el poder para destruir el jardín desde el principio y no lo sabía.

En cualquier caso, Jude vio lo que iba a suceder.

El futuro que me leyó aquel día se ha hecho realidad.

Sin embargo, también me dijo otra cosa. Me señaló el corazón y dijo: «Esto tiene que romperse. Tiene que llorar. Y entonces serás libre al fin».

Ojalá se hubiera equivocado con esa parte.

Al otro lado de la carretera, el grupito ya casi ha desaparecido, pero me levanto y cruzo a la otra acera. Jude alza la mirada al verme, con su cabello rubio y rizado alrededor de las orejas pequeñas que tiene y las mejillas llenas de pecas, y se echa atrás, asustado.

—Necesito otra fortuna —le digo deprisa—. Puedo pagarte.

Necesito saber que mi futuro ha cambiado, necesito saber qué ocurrirá a continuación.

Jude posa la mirada en sus amigos, quienes se han detenido y nos observan, claramente nerviosos.

—No acepto dinero —responde apresurado, mirando a todas partes menos a mí—. Solo trueques.

—Te daré lo que quieras.

Sin embargo, niega con la cabeza, con la mirada perdida en sus Converse que le llegan hasta el tobillo.

—No quiero nada de ti.

Está pensando en los tulipanes, en lo único de valor que tengo, los tulipanes que han arrasado con el pueblo y han vuelto locos a todos los que han poseído uno. No quiere saber nada de ellos. Ni de mí. No sabe que los tulipanes ya han desaparecido.

—Por favor —le suplico desde más cerca—. Necesito saber… —Dudo, sin saber muy bien qué quiero en realidad—. Necesito saber que me espera una vida mejor lejos de este pueblo. Que el pasado no me va a perseguir allá adonde vaya, que la maldición se ha roto por fin y que los tulipanes han desaparecido de verdad.

Los ojos pálidos de Jude adquieren un gesto más suave y me mira con cierta tristeza. Aun así, se mete el origami en el bolsillo de los pantalones, donde lo pierdo de vista.

—El destino es como un río… —suspira, con las mejillas hundidas—, siempre nos empuja hacia algo de lo que no podemos huir. —Se queda cabizbajo una vez más, aunque me mira por debajo de sus pestañas rubias—. La fortuna que te lea no va a cambiar el porvenir. Quizá es mejor que no lo sepas. Quizá tienes que dejar de esperar a que el destino te muestre el camino. Tienes que labrarte tu propio camino, Lark Goode.

No me sonríe, pero le sigo viendo esa suavidad en los ojos, una amabilidad incapaz de poner en palabras. Se da media vuelta antes de que me dé tiempo a decirle algo más.

A mis espaldas, suena una campana y alguien grita que el tren de las diez de la noche acaba de llegar. Jude y sus amigos ya han recorrido la acera, riéndose, a salvo y alegres, como si no tuvieran una vida retorcida por una maldición y deformada desde que nacieron. Como si no tuvieran nada a lo que temer.

Subo al tren y me acomodo en un asiento sola, con la mirada perdida en el pueblo del que siempre he querido huir. Dejo atrás la crisálida de la chica que era. He perdido mi hogar. El jardín ha quedado destruido. Y, con un poco de suerte, el riachuelo se ha llevado la maldición consigo.

«Tienes que labrarte tu propio camino, Lark Goode», me ha dicho Jude.

Y tal vez tenga razón. He pasado la mayor parte de la vida intentando huir de quien soy. Tal vez ahora tenga que correr en dirección a algo.

A la chica que debo ser.

Ahora la dueña de mi propio destino soy yo.

Porque ya no puedo perder nada más.

El tren se sacude al arrancar y traquetea por las vías. Y sé que no voy a volver a ver este pueblo, lo tengo por seguro. Cuando me vaya, ya no habrá vuelta atrás.

Un «lío de verano».

Algo de lo que no podíamos fiarnos desde el minuto cero.

El tren acelera y vibra, como un monstruo metálico que ruge al pasar a través de árboles perennes densos, y pienso en Roble, sentado en su camioneta cuando me he despedido de él, con esa expresión ausente en la mirada. El dolor que se me ha despertado en el interior y el que he visto en él.

Los dos hemos quedado heridos.

Pienso en el agua fría que ha crecido bajo los tablones de mi casa.

Tal vez solo fuera una fuerza de la naturaleza, lo bastante violenta como para por fin arrancar la casa del terreno y llevarse los tulipanes. O tal vez haya sido algo muy distinto.

El final de una historia escrita hace mucho tiempo por Fern Goode.

Las lágrimas que se han acumulado en las riberas del riachuelo, la sangre que me recorre las venas y que poseía un embrujo transmitido de un Goode al siguiente. El dolor de mi corazón que ha capturado la tormenta y la ha lanzado para destruir el origen de todo mi dolor.

Sea como sea, lo voy a abandonar todo.

Ese es el destino que me voy a labrar.

Quiero que la historia de los tulipanes, de nuestro apellido, se pierda con el paso del tiempo…, que pase al olvido. Hasta que nadie recuerde a los Goode ni la locura en la que se sumió el pueblo durante un verano.

Apoyo la cabeza en la ventana, cubierta por las gotas finas de la lluvia. He pasado muchísimas noches encima del vagón abandonado del bosque soñando con este momento, con el vaivén y el movimiento de un tren que, kilómetro a kilómetro, me saca de este pueblo desdichado.

Esta es la sensación que no he podido describir cuando estaba sentada en la camioneta de Roble y me he quedado mirando el terreno vacío en el que antes estaba mi casa y el jardín:

La libertad.

DIECISÉIS

El mar es más oscuro de lo que me imaginaba y las olas retumban contra las rocas de la orilla.

Camino bajo la tormenta por el paseo marítimo, por delante de cafeterías y tiendas de dulces y hostales, con el cabello empapado por la lluvia. Me siento a la deriva, sin nada más que la ropa que llevo encima y la esperanza de empezar de cero.

No he podido dormir en el tren, porque todo me daba vueltas por la cabeza, pero ahora me muero de ganas de descansar. Al final del pueblo, pido una habitación en un motel diminuto, una barata con una sola cama y vistas al aparcamiento empapado. Me dejo caer sobre la cama y duermo un día y una noche enteros. Es un sueño profundo e infinito que me parece absoluto, de esos de los que podría no despertar.

Aun así, a la mañana siguiente, abro los ojos en esa habitación que huele a mar y noto las garras del hambre en el estómago.

Salgo del motel y vuelvo al paseo marítimo para entrar en una cafetería chiquitita con vistas al mar. Hay tan solo un puñado de clientes sentados dentro y nadie repara en mi presencia cuando me acerco al mostrador. Nadie aparta la mirada de su café *latte* ni del móvil. Soy una chica sin nombre. Una chica sin pasado, o al menos sin un pasado que conozcan.

Sonrío para mis adentros, sin saber muy bien cómo sentirme.

Después de comprar un bizcochito de lavanda de una niña que sonríe con educación, sin miedo ni asco en la mirada, le echo un vistazo al tablón de anuncios que hay cerca de la puerta. Paso por alto carteles de gatos perdidos y de ofertas de trabajo para camareras y de cortacéspedes a la venta y me centro en una nota manuscrita: «Se alquila cabaña de una habitación. Solo para quien le gusten los perros».

Le pregunto a la chica de detrás del mostrador si puedo usar el teléfono fijo de la tienda y llamo al número. Me contesta una mujer. Me dice que la cabaña es pequeña, detrás de su casa, pero tiene vistas al mar y la única pega es que tengo que estar dispuesta a soportar a sus dos perros grandes que suelen pasarse por ahí, así como un piano que le gusta tocar a las tantas de la noche.

Le digo que no me molesta para nada y que puedo pagar dos meses por adelantado.

Aunque es casi todo lo que tengo, al menos tendré un lugar en el que quedarme hasta que encuentre trabajo.

Sigo sus instrucciones y me alejo de los límites de la ciudad, dándole mordisquitos al bizcocho, hasta que llego a una entrada llena de zarzamoras que conduce hasta una colinita. Al fin la veo: una casa de dos plantas y tejas grises que parece un pastel a capas y tiene vistas al mar.

Margo, la propietaria, me recibe en la entrada de gravilla con una sonrisa cálida y una taza de chocolate caliente. Casi la abrazo de puro alivio, por mucho que no la conozco de nada, porque me parece un refugio momentáneo y tiene una sonrisa cómoda y sincera. Es bajita, con el pelo corto y lleno de canas y unas manos que no deja de mover para arreglarse y peinarse. Sus dos perros, Palo y Lox, nos siguen al lado de su casa pastel por un camino de tierra corto a través de unos árboles agitados por el viento, hasta que llegamos a la cabaña de lo alto de la colina, con vistas al mar gris.

—Es la primera vez que la alquilo —me cuenta, y se le arrugan las comisuras de los ojos. Huele a clavo, a agua de rosas y sal marina—. La teníamos para los amigos y familiares que venían de visita, pero cuando falleció Lonnie el año pasado, pensé que mejor la… —Se le atascan las palabras y aparta la mirada al mar, con las mejillas sonrosadas ante el viento húmedo—. Tenía sentido para cobrar algo extra cada mes. Y pensé que me vendría bien un poco más de compañía. —Me mira con sus ojos color avellana, amables y fuertes al mismo tiempo—. Me preocupaba no encontrar a la persona adecuada, pero cuando me has llamado, he tenido una corazonada.

Me estremezco. Si supiera quién soy, a lo mejor cambiaba de parecer. Sin embargo, cuando abre la puerta principal de la cabaña, me suelta un comentario sobre supersticiones e historias populares y me dice que espera que no me moleste que el pueblo esté lleno de «leyendas y alguna que otra maldición eterna», porque parece ser que me he ido a meter en un pueblo así.

Le digo que ya estoy acostumbrada a esas cosas y asiente con expresión seria, como si ella misma hubiera visto más desamores de la cuenta en este pueblo.

—Parece que te vendrían bien algunas pertenencias —dice, señalando mi falta de maleta y efectos personales—. Puedo bajarte ropa que tengo guardada en el ático; imagino que no será tu estilo, pero te valdrá para salir del paso.

—Muchas gracias.

Aunque me dan ganas de llorar, me contengo para no venirme abajo delante de esta mujer a la que acabo de conocer.

Me deja a lo mío en la cabaña y me dirijo a las ventanas que dan al mar embravecido. A lo lejos veo una isla con un faro en el centro y un haz de luz que lo rodea a un ritmo constante para avisar a los navíos de la presencia de la costa rocosa.

El lugar me parece empapado de algo nuevo, de algo que no entiendo aún. Aun así, por extraño que parezca, ya creo que podría ser un hogar.

Transcurren dos días, con una lluvia que cae contra la cabaña cada mañana y un ambiente gris que no he conocido hasta ahora. Acabo encendiendo una hoguera en la pequeña chimenea y me acurruco en el sofá a cuadros diminuto que hay mientras intento no pensar en él.

Tengo las entrañas oxidadas y corroídas, como un junípero víctima de la podredumbre de corazón: una putrefacción horrorosa dentro del tronco, de modo que, si lo cortas, ves que no hay nada dentro. Un hueco vacío.

Si me abren en canal, ¿encontrarán lo mismo?

Cada noche, antes de irme a dormir, me doy un baño en la vieja bañera con patas que hay y me valgo del jabón casero y el champú de miel y menta que hay en el armarito de las medicinas. E intento no pensar en él. El recuerdo de sus manos es como un apocalipsis en mi piel que no me voy a poder quitar de encima nunca.

Por suerte, cuando me planto delante de la ventana de la habitación, no hay ningún tulipán meciéndose en el jardín, ninguna historia familiar que aceche por los pasillos de la cabaña, ningún riesgo de amor no solicitado.

En ocasiones me siento junto a la chimenea, con el cuaderno abierto en el regazo, e intento trazar a mamá con el lápiz: el arco triste de sus ojos azul verdoso, las ondas llamativas del cabello que a veces se le enroscaba en las puntas, la forma suave de los labios, con la misma curva que los míos. Solo que cada vez me cuesta más, porque su recuerdo va retrocediendo como la marea.

Es una mujer a la que sigo perdiendo con cada día que pasa.

Por las tardes, sigo el camino angosto que baja hasta la playa y voy recogiendo trocitos de caracolas rotas y vidrio marino enterrados en la arena. Camino descalza de una punta de la playa a la otra, por encima de charcos y ensenadas rocosas, y cada paso que doy es un intento de alejarme de él.

Le suplico al mar que me lo quite, que me saque el recuerdo de sus manos, de sus ojos, y lo sumerja en sus profundidades. Suplico que me llegue el alivio. Observo las olas rozar la orilla, el sol que se asienta contra el mar, de tono cobrizo con toques albaricoque, hasta que las estrellas se asoman por el firmamento oscuro, una capa negra que, por alguna razón, me parece distinto al de Cutwater. Busco la estrella más brillante y desvío la mirada a la derecha para encontrar la más cercana, como en *Peter Pan y Wendy*. «La segunda estrella a la derecha y todo recto hacia el amanecer».

He huido del mundo real para meterme en el País de Nunca Jamás.

«Entonces, ¿por qué me sigue doliendo?».

¿Por qué me duele el cuerpo entero y sé que no va a sanar nunca?

Esta noche, con el cielo teñido de lavanda, emprendo el camino de vuelta a la cabaña, con ganas de tocarlo una última vez, de pasarle los dedos por la clavícula y enredarlos en su cabello oscuro. Solo que sé que una vez más no bastará. Cien veces más no bastarían. Cierro los ojos con fuerza, pero solo lo veo a él, con esos ojos verdes, de modo que los abro y me quedo mirando el mar.

—Por favor —le susurro al agua.

Es un hechizo, una súplica de una chica tan desesperada que desea que se produzca una pizca de magia de verdad, de la que solo se encuentra en el mar y solo existe en un lugar como este. El viento nocturno se arremolina a mi alrededor, con olor a amores perdidos y deseos distantes metidos en botellas de cristal que flotan a la deriva.

Quería que este pueblo me sanara. Y creía que a estas alturas ya me iba a sentir de otro modo.

He huido, pero él sigue aquí conmigo.

Después del anochecer, Margo me insiste en que cene con ella en el porche que hay junto a su cocina. Me ha dado dos cajas enteras de ropa, que acepto de buena gana. Son jerséis que me quedan grandes, camisas de algodón y pantalones de lino que debió de haberse puesto en sus años mozos.

Me cuenta historias sobre el pueblo: una historia plagada de mitos, muertes y lo desconocido. Y yo me pregunto si todos los pueblos tendrán sus propias leyendas.

—El mal de amores es algo muy poderoso —dice—. Echa embrujos y conjura una magia muy peligrosa, yo misma lo he visto en persona. Nunca te interpongas delante de alguien que tiene el corazón roto —me advierte—. Es capaz de maldecir un pueblo entero. Nunca subestimes de lo que es capaz.

«El mal de amores es capaz de destrozar una familia entera», pienso.

Le pregunto si sabe dónde puedo encontrar trabajo en el pueblo, pero me dice que la mayoría de los lugareños no se fían de los forasteros y que me llevará un tiempo ganarme su confianza antes de que me ofrezcan un puesto. Aun así, se ofrece a pagarme por ayudarla en el jardín, porque tiene un huerto con hortalizas y un pequeño invernadero y luego vende lo que recoge en el mercado agrícola semanal del pueblo. Todas las tareas de jardinería se le hacen más complicadas porque ya le duelen las articulaciones, de modo que por la mañana trabajo junto a ella, quito las malas hierbas, riego y retiro las hojas muertas hasta que todo está listo para recoger. Una tarde, me echa un vistazo por encima de unos tallos de lavanda que han crecido demasiado y me pregunta si tengo experiencia como jardinera, porque parezco muy familiarizada con las plantas. Le digo que en casa solo teníamos flores.

«De un esqueje maldito y horrible, pero bueno».

Un viernes lluvioso por la tarde, Margo llama a la puerta y me da un paquetito. Al principio creo que se equivoca, porque es imposible que sea para mí, aunque luego veo la letra torcida y rota de mi hermano en la caja. Le escribí a la tienda de guitarras después de llegar para decirle dónde estaba. Fue una carta bastante breve, poco más que un aviso para que supiera que su hermana seguía viva, porque la traición todavía me pesaba.

He intentado imaginármelo volviendo a casa… solo para ver que no estaba. Que no quedaba nada más que una cicatriz llena de barro en el suelo, con el jardín aplastado. Que la tormenta se llevó nuestra vida. Pero mi hermano es fuerte y resistente.

Llevo el paquete a la encimera y lo abro.

En el interior encuentro un trozo de papel doblado.

Las guardé enterradas junto al pino en el que teníamos aquel columpio de cuerda. Perdóname por haberlas escondido.

-Archer

Bajo la nota, atado con una goma, hay un fardo de sobres y postales.

Todo de parte de nuestra madre.

Me mintió cuando me dijo que las había tirado, que ni siquiera las había leído…, porque todos los sobres están abiertos para que pudiera sacar las cartas y leerlas en secreto. Porque, por mucho que la odie, no ha sido capaz de destruirlas, de cortar el único vínculo que lo une a ella.

Las dejó enterradas, tal vez en una caja metálica o algo así, porque están intactas. No están carcomidas por los escarabajos ni húmedas por la lluvia y hasta sobrevivieron a la inundación. Enterradas bajo el pino de la esquina oriental de nuestra propiedad, en un lugar más alto, donde papá nos construyó un columpio de cuerda cuando teníamos cinco o seis años.

Me quedo mirando las cartas y espero a que la furia me crezca en el interior, pero no es así.

Entiendo por qué lo hizo y me duele el corazón por la culpabilidad que debe de haber cargado con él, el secreto que ha tenido dentro, y todo porque quería protegerme.

Lo he perdonado antes incluso de meterme en la cama y abrir la primera carta.

Con la ventana abierta para escuchar el rumor del océano Pacífico al romper contra la arena por debajo de donde estoy, en lugar del siseo horripilante de los tulipanes al mecerse en el viento, empiezo por el principio, por la carta más antigua, que nos mandó justo después de irse. Y, poco a poco, lleno los últimos tres años de su vida.

Al principio se disculpa muy a menudo y nos escribe para contarnos que ha cometido un error, que no debería haberse ido sin decir nada. Que volverá a casa pronto.

No obstante, luego sus cartas pasan a hablarnos de sus viajes por todo el Atlántico, tal vez por la misma ruta que recorrió Fern Goode hace tantísimos años. Nos cuenta que come en pastelerías pintorescas y que pasea por calles de adoquines a través de pueblos marítimos antiquísimos. En ocasiones menciona lo mucho que nos gustaría el sitio en el que está o que espera volver a Cutwater la estación siguiente para vernos, tal vez para nuestro cumpleaños. Pero luego las cartas se desvían y se convierten en postales enviadas desde ciudades como Marsella o Valencia o describen el mes que pasó en Cerdeña y se olvida de su promesa de volver a casa. A veces lo menciona a «él». Al hombre del que dice estar enamorada, el que la rescató.

El padre de Roble.

Solo que nunca lo llama por su nombre. Nunca desvela la verdad de quién es, de que abandonó a un hijo que iba a acabar atraído hacia los Goode, como su padre.

Es una mujer que se ha alejado tanto como ha podido de su vida anterior. Que ha huido de ella.

Y tal vez, en cierto sentido, el padre de Roble la salvó de un destino incluso peor si se hubiera quedado.

Porque creo que la vida en Cutwater la estaba destruyendo poco a poco.

Igual que me destruía a mí.

Con todo, paso entre la amargura y la envidia mientras leo sus cartas y toco las fotos de costas desteñidas por el sol. Nunca he querido ser como ella y, aun así, todo lo que compone su vida es lo que siempre he ansiado.

La libertad, sin una sola atadura.

Tal vez nos parecemos más de lo que querría admitir.

En una de sus cartas más recientes, enviada hace apenas un mes, nos habla de que estaba contemplando una puesta de sol en el Mediterráneo, con un perro ladrando cerca y una mujer riéndose, y de que se sintió más viva que nunca. Esa carta termina con las palabras: «Si no te arriesgas a sufrir dolor, nunca sentirás nada. Si no te arriesgas a que te rompan el corazón, ¿cómo sabrás lo que es verdad y lo que no? Me equivoqué al deciros que teníais que evitar el amor. Me daba miedo. Porque si hay algo en esta vida por lo que vale la pena luchar… es la persona sin la que no puedes vivir».

Me quedo dormida con el sol vespertino todavía clavado en el firmamento y sueño con él mientras las palabras de mi madre me rondan por la cabeza. Sueño que viene a verme a la cabaña y que nos metemos en el mar, con el sol reluciéndonos en la piel salada. Con sus labios en los míos.

Me despierto y me quito las sábanas de encima. Odio la tortura que me invade en sueños.

Odio los días que no puedo recuperar.

El tiempo es cruel. No ayuda a quitarme de encima lo que quiero olvidar.

Los días pasan despacio, con las horas cubiertas de barro. Son lentos y despiadados.

Vuelvo a guardar las cartas de mamá en la caja, bien dobladas, porque no me olvido de sus palabras.

«Me equivoqué al deciros que teníais que evitar el amor».

No sé qué sentir. En qué confiar.

Es una tarde tranquila y la marea está baja, pero en el corazón se me desata una tempestad violenta. De modo que me visto deprisa, porque me muero de ganas de irme de la cabaña, y salgo descalza.

Si bien podría ir a la playa a pasear por la orilla, no quiero oír el mar. Ansío otra cosa. El silencio. Un lugar en el que acurrucarme y esconderme.

El cielo está nublado, pesado y gris, y unas poquitas gotas de lluvia empiezan a mojar el suelo. Entro en el invernadero e inspiro el aroma húmedo y a musgo. Me quedo rodeada de las plantas y se me empiezan a escapar las lágrimas.

Quiero gritar hasta que me falte el aire, solo que no me quedan fuerzas. Además, nadie va a oír mi dolor, nadie me va a sanar. Me enjugo las lágrimas, enfadada por todo el sufrimiento que me carcome, y, a través de la visión borrosa por llorar, veo que alguien recorre el caminito de piedra en dirección al invernadero. Respiro hondo de inmediato, porque no quiero que Margo me vea llorar.

Se detiene al otro lado de la puerta y creo que se va a dar media vuelta para volver a su casa, pero entonces abre la puerta y el corazón me deja de latir.

Porque no es Margo.

Es una silueta demasiado alta, una que conozco de sobra.

Se parece al chico que me rompió el corazón. Al chico de un pueblo muy lejano.

Debo de seguir dormida, con las cartas desperdigadas por la cama.

Alza la mirada, con unos ojos tan oscuros y paralizantes como los recuerdo.

Firmes y llenos de confianza. Verdes y llenos de dolor.

La mente se me ha partido por la mitad, porque no puede ser real, porque está a doscientos kilómetros de aquí. El aire salado es injusto y horrible y tal vez este pueblo esté asediado por los fantasmas al fin y al cabo, lleno de leyendas e historias y recuerdos espectrales y crueles, tal como me dijo Margo.

Sin embargo, da un paso hacia el invernadero, donde cierra la puerta tras él, y unas pocas gotas de lluvia le caen por los hombros y las pestañas. Y todas las células que me componen reconocen que es él.

Me quedo en blanco.

Está tal como lo recuerdo: vaqueros oscuros y un poco arrugados, como si llevara un día entero viajando. El cabello húmedo por la lluvia y la boca temblorosa por todas las palabras que quiere decir.

Me pitan los oídos.

—Lark.

Cuatro letras que se le escapan de los labios. Cuatro letras de nada que hacen que el corazón me dé un vuelco. Me tambaleo y tengo que apoyarme en una de las cajas de las plantas para no caerme.

Cuatro letras que no esperaba volver a oír de su boca.

—Archer me ha dicho dónde podía encontrarte. —Respira hondo, y cada exhalación es como el viento—. He llamado a la puerta de la cabaña, pero cuando no me ha contestado nadie, he empezado a irme. Y entonces he visto a alguien por aquí.

Hay un zumbido en el ambiente, un silencio entumecedor, como si el rumor del mar desapareciera de la periferia, del mundo, y estuviéramos en una casita de cristal, con la llovizna contra el tejado y el rugido del mar en silencio a nuestras espaldas.

—Lo siento —me dice—. No debería haber dejado que te fueras del coche aquel día. No tendría que haber visto cómo te marchabas. No tendría que haberme despedido.

Niega con la cabeza y me vibra el cuerpo entero. Cada milímetro de la mente se me descompone.

—No pretendía quedarme con aquel tulipán... O sea, no quería que... No creía en la maldición, no sabía qué significaba. Solo quería estar cerca de ti.

Se arriesga a acercarse un paso más, pero alzo una mano para detenerlo.

—Para, Roble —le digo, porque me da miedo lo que va a pasar si me roza siquiera. Me da miedo todo lo que ocurre después.

Le veo la boca un poco insegura y me pregunto si tendrá un libro en el bolsillo de atrás, si ha venido en coche o en tren y todos los demás detalles, porque quiero aferrarme a este momento antes de que todo desaparezca.

—No podemos fiarnos de esto —le digo, con la voz quebrada y llena de dolor.

—Pero si el jardín ha desaparecido.

Asiento, porque estoy de acuerdo.

—Aun así, no sé si eso lo ha solucionado.

La mirada de Roble se mece sobre mí, como a la deriva. Es un marinero en busca de un puerto.

—No entiendo casi nada de esto, de la historia de tu familia ni de los tulipanes, pero sé por qué he venido a buscarte. Sé que he perdido algo y que quizá es demasiado tarde y no tendremos una segunda oportunidad, pero tenía que intentarlo.

Me quedo mirando las ventanas, las gotas de lluvia que manchan el cristal, e intento recobrar la respiración. Recobrar el pasado. Entender todo lo que ha sucedido.

—¿Cómo sabremos si lo que sentimos es de verdad? —Niego con la cabeza—. ¿Cómo podemos estar seguros de que lo que pensamos es solo cosa nuestra? ¿Cómo podemos fiarnos de eso? —Noto el aire pesado en los pulmones—. Me da miedo que nos sigamos perdiendo el uno al otro sin parar, que el destino siempre nos vaya a separar. Y que nos sigamos haciendo daño hasta que ya no quede nada de nosotros.

Asiente y mete las manos en los bolsillos de los vaqueros.

—A mí también me da miedo —admite—, pero me da más miedo cómo me sentiré si me voy. Me da miedo que, si vuelvo a casa, todos los segundos que pase allí serán una vida de preguntarme qué habría pasado si me hubiera arriesgado a estar contigo. —Baja la vista al suelo y parece no estar muy seguro de lo que dice, de lo que piensa—. Pero me iré, me daré la vuelta y no volveré a buscarte nunca más si es lo que quieres. —Las lágrimas se le acumulan en los bordes de los ojos y juro que le veo el latido del corazón en la garganta—. Dime lo que quieres, Lark, y lo haré. Haré lo que tú me pidas.

La lluvia cae con más fuerza, resuena contra el invernadero y emborrona el cielo. Emborrona mis recuerdos del pasado. Poso la mirada en la puerta, en el caminito que da a la cabaña, a mi vía de escape. Podría decirle que se fuera, podría guardarme el corazón a buen recaudo. Podría fingir que no pienso en él todos los días. Podría mentir y decirme que estoy mejor sin él, que será mejor no saber si todo ha sido por los tulipanes o si la maldición se rompió en cuanto la inundación se llevó el jardín. Podría convencerme de que lo que tuvimos se acabó y se fue con el paso de la estación. De que los dos nos hicimos demasiado daño como para volver atrás.

—Lark —dice en voz baja, y cada vez que oigo mi nombre en sus labios, me duele un poquito más. Se me cuela entre las costillas y me recuerda cuánto he echado de menos oír su voz contra mi piel.

Saca las manos de los bolsillos y deja caer los hombros, como si se muriera de ganas de tocarme, de cruzar el espacio que nos separa.

—No fue un lío de verano para mí… —Su mirada parece frenética y le tiemblan las manos. Tiene los labios entreabiertos—. Nunca lo ha sido. No iba en serio cuando te lo dije en el coche, solo quería convencerme a mí mismo. Quería que fuera verdad. Y no fue por los tulipanes, no fue porque seas una Goode. No fue por nada de eso. Éramos como Peter Pan y Wendy, metidos en un cuento de hadas, en un pueblo con demasiadas mentiras. Pero ya no estamos en Cutwater. —Echa un vistazo a nuestro alrededor, hacia la lluvia, las paredes del invernadero, el mar del exterior—. Aquí no brota ningún tulipán maldito, no hay rumores sobre tu familia. Solo somos dos personas… sin pasado. Sin padres que nos adviertan para que no cometamos sus errores. Podemos cometer los nuestros…

Traga en seco y me permito mirarlo a los ojos.

—Podríamos arriesgarnos, Lark. —Sonríe un poco, con un movimiento ínfimo de la boca—. Podríamos empezar de cero, desde el principio. Sin secretos, sin tulipanes, sin maldiciones. Sin ningún recuerdo de quienes éramos. Solo seríamos lo que somos ahora mismo. Podremos decidir en qué creer y qué olvidar. Me da igual todo lo que haya sucedido antes de este mismo momento. —Veo las lágrimas que se le estrellan contra los párpados—. No quiero nada de la vida de antes, de ese pueblo, del pasado. No significa nada. Escribiremos nuestra propia historia, no lo que los demás nos dicen que debe ser. Tú y yo, Lark..., eso es lo único que quiero. Lo único que he querido siempre. Lo dejé escapar, dejé que te fueras, y me he arrepentido de ello cada hora que pasa, cada minuto. Eres lo único que me ha importado de verdad. Lo único que quiero proteger. —Se pasa las manos por los ojos—. Haría cualquier cosa por deshacer lo que ocurrió, por hacerlo de otra forma. Sé que la cagué muchas veces. Me guardé secretos, te mentí y fui un idiota. Pero estaré encantado de pasarme el resto de la vida disculpándome, diciéndote que lo siento y que eres lo único que importa. Lo único que no quiero perder. Tú, Lark..., eres lo único que quiero.

Apenas soy capaz de inspirar, con lágrimas que me gotean por la barbilla. He pasado demasiadas noches en vela fingiendo que en algún momento iba a olvidarlo, por mucho que el corazón se me ahogara entre todos los recuerdos.

Me he traicionado, me he engañado al creer que podría empezar de cero en otro pueblo y olvidarme de él.

Sea por la maldición o no, no puedo quitármelo de la mente, de la piel, de los pulmones cada vez que respiro, y ahora está tan cerca que podría tocarlo. Las palabras se me atascan en la garganta, el miedo se me destroza y solo deja una cosa, una idea: lo quiero. Es innegable. Es absurdo.

El viento cambia de dirección en el exterior y abre la puerta que hay detrás de Roble, sopla contra mis ideas y me libera de mí misma. Soy una chica que se desprende de su piel inútil. Con sus escamas y sus maldiciones y su todo.

Una única palabra me acaba llegando a la lengua.

—Roble.

Doy un paso adelante, con el viento soplando por el invernadero, y entrelazo los dedos con los de él, le toco la palma de la mano, que me recuerda al río que hay detrás de su casa, como si perteneciera a un chico al que he pasado demasiadas noches, demasiadas horas, intentando olvidar.

Solo que no lo beso.

Lo llevo por la puerta, la cierro tras nosotros y salimos a la lluvia.

Seguimos el caminito de piedra hasta la cabaña y entramos.

La lluvia resuena contra el tejado y la luna se alza sobre el mar. Y me permito olvidarme de quién era.

En el salón diminuto y cuadrado, Roble no pasa la mirada en derredor, no le echa un vistazo al lugar que he convertido en mi hogar, sino que solo me mira a mí. Como si no quisiera apartar la mirada nunca más.

Me quito el jersey y lo dejo caer al suelo. Hay un charco de lluvia a mis pies.

Se queda quieto y yo también. Pero ya no tengo miedo.

De nada.

Y menos aún de él. Del amor.

Roble me mira con una tormenta en los ojos, con el alivio y la esperanza y el amor entrelazados. Me pongo de puntillas para besarlo, con cuidado al principio, como si fuera a romperlo. Le resigo la forma de la boca, poco a poco, y me apoya las manos en la cintura. Me dejo caer hacia sus brazos, le enredo los dedos en el cabello oscuro e inspiro el aroma del río que le recorre la piel. Me acaricia la piel, pero las ansias son distintas esta vez, son un deseo que necesita una vida entera para desentramarse. Mil años no nos bastarán. Necesitaremos más tiempo para grabarnos a fuego el cuerpo del otro. Con labios como pinceles y unos dedos que son la única forma de trazar el rumbo.

Las llamas crepitan y sisean en la chimenea y nos calientan la piel sonrosada. Le dejo un beso en el punto suave junto a la oreja y me lo acerco a mí, más y más, solo que nunca es suficiente.

Quiero que este momento dure para siempre.

Hoy y todos los días que están por venir. Hasta que no queden más.

Gime contra mí, con las manos empujándome contra el suelo junto a la chimenea, como si pudiéramos hundirnos en la tierra que hay bajo la cabaña, hasta que sea una chica hecha de tierra. Hasta que los dos quedemos enredados en el suelo, en el mar que rompe contra la orilla.

Lo quiero.

Y se lo susurro al oído. Lo confieso y no pienso retractarme nunca.

Es una noche estrellada y llena de lluvia y estamos tumbados y despiertos, yo con la cabeza apoyada en el pecho de él.

—No voy a volver a despedirme de ti —susurra hacia la noche: una promesa, un hechizo compuesto por la magia más real. Mueve el brazo para acercarme más a él y cierra los ojos. Lo inspiro y escucho los latidos de su corazón.

Sin embargo, cuando la noche se torna más oscura a nuestro alrededor, me levanto del suelo, poco a poco, despacio para no despertarlo. Espero que la tetera vieja que hay en el fuego se caliente y coloco unas hojas de té en una taza mientras lo observo dormir. Noto un zumbido en el interior.

Vuelvo a ponerme el jersey y los pantalones cortos. Quiero salir a la lluvia, quiero sentir las gotas frías contra mi piel incandescente, quiero asegurarme de que es real: Roble, la tormenta y todo.

Solo que noto algo en el bolsillo de los pantalones.

Algo que había olvidado por completo.

Fue hace mucho tiempo, al principio de la temporada de tulipanes. Roble me salvó de la pelea en el instituto y me quitó un pétalo de tulipán del pelo. Me lo metí en el bolsillo de mis pantalones cortos favoritos, olvidado y apartado.

Y ahora lo saco del bolsillo.

Está aplastado y seco, preservado. A salvo e intacto. No murió con los demás en el jardín cuando se los llevó la inundación. Ha sido un pétalo escondido en mi bolsillo desde entonces.

Poso la mirada en Roble, en esa piel bronceada ante la luz del fuego, respirando con tranquilidad mientras duerme. Sostengo el pétalo en la mano, el último de un cultivo destruido. Tal vez el último atisbo de magia de la familia Goode.

Me acerco a la chimenea y me quedo mirando las llamas, pensativa.

Ahora que el jardín ha desaparecido, empezaba a creer, a esperar, que la maldición se hubiera ido para siempre también. Solo que resulta que tenía un tulipán guardado. Escondido. Incluso cuando Roble estaba delante de mí en el invernadero y me hablaba del amor y el miedo y de olvidarnos del pasado.

Debería quemarlo, tirarlo a las llamas y ver que se convierte en ceniza.

Y… no lo hago.

Porque lo quiero tanto que duele. Y me pregunto si este tulipán es lo único que hace que siga aquí conmigo…, me lo temo.

No quería un amor así, como esto, una mentira. Pero quizá es lo único que voy a tener.

Lo único que me merezco.

Estoy atada a estos tulipanes, me guste o no.

Porque el dolor que sentiría si lo pierdo es más de lo que podría soportar.

De modo que, con la lluvia cayendo contra el tejado, me vuelvo a meter el tulipán en el bolsillo y me dejo caer al suelo, acurrucada contra el pecho de él, con la boca cerca de la suya. De la de este chico al que no voy a volver a perder.

—Te quiero —susurra, medio dormido, medio loco de amor.

Le coloco la cara junto al cuello, a sabiendas de que un tulipán seco ocupa un espacio pequeño e imperceptible entre nosotros.

—Yo también —le contesto.

Porque lo quiero más que a nada en el mundo.

Y tal vez esté mal que me quede con el tulipán, pero ya me da igual. Siempre me he creído la villana de mi historia: Lark Goode, una chica a la que no debes acercarte si no quieres caerte de bruces a un amor del que tal vez no puedas escapar.

He sido peligrosa desde el principio, desde que nací en esa casa, berreando y llorando, con mi mellizo al lado y los tulipanes floreciendo en el jardín de atrás.

El amor siempre ha tenido otro significado para los Goode, el amor nos ha maldecido y nos ha echado, nos ha roído los huesos y nos los ha partido. Nos ha convertido en insensatos, en personas enamoradizas; nos ha llenado de arrepentimiento y de supersticiones y de mil momentos en los brazos de aquellos que nos han querido sin entender por qué.

Solo que quizá eso sea así para todo el mundo, incluso para los que tienen otro apellido. Quizá así es el amor: algo para insensatos. Para cualquiera lo bastante valiente como para meterse en su locura.

Y ahora escojo tener amor y locura, los dos a la vez. Me tiro de cabeza a ello.

Porque ¿qué otra opción me queda?

Lo que hay entre nosotros es un amor de los peligrosos. De los que deberían habernos roto, en contra de toda lógica y razón. Y es por eso que no pienso perderlo. Porque es mío. Confuso y enmarañado, como las raíces de un jardín abandonado para que crezca salvaje y sin cuidado.

Este amor es uno al que me he intentado resistir. Y me ha terminado encontrando de todos modos.

No sé si los tulipanes han tenido la culpa de verdad o si solo son una leyenda que se ha ido contando a lo largo de los años hasta volverse realidad. Tal vez el tulipán seco que tengo en el bolsillo carece de poder, de significado, pero no me voy a arriesgar.

Como bien dijo mamá en su carta: «Si hay algo en esta vida por lo que vale la pena luchar… es la persona sin la que no puedes vivir».

EPÍLOGO

Nunca más se erigió una casa en aquel terreno pantanoso. Nunca más brotó ningún tulipán en aquel jardín. El riachuelo se salió de su cauce y trazó unos senderos irregulares y fracturados donde antes había una plantación de tulipanes.

Sin embargo, de vez en cuando, con el aire primaveral todavía fresco e intenso, alguien que pasea por la ribera del río Cruce del Conejo acaba encontrando un solo tulipán que brota de la tierra. Si obra con sensatez, si ha oído los rumores, lo dejará donde está. Pero, si la curiosidad puede más, lo recogerá, se lo llevará a los labios e inspirará ese aroma dulce y embriagador.

Antes de que se haya alejado de la ribera, el corazón se le empezará a desatar de la seguridad del pecho.

La maldición de la familia Goode, como muchas otras fábulas, es algo que no puede desaparecer sin más por una lluvia torrencial. Lo que hace es cambiar. Se convierte en algo nuevo y extraño. Más caprichoso. Más peligroso.

Así es la vida.

Así que si algún día te encuentras un tulipán que brota donde no debería haber ninguno, con pétalos blancos y una línea roja..., vete lo más lejos que puedas.

AGRADECIMIENTOS

Un jardín es algo que requiere de tiempo, paciencia y un buen clima. Y este libro ha sido igual. A mitad del camino, guardé la novela para poder centrarme en sanarme y, por un tiempo, no supe si iba a acabar llegando al estante de una librería. Ahora veo que también necesitaba tiempo para respirar y florecer hasta acabar siendo la historia que es.

Le estoy eternamente agradecida a mi editora, Nicole Ellul, por su entusiasmo y paciencia. Me faltan las palabras para expresar lo que significa para mí. Jess Regel, muchas gracias por apoyarme a mí y a esta novela durante todo el proceso.

A mi equipo editorial, muchas gracias por la magia invisible que entretejéis tras bastidores. Gracias en especial a Jessica Egan, Alyza Liu, Krista Vitola, Amanda Brenner, Erica Stahler, Sophia Lee, Sarah Creech, Hilary Zarycky y Sara Berko. Gracias también a Mitch Thorpe, Alissa Rashid y Caitlin Sweeny por aseguraros de que el mundo sabe que mis libros existen. Y gracias a Justin Chanda y Kendra Levin por darles un hogar a mis historias.

Muchas gracias a Jenny Meyer y Heidi Gall, por aseguraros de que mis libros se leen en idiomas de todo el mundo. Leo Teti, el apoyo incondicional que les has dado a mis historias lo significa todo para mí. Muchas gracias, Heidi Spear, por siempre elegir el momento apropiado para todo y por mandarme fotos de festivales de tulipanes de otros lares. Gracias, Darcy Woods, por tus ánimos infinitos. Gracias a Mona Mensing, Dimitria Cross y Traci Benjamin. Muchísimas gracias a Nichole por disfrutar de mis historias desde el principio. Gracias a Wendy L. McKee por tu amabilidad. Un saludo a Jenn, Robin Holmes y Sydney Bodenstaff.

Haunani Sullivan, eres toda una inspiración. Cuando no me apetecía escribir, pensaba en ti y seguía adelante.

Por último, Sky, me metería mil tulipanes en el bolsillo solo para seguir teniéndote cerca.

Escríbenos a

puck@uranoworld.com

y cuéntanos tu opinión.

ESPAÑA /MundoPuck /Puck_Ed /Puck.Ed

LATINOAMÉRICA  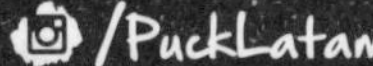 /PuckLatam

/PuckEditorial

¡Gracias por vivir otra
#EXPERIENCIAPUCK!